北京市社会科学理论著作出版基金资助

音 乐 精 神
——俄国象征主义诗学研究

王彦秋　著

北京大学出版社
PEKING UNIVERSITY PRESS

图书在版编目(CIP)数据

音乐精神:俄国象征主义诗学研究/王彦秋著.—北京:北京大学出版社,2008.4
(文学论丛·北大欧美文学研究丛书)
ISBN 978-7-301-13605-8

Ⅰ.音… Ⅱ.王… Ⅲ.诗歌-文学研究-俄罗斯-近代 Ⅳ.I512.072

中国版本图书馆 CIP 数据核字(2008)第 046637 号

书　　　名:音乐精神——俄国象征主义诗学研究
著作责任者:王彦秋　著
责 任 编 辑:袁玉敏　张　冰
标 准 书 号:ISBN 978-7-301-13605-8/I·2035
出 版 发 行:北京大学出版社
地　　　址:北京市海淀区成府路 205 号　100871
网　　　址:http://www.pup.cn
电　　　话:邮购部 62752015　发行部 62750672　编辑部 62767347
　　　　　　出版部 62754962
电 子 邮 箱:zbing@pup.pku.edu.cn
印 　刷 　者:三河市新世纪印务有限公司
经 　销 　者:新华书店
　　　　　　650 毫米×980 毫米　16 开本　16.5 印张　220 千字
　　　　　　2008 年 4 月第 1 版　2008 年 4 月第 1 次印刷
定　　　价:32.00 元

未经许可,不得以任何方式复制或抄袭本书之部分或全部内容。
版权所有,侵权必究　举报电话:010－62752024
　　　　　　　　　　电子邮箱:fd@pup.pku.edu.cn

《北大欧美文学研究丛书》编委会名单

主编：申 丹

委员：(以姓氏笔画为序)

区 鉷　王守仁　王 建　任光宣　许 钧
刘文飞　刘象愚　刘意青　陈众议　郭宏安
陆建德　罗 芃　张中载　胡家峦　赵振江
秦海鹰　盛 宁　章国锋　程朝翔

总　序

　　北京大学的欧美文学研究经历了不同的历史发展时期，具有十分优秀的传统和鲜明的特色，尤其是经过1952年的全国院系调整，教学和科研力量得到了空前的充实与加强，汇集了冯至、朱光潜、曹靖华、杨业治、罗大冈、田德望、吴达元、杨周翰、李赋宁、赵萝蕤等一大批著名学者，素以基础深厚、学风严谨、敬业求实著称。改革开放以来，北大的欧美文学研究得到了长足的发展，各语种均有成绩卓著的学术带头人，并已形成梯队，具有可持续发展的基础。已陆续出版了一批水平高、影响广泛的专著，其中不少获得了省部级以上的科研奖或教材奖。目前北京大学的欧美文学研究人员承担着国际合作和国内省部级以上的多项科研课题，积极参与学术交流，经常与国际国内同行直接对话，是我国欧美文学研究的一支重要力量。2000年春，北京大学组建了欧美文学研究中心，欧美文学研究的实力得到进一步加强。

　　世纪之交，为了弘扬北大欧美文学研究的优秀传统，促进欧美文学研究的深入发展，我们组织撰写了这套《北大欧美文学研究丛书》。该丛书主要涉及三个领域：(1)欧美经典作家作品研究；(2)欧美文学与宗教；(3)欧美文论研究。这是一套开放性的丛书，重积累、求创新、促发展。我们希望通过这套丛书来系统展示在多元文化的背景下北京大学欧美文学研究的优秀成果和独特视角，加强与国际国内同行的交流，为拓展和深化当代欧美文学研究作出自己的贡献。通过这套丛书，我们希望广大文学研究者和爱好者对北大欧美文学研究的方向、方法和热点有所了解。同时，北大的学者们也能通过这项工作，对自己的研究进行总结、回顾、审视、反思，在历史和现实的坐标中研究自己的位置。此外，研究与教学是相互促进、互为补充的,我们也希望通过这套丛书来促进教学和人才的培养。

这套丛书的出版得到了北京大学外国语学院的鼎力相助和北京大学出版社的大力支持。若没有他们的支持和帮助,这套丛书是难以面世的。

北大欧美文学研究者的工作,只是国际国内欧美文学研究工作的一部分,相信它能激起感奋人心的浪花,在世界文学研究的大海中,促成一道亮丽的风景线。

北京大学欧美文学研究中心

目 录

序 …………………………………………………… 顾蕴璞(1)

引 言 ……………………………………………………… (1)

第一章 俄国象征主义文学景观素描 ……………………… (9)
  第一节 总体流脉进程 ………………………………… (9)
  第二节 两大诗学特征 ………………………………… (17)

第二章 俄国象征主义"音乐精神"的艺术史渊源 ……… (25)
  第一节 诗歌同音乐"一体" …………………………… (25)
  第二节 诗歌与音乐"比争" …………………………… (28)
  第三节 诗歌向音乐"靠近" …………………………… (39)

第三章 俄国象征主义"音乐精神"的文化背景 ………… (50)
  第一节 时代环境 ……………………………………… (51)
  第二节 文学土壤 ……………………………………… (56)
  第三节 艺术氛围 ……………………………………… (61)

第四章 俄国象征主义"音乐精神"的理论阐释 ………… (65)
  第一节 "音乐至上"与"象征最佳" …………………… (66)

第二节 "世界即音乐","在强劲的节奏中发展"…………(78)
　　第三节 重塑人类性灵,再造音乐神话…………………(87)
　　第四节 音乐神话再造的"前导"与"后继"……………(94)

第五章 俄国象征主义"音乐精神"的创作体现……………(124)
　　第一节 "悦耳的象征雨"………………………………(125)
　　第二节 "世界乐队"的鉴赏家…………………………(161)
　　第三节 "语言的作曲家"………………………………(184)

第六章 俄国象征主义"音乐精神"的后世影响……………(210)
　　第一节 永不消失的音乐………………………………(210)
　　第二节 琴键的舞蹈……………………………………(213)
　　第三节 琴弦的咏唱……………………………………(226)

参考文献……………………………………………………(238)
后　记………………………………………………………(248)

序

顾蕴璞

上世纪90年代以来,我国俄罗斯文学研究领域内相继出现了一批以白银时代文学现象为论题的专著,如周启超的《俄国象征派文学研究》(1993)、《白银时代俄罗斯文学研究》(2003),郑体武的《白银时代俄国文学论稿》(1996)、《俄国现代主义诗歌》(1999),曾思艺的《白银时代俄罗斯文学研究》(2003),同时,刘文飞的《二十世纪俄语诗史》(1996),张杰、汪介之的《20世纪俄罗斯文学批评史》(2000),黄玫的《韵律与意义:20世纪俄罗斯诗学理论研究》(2005)等不少文学史论、文学批评史论和文学理论著作也用大量篇幅介绍了白银时代俄罗斯文学的成就。与上述两类著作相辅相成地向我国读者介绍俄罗斯白银时代文学成就的还有多部相关译著,其中影响最大的要数几乎同时问世的两套译丛:汪剑钊、刘文飞、郑体武等人翻译的《俄罗斯白银时代文化丛书》(1998.4)和周启超、张建华、余一中等主编的《俄罗斯白银时代精品文库》(1998.6—9),以及去年刚面世的由谷雨、王亚民等多人翻译的俄罗斯科学院高尔基世界世界文学研究所撰写的《俄罗斯白银时代文学史》(2006.9)。我以为,我国对俄苏文学的上述介绍研究是对素负文艺复兴盛名的俄罗斯白银时代文化的"他山石"的一种"攻玉"壮举,对我国即将迎来的文化复兴无疑起着有力的推动作用。目前,我国对俄罗斯白银时代文学和文化的研究在取得显著成绩的基础上正继续向纵深发展,呈现在读者面前的这部由王彦秋博士用八个苦读深思的春秋写成的专著《音乐精神——俄国象征主义诗学研究》,正是用文学与音乐对比的视角对俄国象征主义诗学深掘的可喜成果,标志着我国更年轻的一代俄罗斯学者已和目前创造力如日中天的中年一代学者并肩参与了这场变他山之石为我国之玉的攻坚大会战。

七年前,我退休前的同事王彦秋老师在攻读俄罗斯文学博士学位期间就带着她所选博士论文题目"俄国象征主义的音乐精神"来和我切磋,我先是对她在俄国象征主义诗学中慧眼识珠地选出"音乐精神"作为论题由衷赞赏,同时也被她敢啃这块硬骨头的硬骨头精神所折服。其次,我也为她首次从事文学与音乐的比较将会遇到的困难保留几分担心,但最后,当我五年前听她宣读这篇论文,特别是她经过这五年的扩展修订后再拿来请我为她作序时,我又惊讶地发现,这部精益求精的专著完成得比我期盼的还要好,而且其中的不少论点和我多年来读诗、译诗、赏诗的点滴体会一拍即合,令我知其然而且知其所以然,使我情不自禁地说:这是一部寓理论高度和实用价值于一身的诗歌美学力作!可惜我对音乐理论不大熟悉,还不能完全领悟其中的奥妙,但即便这样,我还是认为有义务向读者推荐这部令人耳目一新的书,向读者推荐由作者所引进由俄罗斯白银时代的精英们为人类所提供的这份珍贵的非物质文化遗产。

我个人以为,本书的可贵之处还在于,关于作者所概括的俄国象征主义的两个诗学范畴:象征和音乐精神,我国学者中论述象征的虽渐渐多了起来,但介绍音乐精神而且从理论与实践的结合上深入探讨的目前还只作者一人。作者说,"音乐是世界的本原,是创造的原动力,它支配人的深层意识和感觉,它体现个人与世界的有机联系,它传达生活和体验的紧张度以及对紧张度的解决。对于艺术家来说,'音乐精神'是一种审美绝对,是'世界心灵'的最隐秘的语言,是音乐的最高域界,具有抽象性、普遍性、概括性的特点"。我想,这恐怕正是作为法国象征派的学生的俄国象征派青出于蓝而胜于蓝,学生比老师艺高一筹之处吧。当然,老师们对此早有所认识,如马拉美就曾把法国象征派的创新总结为音乐化、宗教化和语言化,但还没有像别雷、勃洛克等俄国象征派从音乐性升华至音乐精神,因此他们即便提"音乐至上",也还没有开发出音乐后面的哲学精神。作者还在融会贯通了俄国象征派理论的大量第一手资料后,对象征主义诗学体系中的两大范畴即象征与音乐精神之间的内在联系做出了精辟的论断:"在象征主义诗学体系中,'象征'是纲领性范畴,象征能够最完整、最等值地显现那隐藏在物象背后的世界存在的本真面目。'象征'既表现为诗歌形象、手段、意境,又体现出与象征主义者的世界观的呼应。'象征'是'开启奥秘的钥匙'(勃留索夫语),而'音乐精神'则既能够实现象征化,体现象征无限,又是世界奥秘、心灵奥秘本身。因此,'象征'与'音乐精神'作为两大诗学范畴是相辅相成的关系。"在交代清楚音乐精神这个概念的明确内涵之后,作者用大量材料从渊源、背景、理论、实践、承传诸方面对象征主义诗歌中的音乐精神作了全方位的详尽评述。作者明确指出,在俄国象征派关于音乐精神的理论与实践之间是存在一定差距的,他们的探索并未取得完全成功,但音乐精神是客观存在的,它留待后人继续探索的价值也是肯定的。

我读完本书后最大的感想是诗离不开歌(音乐),我们称诗为诗歌是有道理的,这是因为诗是心灵的音乐,是"心底的歌"(高尔基语),没有乐魂,没有音乐精神的诗是缺失生命力,流传不广也不久的。诗一旦离开了音乐(广义的),与散文无异,在散文面前因失去了自己的优势而处于自己的劣势。实践是检验真理的唯一标准,如今有那么多的读者宁肯读古诗也不爱读新诗,难道不值得我们也从诗与音乐的关系上去寻找一下原因吗?是不是大部分(好的还是有的,但不占多数)新诗正缺少点如本书作者所探讨的俄国象征主义在音乐因素上的追求,缺少点能"支配人的深层意识和感觉"的东西,缺少点构成"审美绝对"的东西。俄国象征派对音乐精神探索的经验启示我们,诗要存在和发展,不能不增强自己的艺术感染力,不能不恢复自己诗的功能,特别是音乐功能。俄国白银时代之所以会兴起以象征主义为先导的现代主义思潮,根本原因之一就是当时以民粹派诗歌为代表的时尚诗歌,违背诗的本质特征,一味迎合读者一时的口味,力求精确地反映现实,使诗意的空间日趋狭窄,甚至有荡然无存的危险,因此象征派诗人才提出"神秘的内涵、象征和扩展艺术感染力"等相应的诗学革新的目标。"音乐精神"正是这些目标的综合显现,使诗歌与音乐、哲学三位一体:诗与音乐,思维方式相同(都用形象进行思维),但符号不同(一个用语言,一个用音符),而诗与哲学,思维内容相似(都属顶级产品),但方式不同(前者用形象,后者用抽象)。俄国象征派正是探索这种无形却有象(声象),即既形象又抽象的诗中的音乐内涵在象征的扶助之下所得到的哲学升华,使读者听到又看到声象触发视象之后的纯净世界,实现自己拯救灵魂的崇高使命。

俄国象征派"音乐即世界本质"(勃洛克语)等理念使我想起了西方和中国的先哲们对世界本原的看法。在科学极不发达的古希腊,就有万物由气、火、水、土四大元素构成的学说。我国古代名著《幼学》中所说"混沌初开,乾坤始奠,气之轻清而上浮者为天,气之重浊而下凝者为地"阐明了气与宇宙万物的生成关系。俄国象征派也根据气与音乐的渊源关系得出音乐即世界本质的认识。他们认为世界从混沌向和谐运动的有声状态发展,音乐精神就是世界从混沌转向有声的和谐状态时起联结一切生命的纽带。俄国阿克梅派诗人也用希腊美与爱的女神阿弗洛狄忒的神话说明音乐的创世作用:

　　她还没有诞生到世间来,
　　就又是音乐,又是话语,

  因此她是割不断的纽带，
  把所有生命联结在一起。
（《沉默》）

  这就是说，在世界从混沌到和谐的转折中，音乐与语言同源的声音举足轻重，是它把万物的生命联结在一起。

  从我国古代哲学和中医的理论也能印证"音乐即世界本质"的理念。我国古人有五行即金木水火土的哲学思想，又有五行、五色、五音与五脏相对应的医学思想，例如五音中的宫（简谱的"哆"）对应脾，商（简谱的"睐"）对应肺，角（简谱的"咪"）对应肝，徵（简谱的"嗦"）对应心，羽（简谱的"啦"）对应肾，也就是分别对应于土、金、木、火、水，和相应的五色（黄、白、绿、红、黑）一样是由构成世界的基本元素即五行所发出的信息：五色是视象，五音是声象，和作为物质的五行、五脏一样都属于世界本原（包括物质、能量和信息）之物。因此，说"音乐即世界本质"，音乐具有创世的功能，是不难理解的。

  "音乐精神"是俄国象征派诗学的核心理想，但它并非到了象征派的诗中才有，广义地说，也是古今中外的诗中都存在的现象。但是我们对"诗中有画"比较重视，对"诗中有乐"却重视得很不够。诗不仅是一幅意象画，更是一首意象曲，后者使诗境更显隽永，这又从另一个角度反证"诗是心底的歌"（高尔基语）。我们信手拈来普希金的抒情诗《假如生活欺骗了你》，看一看里面含不含一点音乐精神吧：

  假如生活欺骗了你，
  请不要生气，也不要悲哀！
  郁闷时你要克制自己，
  相信快乐的日子会到来。

  心儿总是在憧憬着未来，
  现今却常常令人不快，

一切是短暂的，都会过去，

事情一过去便贴你心怀。

这虽然不是一首象征主义的诗，但它除了具有和音乐一样的时间感和声象美外，诗意还随节奏流淌，由悲哀、郁闷等不和谐音变成欢乐、贴心怀等和谐音，在和谐的声韵和节奏中律动，成为心灵的音乐，由一首心波难平的抒情诗变成一曲旋律起伏多变的咏叹调。其实，我这里所写的一点感悟，恰好也印证了作者在本书第三章和第四章中所提到的普希金的诗歌旋律性及其和谐思想对于俄国象征派探索的渊源关系。

以上就是我对王彦秋专著《音乐精神——俄国象征主义诗学研究》一书很肤浅的一点点读后感，写出姑且当作"序"来滥竽充数吧。

2007年12月18日，北大承泽园

引 言

一

  在又一个世纪之交,随着俄罗斯本土对"白银时代"文学和文化的重新挖掘,象征主义作为当时规模最为宏大、影响最为深远的文学运动和文学流派,成为俄国学术界的研究热点和重点之一。作家作品文集大量涌现、重编、重印,批评文章和著述也不断发表、论辩、翻新。随后,这一浪潮渐渐流入了我国学术界。我国学者对象征派的研究,主要是从总体上对其流派嬗变、理论建树和文学史地位进行论述,对象征主义诗歌、小说等文学作品进行译介,对象征派代表作家的思想和创作特点进行分析,可以说,在对象征派的宏观把握上取得了颇为丰硕的研究成果。在众多学者辛勤耕耘出来的这片繁茂花园中,我们同样注意到,还有一些不可不驻足细品的微观景致被蜻蜓点水般地一掠而过。比如,诸多表现象征主义文学与音乐相关联的描述性词语——"音乐性"、"音乐型"、"音乐观"、"音乐本原"等等,它们散布在各种各样的评论文章和文学史著述当中,但却并未得到研究者集中而详尽的阐述和分析。这或许是由于篇幅含量的限制,也或许是认为其重要性不足以留观。然而,在俄罗斯搜集象征派和"白银时代"文学的相关资料的过程中,笔者惊讶地发现,这个微观景致既具有清晰的历史依据,又得到过充分的理论阐释,更有着鲜明的创作体现。对于这样一个独特的客观存在——我们倾向于称之为"音乐精神",——这样一个与顾名思义的"象征最佳"相辅相成的诗学范畴,我们有理由也有必要对其探个究竟。

我们用"音乐精神"来概括象征主义的这一重要诗学范畴,是出于以下的几点考虑。一是俄国象征主义对"音乐"在诗歌(文学)中的本质意义和所具功能的理解。这里的"音乐"具有更为广阔性、普遍性和概括性的内涵。它抽象于音乐艺术本身,可以从"人间音乐"攀升至"宇宙音乐",或反之,从"天启音乐"降落至诗歌中的"内在音乐",是勃洛克所强调的那种"非狭义的音乐精神"。二是中文的表达习惯。"音乐性"一般仅被视为"音乐美",即在诗歌(文学)中对音乐手段的运用或对音乐感觉的联想,它是"音乐精神"的物质外壳、载体或依托,是"音乐精神"在象征主义诗歌(文学)中显示的一种表层特征;"音乐观"则容易引起误解,似乎是对音乐艺术的观点和态度,而没有着意于融进诗歌(文学)中的音乐因素。

我们的研究除了以象征主义者的著述和创作为基础以外,还将积极借助于批评家和学术界前辈的研究成果。象征主义者的同时代人已经依据象征主义的创作经验挖掘诗歌中的音乐元素。艾亨巴乌姆(Б. М. Эхенбаум)于1918年初构思、1922年出版了《俄罗斯抒情诗的旋律构造》一书,这本书是一部对俄罗斯抒情诗史进行详尽研究的著作,书中以茹科夫斯基、费特和勃留索夫等诗人的诗歌为例证研究了诗的旋律特征。之后,日尔蒙斯基就这部书的观点进行争论,针对诗的"旋律"问题提出不同的看法,他也主要以象征主义的创作实践作为基础,他写道:"对过去的文艺时代进行研究,自然要以我们的艺术经验所能领悟的现代诗歌生活为基点而做的类推……我们经历过俄国象征主义的历史,它所提示的重要结论,会使旋律风格问题易于理解。"[①]俄罗斯当代文学研究者也从总体上捕捉到"白银时代"的"艺术综合"这一特征,并且特别关注于象征主义的"音乐精神"(或"音乐性"、"音乐观")。许多学者以不同方式、从不同角度、用不同术语对其进行了论述,如马克西莫夫(Д. Е. Максимов)、洛特

[①] 日尔蒙斯基:《诗的旋律构造》,见《俄国形式主义文论选》,三联书店,1989年,第297页。

曼(Ю. М. Лотман)、敏茨(З. Г. Минц)、玛戈梅多娃(Д. М. Магомедова)等学者在勃洛克研究中涉及"音乐精神",拉甫洛夫(А. В. Лавров)、多尔戈波洛夫(Л. К. Долгополов)、赫梅里尼茨卡娅(Т. Хмельницкая)等学者在别雷研究中探讨了音乐因素,等等。关于俄国象征主义文学中的"音乐"研究力度较大的还有:斯特恩伯格(Sternberg)的《安德列·别雷小说中的词与音乐》(剑桥出版社,1982年出版),俄罗斯学者米涅拉洛娃(И. Г. Минералова)的博士论文《白银时代文学——象征派诗学》(已于1999年在莫斯科出版),格涅辛音乐学院学者格耳维尔(Л. Л. Гервер)的博士论文《俄国诗人创作中的音乐和音乐神话》(已于2001年在莫斯科出版)。可以说,所有这些成果,都为我们的研究提供了路基或者门窗。

二

研究俄国象征主义的诗学特征,自然要对这一文学运动和文学流派先有一个较为全面的把握。本书第一章扼要地从"总体流脉进程"和"两大诗学特征"两方面描述俄国象征主义文学景观,为深入的探讨搭造一个粗略的框架。在第二节中,我们提出"象征"和"音乐精神"是俄国象征主义诗学中的两个相辅相成的重要范畴,因为后者乃是本书的主要研究对象,所以在此简论"象征"。这样安排一来因为"象征"作为象征主义的诗学核心,已经在很多著述和文章中得到过充分的介绍和论证,读者不难找到相关资料;二来因为它是"音乐精神"的亲密伙伴,无此就难以言彼,提醒读者把"象征"作为对后文理解的已知条件。

我们要探讨俄国象征主义的"音乐精神"这一诗学特征,所涉及的根本性问题还有诗歌与音乐的关系问题。本书第二章便以诗歌与音乐在艺术发展史和艺术理论演进历程中的相关事实,作为本书研究的最源头依据,以便从总体上探讨诗歌如何与音乐相关联,诗歌是否可以"吸纳"音乐、"靠近"音乐,这种"吸纳"和"靠近"实现何种美学价值和哲学价值。此外,在这一章中还简要论述在诗歌(文学)史上的几次颇为自觉的"音乐崇拜",因为诗歌向音乐的"靠近"并非俄国象征主义者首创:早在18、19世纪之交,德国浪漫主义文学就把"音乐"作为其创作追求的理想目标,这对俄国19世纪初的浪漫主义也产生了深远的影响;19世纪70年代兴起的法国象征主义文学,再次举起了"音乐至上"的大旗,提出了与浪漫主义不同的诗歌理想;到了19世纪末20世纪初,这面大旗被俄国象征主义者接过,并为其添加了更丰富的色彩,从诗歌技巧、审美意境一直提升到哲学本质和宗教效能层面。这样,诗歌对音乐的"吸纳"、诗歌向音乐的"靠近",就在俄国象征主义那里得到聚集和升华。

自第三章起,本书集中研究俄国象征主义的"音乐精神"。首先是其文化背景。作为两大诗学范畴之一的"音乐精神"得以在俄国确立和发展,需要一定的客观条件:一是时代背景、精神氛围,其中既包括整个欧洲的"大"时代环境,又包括俄罗斯社会、俄罗斯宗教哲学、俄罗斯精神文化等"小"时代氛围;二是俄罗斯语言之根、俄罗斯文化传统和俄罗斯文学经验,它们提供了将西方经验成功嫁接过来的土壤,并赋予了表现俄国象征主义民族特色的可能;三是艺术门类之间广泛交融的事实,引起艺术家对各门类艺术属性和等级的探讨,为最终认同音乐高居一切艺术之上这个思想提供了文化生活上的积累。

第四章则深入阐述俄国象征主义对"音乐精神"的理论探讨。我们知道。并非所有的象征主义者都是出色的理论家,然而他们对于"音乐精神"或与此相关的概念却都自觉而充分地进行了诗学美学建构。"年长一代"象征主义者安年斯基、勃留索夫、巴尔蒙特倾向于将"音乐精神"视为一种诗学手段和美学意境;"年轻一代"象征主义者则更强调"音乐精神"的哲学本质和宗教效能,其中别雷、维·伊万诺夫以理论家姿态著书立说,勃洛克以抒情诗人的手笔描绘着哲学宗教理想。俄国象征主义者对于"音乐"

的倾心一方面来自于象征主义者对周围"音乐生活"的感受和体悟,另一方面来自于音乐领域的新思想的影响,主要是受益于德国后期浪漫主义音乐的重要代表瓦格纳的理论革新和创作实践。与瓦格纳的这种"前导"作用相比,俄国20世纪初著名作曲家、诗人斯克里亚宾就是俄国象征主义的"后继"者,他把"年轻一代"象征主义者所做的音乐神话——"神秘宗教仪式"的实验更推进了一步。

俄国象征派主要是以诗人的身份稳稳立足于本国和世界文坛的。"音乐精神"当然也要通过以诗歌为主的创作来得到适当的体现和传达。我们在第五章中对有代表性的象征主义诗歌实践加以举例分析。"音乐精神"的表层特征,即音乐性、音乐美,在"年长一代"那里受到更多的重视,用安年斯基的话说,就是追求"悦耳的象征雨"境界。我们以巴尔蒙特、勃留索夫、吉皮乌斯、索洛古勃、安年斯基等诗人的诗歌为例,分析其在韵律、节奏、和谐等方面营造的诗歌旋律美和音乐象征意境。"年轻一代"的创作在同样注重"音乐性"的同时,较多地体现了深层次的"音乐精神",即"音乐"的抽象和概括的内涵。我们重点分析勃洛克和别雷的创作,两人对于"音乐精神"的理解有着许多共通之处,但在诗歌(文学)创作中的表现却截然不同:前者是对音乐艺术"一窍不通",却拥有极高的鉴赏能力的"世界乐队"的鉴赏家;后者则是深谙音乐艺术、热衷于跨界实验的"语言的作曲家"。

最后,我们还要谈到俄国象征主义"音乐精神"的后世影响。俄国象征主义对"音乐精神"的理论探索和创作实践,推动了象征主义乃至"白银时代"的新诗风的形成。我们简要地说明阿克梅派和未来派代表,现实主义阵营的代表,以及不属于任何流派的诗人代表对于文学中的"音乐"的看法,在此基础上重点论述几乎成为音乐家的帕斯捷尔纳克和茨维塔耶娃创作中的音乐。

三

"音乐精神"是一种无法言喻的自在之物。因为"音乐精神"的存在，整个世界不再是一片沉寂静止的死水，呈现出从混沌向和谐运动的有声状态。"音乐精神"是世界的本原，是创造的原动力，它支配人的深层意识和内在感觉，它体现个人与世界的有机联系，它传达生活和体验的紧张度及对紧张度的解决。对于艺术家来说，"音乐精神"是一种审美绝对，是"世界心灵"的最隐秘的语言，是音乐的最高域界，具有抽象性、普遍性、概括性的特点。相对于它而言，音乐艺术、音乐科学、音乐生活以及自然界的音乐之声只是通往这个"永恒"的旅程。"音乐精神"产生创作意志，激发创作灵感，并将情感意绪传递给作品的"受体"，使"受体"向创作"主体"转化。所有这一切，可以视为对俄国象征主义者所理解的"音乐精神"总结出来的定义。

俄国象征主义产生和发展的社会环境、它所拥有的文化渊源和哲学底蕴，培育了俄国象征主义者对这种"音乐精神"的倾注之情；俄国象征主义在向这个最高域界迈进的途中吸收了德国浪漫主义、法国象征主义和俄国传统文学的经验，并在继承中有所扬弃和发展。

俄国象征主义者对于"音乐精神"或与此相关的概念进行了自觉而充分的理论建构。"年长一代"象征主义者着重于将"音乐精神"视为一种诗学手段和美学意境；而"年轻一代"象征主义者则更强调"音乐精神"的哲学本质和宗教效能。对于"音乐精神"的理解也不仅仅是"两代"人的区分，在每一位象征主义者那里都有着不尽相同的表述。然而无论出发点和角度如何不同，俄国象征主义者普遍认同"音乐至上"，并且认为"音乐"与"象征"联袂最能体现象征主义的宗旨，体现艺术的最高目标——让心灵的"小我"与世界的"大我"沟通起来，让"此在"的可见世界与"彼岸"的可听世界应和起来,让混沌不安的现象世界变成和谐有序的精神世界。这是俄国象征主义者对"世纪末"情绪的一种反抗,对"颓废主义"和"个人主义"的一种克服。尽管他们的终极梦想,即创造全民参与的音乐神话——"神秘宗教仪式",不过是一种审美乌托邦,没有实现也不可能实现,但是他们的理论探索却表明了他们在世纪之交的转型时刻关注世界发展、探询济世良方的执着与真诚,并从客观上成就了其诗歌(文学)作品的特殊魅力,实现了诗歌语言的"魔法"效应,促进了读者在主体接受上的能动创造性。

虽然文学进程中不断地进行着流派更迭,也努力地实现着推陈出新,但是精神的传承是无法戛然而止的。俄国象征主义是俄国"白银时代"文学的"领军力量",无论是阿克梅派、未来派,还是其他不属于任何流派的诗人、作家,甚至现实主义阵营的诗人、作家,都对象征主义有着内在的继承和发展,"音乐精神"也是其中的一个重要的方面,因为和谐乃是全世界和全人类的永恒向往。

四

近年来,学科交叉研究成为一种发展趋势。在俄罗斯和其他西方国家,许多文学和音乐杂志、文集都频繁刊载有关文学中的音乐或者音乐中的文学的文章。1993年,俄罗斯科学院世界文化委员会与俄罗斯格涅辛音乐科学院联合组织了名为"音乐与无声界"(Музыка и незвучащее)的国际学术会议,其中"诗歌(文学)与音乐"就是一个主要的专题。学者们对此表现出了极大的兴趣,后来于1995、1997年又"自然而然"地举行了两次同专题学术会议,2000年就学术会议出版了文集。此外,2001年还在莫斯科举办了名为"俄罗斯及世界艺术文化中的综合"(Синтез в русской и мировой художественной культуре)专题国际学术会议,也出版了文集。类似的交叉研究已经突破了以往仅限于"某作家与音乐","某音乐家与文学"等的研究模式,更为广泛地从语言学、诗学、美学、音乐学等学科相互结合的角度深入到两个领域的交叉点。不过,对于俄国象征主义,尤其是将它作为一个整体来探讨它跟"音乐"的关联,迄今仍然没有专论。

在我国,对于俄国象征主义文学中音乐因素的研究,仅限于少数学者对某一诗人某一首诗的音乐性或作品音乐结构进行分析。本书以"俄国象征主义的音乐精神"为题探讨音乐因素中更深的层面——"音乐精神",应该说,这是一种崭新的尝试。在本书中,笔者主要试把文学史论和音乐史论、文艺美学和音乐美学、文学理论和音乐理论相结合,并以俄国象征主义的理论著述、诗歌(文学)作品,以及回忆录、笔记等史实资料为依据,通过比较、梳理、论证,切入两个艺术领域的交叉点,对俄国象征主义"音乐精神"的理论建构及其创作体现进行探讨。当然,俄国象征主义者对"音乐精神"的见解并非完全一致,笔者主要论述他们的主要共识,同时也兼顾一些相异之处。创作方面的举例分析,既可以作为本书论点的实践依据,也可以为赏析提供一条别样的路径。

总之,笔者希望本书的探索可以对俄国象征主义提供更为深入、更为全面的理解,也希望通过本书的探索在学科交叉研究方面找到一个新的、有益的切入点。

第一章 俄国象征主义文学景观素描

第一节 总体流脉进程

作为一场世界性的文学运动,象征主义最早是在法国兴起和确立的。其正式登场的标志是莫雷亚斯于1886年在《费加罗报》上发表的《象征主义宣言》,文中根据波德莱尔、马拉美、魏尔伦等人的观点,确定了象征派的基本原则。由于共同的艺术追求,莫雷亚斯、吉尔、勒尼欧、默里尔等一批年轻的诗人聚集在马拉美的周围,形成了一个艺术小组。1890年代又吸收了瓦雷里、纪德、克洛岱尔等人,使法国象征主义运动的队伍逐渐壮大。当然,法国象征主义最大的代表仍然是波德莱尔、马拉美、魏尔伦和兰波。这场运动不仅在法国声势浩大,而且迅速席卷了欧洲的大部分国家,包括比利时、德国、奥匈帝国、挪威、英国,以及俄罗斯。

俄国象征主义运动基本上是对法国象征主义运动的延续。1898年,当马拉美逝世、法国象征主义运动趋于结束之时,正是俄国象征主义如火如荼的形成和发展时期。不过,俄国象征主义并不是对法国象征主义的简单照搬,它产生的基础既关乎与法国象征主义相同的思想危机,也关乎俄罗斯所特有的文化土壤和历史环境。这一点我们将在第三章详述。对于俄国象征主义的流脉梳理,我们还是从其酝酿说起。

1890年,明斯基发表《在良心的照耀下》,率先提出了反对艺术的"功利性",宣扬"非存在论",成为象征主义思潮的发端。弗·索洛维约夫的《自然中的美》(1890)和《艺术的一般意义》(1890),沃伦斯基的《颓废派与象征派》(1892)等文章,也对象征主义理论建设起到了奠基作用,他们被视为俄国象征派的先驱。1892年,梅列日科夫斯基发表诗集《象征》,1893年他又在报告和著述《论当代俄国文学衰落的原因和新的流派》中阐述了自己的理论观点:"不论我们走向何处,怎样藏身于科学批评的堤坝之后,我们的整个身心总是感到神秘近在咫尺,汪洋就在眼前。"[1]他和其他象征主义理论家们一样,深信欧洲文明的两大支柱——理性和信仰——已经瓦解,在此基础上又提出了当代文学衰落的原因是拒绝古老的、永恒的、从来不曾死去的理想主义,而崇尚那种实证主义的自然主义。他认为,只有竭力奔向那未知的、尘世之外的圣土,才能使文学得以复兴。在对俄罗斯和欧洲的文学状况进行评价的同时,梅列日科夫斯基指出,现实主义文学在题材上已经枯竭,并且与理想世界相脱离,这不符合世纪之交的人们对世界的感悟,而与此相反,新的文学流派在这些方面具有绝对的优势。最后,他将新艺术的主要特点归结为"神秘的内涵、象征和艺术感染力的扩展"。[2] 这篇报告被视为象征派的诗学理论宣言,梅列日科夫斯基本人则担当了"年长一代"理论家的角色。

也是在1893年,勃留索夫和米特罗波利斯基(朗格)筹划缉刊《俄国象征主义者》,次年出版了第一辑。在这个缉刊中,勃留索夫使用了不同的笔名,造成已由许多象征主义者组成诗歌流派的印象,使其成为俄国象征主义正式登上文坛的标志。而勃留索夫本人也显示出了不仅要作为该派的重要诗人,而且要充当其领袖的志向。勃留索夫认为自己的"领袖"任务在于"建立一种有别于生活的诗歌,体现生活所不能给予的思想体系"。因为生活仅仅是"材料",是一种缓慢的、无精打采的存在过程,象征主义诗人应当把它转化为"无尽的激动"。生活中的一切不过是手段,用来书写明快地歌唱着的诗行,诗歌本身是深自内省的、超越尘世存在的

---

[1] 顾蕴璞编选:《俄罗斯白银时代诗选》,花城出版社,2000年,第530页。
[2] 同上书,第535页。

创造。

可以看出,俄国象征派在其初创时期就具有这样一个鲜明的特点:理论构建和诗歌实践齐头并进。一方面,象征派的理论家们不仅纷纷介绍西欧的象征派理论,翻译法国等欧美象征派的诗歌,还同时大量阐发自己的见解,努力经营自己的象征主义理论体系;另一方面,巴尔蒙特、勃留索夫等诗人的诗歌创作成果日渐丰盛,并且逐步赢得声誉。除了勃留索夫的三本缉刊《俄国象征主义者》(1894—1895)外,《北方导报》在象征主义理论的最初传播上发挥了重要作用。这一时期的俄国象征主义诗人,因地域关系集中在两个小组里。一为"莫斯科小组",参加者有勃留索夫、巴尔蒙特、巴尔特鲁塞蒂斯、波利亚科夫等;一为"彼得堡小组",成员有梅列日科夫斯基、吉皮乌斯、明斯基、罗扎诺夫等。在对象征主义的理解上,两个小组有很多共识,也有不少分歧:莫斯科小组认为象征主义是一种独立自由的新型艺术,他们更加注重诗学领域的革新问题;彼得堡小组则倾向于将象征主义视为一种启蒙社会的新型宗教,强调文学的"新宗教意识"。这种思想分歧,后来一直贯穿于俄国象征派的发展全程。

20世纪最初几年,象征主义迎来了全盛时期。首先表现为拥有庞大的出版基地:《新路》(1903—1904)、《天秤座》(1904—1909)、《金羊毛》(1906—1909)等象征主义杂志相继创刊,影响十分广泛;"天蝎"、"叫嚷"(1907—1910)、"秃鹫"(1903—1913)、"野蔷薇"(1906—1917)等出版社,以及丛刊"北方之花"也成为象征派的主要传播媒介。其次,象征派诗人的诗集纷纷问世,各领风骚。尤为引人注目的是,在莫斯科出现了所谓俄国象征派的"第三个小组"、象征主义文学的"第二次浪潮",指的是以别雷、勃洛克、谢·索洛维约夫、埃利斯等为代表的"年轻一代"象征主义者步入了文坛。他们自称"阿耳戈英雄派",又因受到集诗人和哲学家于一身的弗·索洛维约夫的很大影响,被称为"索洛维约夫信徒"。此时,原先地域上的分支被打破了:这一小组里既有莫斯科人(别雷),也有彼得堡人

（勃洛克）。当时在欧洲留学的维·伊万诺夫与这一小组也很接近,后来成为它的主将,俄国象征派一位重要的理论家。"年轻一代"象征主义者尽管当时平均年龄轻,文学年龄也轻,但他们对象征主义诗歌运动的推动作用却十分巨大。他们的介入,既为俄国象征派注入了新的气息,扩大了其影响,同时也加深了其内部的分歧,直至引发了象征主义的危机。

1905年革命及其后的若干年,是俄国象征主义的危机时期。诗人们因见证了当时的种种历史事件,自然而然会在作品中表达自己的感触;但是由于他们对社会的观照和评价具有不同的倾向性,导致原本已有的分歧深化为难以调和的矛盾,于是象征派迅速走向分野。以勃留索夫为代表的"莫斯科小组"坚持认为文学是独立于政治和宗教的"自由艺术",反对向文学领域以外扩张。"年轻一代"象征派一面认为艺术要介入生活,一面主张象征主义是一个宗教性、社会性的事业。以梅列日科夫斯基为代表的"彼得堡小组"（又称"新路派"）仍然奉行"新宗教启蒙说",把宗教与唯心主义的世界观等同起来。三派思想相互对立,争论十分激烈。

1910年前后,象征派遭受了来自内部和外部的双重冲击。内部分裂的主要原因是对艺术的性质和作用的不同看法进一步激化,主要以勃洛克和维·伊万诺夫在"艺术语言促进会"举办的报告会上的两篇报告为导火索[①]。同时,象征主义杂志陆续停刊,许多象征派人士声言放弃"主义"。因此,尽管有些学者认为这是一种不无益处的"争鸣",1910年仍然被认为是象征主义危机的爆发年。勃洛克曾在其长诗《报应》的序言中这样认定[②],埃利斯在1910年出版的专著《俄国象征主义者》的序言中也作如是说[③]。统一的俄国象征主义诗歌运动已经趋于瓦解。时至1912年,

---

① 即《论俄国象征主义之现状》和《象征主义之遗训》。
② 《亚·勃洛克文集》8卷本,莫斯科,1960—1963年,第3卷,第296页。
③ 埃利斯:《俄国象征主义者》"序言",莫斯科,1998年。原文是:"当代象征主义的危机"是濒死的挣扎,还是病情的转化或康复的开始,——这便是我这本书《俄国象征主义者》要讨论的基本问题。

"年轻一代"的两位重要人物勃洛克和维·伊万诺夫又公开决裂。勃洛克宣布,俄国象征诗派已不复存在。象征主义者所追求的宗教神秘主义也遭到了新兴的阿克梅派和未来派的反对,他们从外部对象征派产生强烈的冲击。作为一个流派,象征主义已经退出历史舞台。但是象征主义思潮影响下的文学依然延续着发展势头,因为其中的许多诗人作家坚持象征主义方针,继续从事创作活动和文学探索,并且取得了世人瞩目的成绩。"美人鸟"出版社(1913—1914)和《阿波罗》杂志(1909—1917)也继续为象征主义提供发言场所。

总结起来,文学史上对于俄国象征派的基本组成通常是作如下划分:梅列日科夫斯基,吉皮乌斯,明斯基,亚·杜勃罗留波夫,勃留索夫,巴尔蒙特,索洛古勃等人组成"年长"一代;勃洛克,别雷,维·伊万诺夫,谢·索洛维约夫等人组成"年轻一代";此外,安年斯基,沃洛申为"接近象征主义者"。

对这样的划分还需要做几个说明。将象征派分为"两次浪潮"(有学者分为"三次浪潮",即将"年长一代"再分为:梅列日科夫斯基,吉皮乌斯,明斯基为"第一浪潮",亚·杜勃罗留波夫,勃留索夫,巴尔蒙特,索洛古勃为第二浪潮)或者"两代",以及在地理上的两个队伍(莫斯科和彼得堡),一直被评论界和文学史界所采用。然而这种划分并不是绝对的,两地诗人之间有着经常的沟通与合作,比如别雷最初就是在勃留索夫的《天秤座》杂志上发表作品。此外,索洛古勃的诗歌表现对生命的憎恶,勃留索夫的诗歌宣扬"大都市主义",巴尔蒙特的诗歌则传达"狄奥尼索斯"式的狂热,若考虑到他们彼此之间如此巨大的差异,把他们"划分"在一起就是有条件的了,主要是他们在总体诗学、美学思想上较为相近。至于安年斯基,有人将其列入"年长一代",但是由于他的作品问世较晚,虽与"年轻一代"同时期却又与他们的创作相去甚远,反而与"阿克梅派"的某些特点较为契合,因此还被"阿克梅派"认为先驱,他在诗歌语言上的造诣也确实成为后起诗派和诗人们学习的榜样。沃洛申被视为象征派的"最后一人",他作为象征派的一员开始诗歌生涯,后来又与"阿克梅派"积极合作,他的诗歌也缺乏"年轻一代"中普遍的宗教神秘主义倾向,更注重的是诗歌纯粹的审美特征,在诗歌技巧和风格上则大力吸取西欧的创作经验。因此,我们同意将安年斯基和沃洛申视为"接近象征主义者"的说法。

无论是"年长一代",还是"年轻一代",许多象征主义诗人都在自己的创作生涯和艺术探索中经历过不小的转变,因此他们在某些方面也有交叉或相近。我们对象征派坚持上述划分,一来在总的轮廓方面确有依据,二来也有利于我们对象征派发展的整个过程进行全面把握。

我们说,象征派的每一位成员都显示出各自独特的个性魅力。以下我们就简单地对象征派重要代表的创作加以介绍,以便为深入的诗学探讨搭造一个粗略的框架。

勃留索夫是象征派的领袖,始终坚持艺术的独立性。他的早期作品消极颓废情绪较重,沉浸在"我"和"艺术"之中,如诗集《这是我》(1896)。20世纪初起,诗人的创作思想发生变化,尤其是1905年革命,使他转向相对积极的人生哲学,诗歌中出现历史、城市等更加"现实"的主题,但是仍以诗人的个人体验为表达对象,如诗集《第三警卫队》(1900)、《致城市与世界》(1903)、《花环》(1906)。在诗歌创作方法上,他既积极模仿和借鉴法国象征主义的经验,又重新挖掘和学习本国诗歌大师费特、丘特切夫的创作技巧,在诗歌中充分运用暗示手法,通过对细微情绪、瞬间感受的描画,表达对存在的灾难感和宿命感。

巴尔蒙特在早期创作中同样表现了世纪末的悲观色彩和消极情绪,也同样善于捕捉瞬间的感受,体现出象征、朦胧的印象主义特色,如诗集《在北方的天空下》(1894)、《在茫茫中》(1895)、《静寂》(1898)等。也是从20世纪初起,巴尔蒙特的诗歌变得明快、乐观。《燃烧的大厦》(1900)、《我们将向太阳一样》(1903)等诗歌中对"火"、"太阳"和"光明"的塑造和追求,以及做"纯正"的抒情诗人的理想,使他被誉为"太阳诗人"。巴尔蒙特诗歌创作的另一成就是对诗歌音乐性的开掘,他尝试各种方式使诗歌"外在地表现有节奏的语言的内在音乐",被称为"俄罗斯的帕格尼尼"。

索洛古勃的诗歌作品通常以象征形象描写现实生活的恐怖和可恶,又在字里行间流露出理想世界的神秘和魅力。正是因为陷入这样一种难以自拔的矛盾,使他的作品具有浓厚的悲观主义色彩。他的抒情诗题材较为狭窄,风格也较为单一,"死亡"和"魔鬼"是他诗歌创作的重要主题,他的诗集代表作是《火环》(1908),诗歌结构严谨,语言简练,富有节奏感。他还以长篇小说《卑微的魔鬼》(1905)而闻名于世。

吉皮乌斯是象征派中唯一的一位女性代表,她是梅列日科夫斯基的妻子,与丈夫一起宣扬象征主义的"新宗教意识"。她的诗歌创作同其他"年长一代"诗人一样表现想象中的非理性世界,描绘爱情、死亡和孤独主题。她善于敏锐地传达出心灵之声,非常讲究语言的音乐性,《歌》、《爱——有一没有再》等诗歌作品唱出了她的"心灵的祈祷"。

"年轻一代"的创作基本上是从 1900 年以后开始的,他们的文学成就总体来说超过了"年长一代"。他们在很大程度上受到宗教哲学家和诗人弗·索洛维约夫的影响。索洛维约夫思想体系的核心是"索菲娅"说,她是集善、爱、美于一身的"永恒女性",具有大智慧和无比的神力,她代表着一个统一的"世界的心灵",保卫着宇宙和人类。这个"永恒女性"成为"年轻一代"象征主义者的艺术观念基础和诗歌形象来源。

20 世纪初紧张的社会斗争和思想氛围迫使"年轻一代"注意到当下的和历史的问题,他们由沉浸于个人心理感受转向关注俄罗斯命运、人民的生活和革命的进程。但是这些物质世界的现象更多地体现为他们意识领域的象征。他们解决个人命运、俄罗斯命运,乃至整个世界命运的途径是索洛维约夫那种"启示录"式的拯救,在一个消灭了时间感的、因善战胜了恶而迎来美的"永恒世界"里建立神权统治,创造人类和解的精神圣殿。

索洛维约夫诗歌中雾、雪、风、朝霞、晚霞、疯狂、永恒等带有神秘主义色彩的主题形象也进入了"年轻一代"诗歌创作的形象体系。

在"年轻一代"中，别雷以"艺术的革新者"而引人注目，是一位具有世界性影响的诗人和作家。他的四部文字《交响曲》，三本诗集《碧空中的金子》、《灰烬》、《瓮》，三部论文集《绿草地》、《象征主义》、《小品集》，三部长篇回忆录《两个世纪之交》、《世纪之初》、《两次革命之间》，以及以《银鸽》、《彼得堡》为代表的数部小说，都是既具有很高的艺术性，又具有极大的文献价值的作品。

勃洛克以他卓越的诗歌成就被他的同时代人视为"象征主义第一人"。他的诗歌创作不仅体现了他一生的内在精神探索，而且敏锐地捕捉到时代的脚步声，传达出动荡年代的社会风貌。在艺术技巧方面，他的创作也对20世纪的诗歌发展产生了深远的影响。阿赫玛托娃认为，勃洛克是"白银时代"诗人最典型的代表。马雅可夫斯基指出："勃洛克的诗作标志着一个完整的诗歌时代。"[①]他的《美妇人诗集》、《意外的喜悦》、《雪中大地》等诗集，以及长诗《夜莺园》、《十二个》，成为永久的经典。

维·伊万诺夫主要以理论家和文学聚会召集人而著称，他最具影响力的作品是三部论文集《遨游群星》、《犁沟与田界》、《故园与宇宙》，还有一些诗集。他在神秘主义和"通灵术"方面走得最远，试图通过"神秘宗教仪式"来体现"集结性"思想，从而建立一个大同的世界。他的诗歌作品倾向于使用古希腊化的诗歌语言和形式，内容具有很强的宗教性。

我们以法国象征主义的兴起开始了流脉进程的描述，并且指出了俄国象征主义并非对法国象征主义的简单照搬，那么我们就以俄国象征主义的总体特色来结束对流脉进程的梳理：艺术思维具有多面性；视艺术为一种认知和创造行为；尖锐地介入宗教、哲学问题；注重探察无意识领域；

---

① 张玉书主编：《20世纪欧美文学史》第一卷，北京大学出版社，1995年，第322页。

创作中具有新浪漫主义和新古典主义气息;倾心于神话主题、艺术综合和文化对话,等等。

第二节　两大诗学特征

象征主义,顾名思义,"象征"乃是其核心范畴,是其相对显在的特征。对"象征"的理解,在很大程度上即是对象征主义艺术原则的总体把握。因此,我们将把"象征"作为对"象征主义"诗学特征进行研究的基础,继而探讨本书的研究重点,俄国象征主义的另一大诗学特征——相对潜在的"音乐精神"。

最早提出"象征主义"一词的是法国诗人让·莫雷亚斯,他著文要求诗人摆脱描写外界事物的倾向,努力抒写精神生活,探求内心的"最高真实"。实际上,这是对业已形成的文学流派的艺术追求的总结。早在莫雷亚斯之前,法国象征主义诗歌的奠基人波德莱尔就曾指出:"整个看得见的宇宙不过是形象和符号的仓库而已,而这些形象和符号应由(诗人的)幻想力来给予相应的位置和价值。它们是(诗人的)幻想力应该消化和加以改造。"[①]马拉美坚持诗歌艺术应当"激活形象",要传达对事物的印象而不是事物本身,"直陈其事,这就等于取消了诗歌四分之三的趣味,这种趣味原是要一点一点儿去领会它的。暗示,才是我们的理想。一点一滴地去复活一件东西,从而展示出一种精神状态,或者选择一件东西,通过一连串疑难的解答去揭示其中的精神状态;必须充分发挥构成象征的这种神秘作用"。[②]兰波提倡诗人的任务是"考察不可见的事物,倾听听不到的东西"。简而言之,法国象征主义者认为,象征就是诗人通过诗歌

[①]《波德莱尔相应说》,载《外国文学研究》1979 年第 4 期。
[②] 黄晋凯、张秉真、杨恒达主编:《象征主义　意象派》,中国人民大学出版社,1998 年,第 42 页。

中所描写的意象来表达某种普世性意义的方法或手段。象征主义手法的采用,可以极大地扩展诗歌容量,其形象虽然具有模糊性、朦胧性,但却能更准确地表达诗人的内心。

引进法国象征主义而兴起的俄国象征主义,在"年长一代"那里体现出近似于前者的艺术观,即视象征为一种更为有效的艺术方法和手段。他们认为,象征是思想的感性形式,它不能通过理性的努力来破译,到了最深层次它就无法被描述被解释了。象征与传统意义上的艺术形象的区别即在于前者的多义性——向多个方向辐射的甚至相反的诸意义。象征的多义性是基于对超现实的神话的、宗教的,以及哲学美学的阐释。这种理解与康德、叔本华、谢林的唯心主义哲学,与尼采的超人哲学,与柏拉图的二重世界(此在和彼在)说,以及基督教的世界观都相关联。

我们以下从两代俄国象征主义者的论述出发,具体来看他们各自对象征和象征主义的理解。

梅列日科夫斯基指出,"说出的思想便成谎","语言只是界定、局限思想,而象征则表达思想的无限一面","在诗歌中,未经说出而闪烁着象征之美的思想,较之用语言表达出来的思想对心灵的作用更为强烈。象征主义使风格本身,使诗的艺术实体本身富有灵性,晶莹剔透,有如点燃起烈焰的石膏罐的薄壁";象征发自艺术家的灵魂深处,它"应当自然而然地从现实深处流溢出来。而如果作者为表达某种思想而人为地把他们臆造出来,它们就会变成僵死的寓意,这些僵死的寓意会像其他一切死物一样,除反感外是什么也引不起的"。[①] 应当指出,梅列日科夫斯基在这里所说的"现实"是心灵的现实。

索洛古勃强调:"象征是通往无限性的窗口";"从生活的整体上去显现生活,而不是仅仅从其外在方面去再现生活;不是从生活的个别现象方

---

① 顾蕴璞编选:《俄罗斯白银时代诗选》,第 534、535 页。

面,而是凭借象征所生成的那些形象的途径,从实质上去显现那种隐藏在一些十分偶然的、分散于各处的现象背后的东西,从本质上去建构那种与永恒与宇宙与世界存在的进程之间的联系。"① 他认为,象征主义是从人的天性是非理性的这一特点出发,而强调对世界的非理性认识;人的心灵状态就像载着意识的"噩梦"在"摇摆的秋千",因此他偏重于表达心灵活动中黑暗的一面。

巴尔蒙特在文章《象征主义诗歌简述》中,从现实主义艺术和象征主义艺术之间的区别出发,提出他所理解的象征主义和象征。他说,"现实主义者陷在具体生活的层层浪花包围之中",因此他们的意识走不出尘世生活的框框;而艺术中越来越强烈地显示出对用更加精确的方式表达情感和思想的需要,象征主义正是迎合了这种需要。象征主义诗歌"有机地而并非刻意地融入了两类内容:暗含的抽象和明显的美——这两类内容融合得轻巧自然,如同夏日的清晨那河水和阳光的和谐融合"。② 巴尔蒙特认为,"象征主义——那是一种强大的力量,它力求识破思想、色彩和声音的种种新组合,而且它常常是以一种无法反驳的说服力来进行这种识破的"。③ 由于对永恒的混沌之神和"自然力"的信仰,巴尔蒙特偏好"光明"的、"狄奥尼索斯"式的抒情诗。

对于勃留索夫来说,象征主义是理解现实的方式,是"打开秘密之门的钥匙"。在1903年发表的这篇文章中,他写道:"艺术是认识世界的非理性途径。艺术是我们在其他领域叫做天神启示那样的东西。艺术作品是通向'永恒'世界的略微开着的大门。"④ 他认为,象征是一个包罗万象的范畴,它可以囊括一切有关世界的表象;象征主义诗歌是体现诗人自我

---

① 周启超:《俄国象征派文学理论建树》,安徽教育出版社,1998年,第191页。
② 顾蕴璞编选:《俄罗斯白银时代诗选》,第539页。
③ 同上书,第542页。
④ 黄晋凯、张秉真、杨恒达主编:《象征主义 意象派》,第167页。

个性和直觉体验的诗歌。他在《赠年轻的诗人》一诗中,提出了自己的象征主义诗歌纲领:

> 目光炯炯的苍白的青年,
> 我把三句遗言赠给你,
> 接下第一句:别指靠今天,
> 未来才是诗人的天地。
> 保存第二句:对谁也别钟情,
> 你却要无限钟爱你自己。
> 把第三句"崇拜艺术!"记在心,
> 只崇拜它,不忧郁,无目的。

(顾蕴璞译)

安年斯基的心理联想诗对象征派产生过很大影响。他在为诗集《寂静的歌》所作的序言《何谓诗歌?》中指出:"任何一首伟大的诗歌作品都不可能在诗人在世之时被言尽,然而它会在其象征当中似提出问题一般永远流传下去,那些问题集中了人的思想。"[①]对于安年斯基来说,人类的词语是非理性思想的武器,象征是用来使真实情感得到深化和尖锐化的一种审美手段,而不是用来跳上形而上学高度的跳板。

我们对"年长一代"的观点表述做个小结。显然,从他们的论述当中,我们很难对"象征"下一个确切的定义。但是可以得出一个最根本的共同点,那就是他们都承认并重视"言外之意",努力打凿艺术形象面纱之下的隐秘本质。他们希望理解现实物象与心灵映象之间的关联,由感应而实现物我合一。象征对于他们来说不是描述物象特征的词语,也不是传达心灵状态的形象,而是词语和形象的深意。因此,他们笔下的词语和形象

---

① 英·安年斯基:《何谓诗歌?》,网络版,据"文学纪念碑"系列之《英诺肯基·安年斯基》,莫斯科,1979 年。http://az.lib.ru/a/annenskij_i_f/text_0350.shtml

不可能是直白易解的,而是通过隐喻和转义变得曲幽难解,也就是所谓的"花非花"。

这种解释又似乎令人觉得象征就是隐喻或者转义语,其实不然。象征主义者认为如果仅仅需要在形象身上猜测出它的第二层意思,那便是一种伪象征形象。真正的象征具有无穷多的内涵,它所期待的是仁者见仁、智者见智的理解和感悟。

"年轻一代"一方面认同"年长一代"的这些观点,比如:"象征则具有灵魂,具有内在的发展机制,它像生命体一样活着,并且不断地增生着。"①(维·伊万诺夫);象征就是"将异种的事物联系在一起"(别雷)。另一方面,他们有别于"年长一代",把象征主义提升为一种世界观。他们正是希望通过象征而登上形而上学的高度。他们的艺术探索增加了强烈的神秘主义色彩,并且打算像先知那样,通过走上痛苦的精神之旅,在尘世现实中寻找改造世界的途径。而这一点也同样使他们有别于法国象征主义,因为法国象征主义者只是想从实践性的语言中"找到某些手段,去创造一种没有实践意义的现实","就是创造与实际制度绝对无关的一个世界或者一种秩序、一种关系体系"。②

"年轻一代"的新主张在很大程度上可以归根于索洛维约夫的"万物统一"哲学观。索洛维约夫认为象征形象应当实现把绝对者集中于个别者身上,他在《论抒情诗中》指出:"为了捕捉到并且完美地巩固住单个现象以使它永存,必须将全部的心灵力量集中在它身上,同时以此感受到凝聚于它身上的存在的力量;应当承认它的无疑的价值,在它身上看到的应当不是某个事物,而是一切事物的焦点,是绝对者的唯一样本。诗歌的灵魂与物象的本真之间的应和正寓于此,因为实际上不仅个体不可分割地

---

① 顾蕴璞编选:《俄罗斯白银时代诗选》,第189页。
② 黄晋凯、张秉真、杨恒达主编:《象征主义 意象派》,第68页。

存在于共体里,共体也不可分割地存在于个体中。"①

在此论断基础上,维·伊万诺夫提出"象征主义的现实主义"。他认为真正的象征主义应当描绘大地而非天空,重要的不是声音的力量,而是共振的力量。象征是一种将存在的各个方面联系和统一起来的活的纽带,而不是简单的指一说二。他的理想是成为"回声"艺术家。这种艺术家的任务是全神贯注地倾听存在的声响。他认为现实本身已经是一种象征,无需为其附着其他形式,也无需为其强加上主观的抽象。通过这样的象征,才可以真正实现对现实的发明、改造和创建,而不是认识、改观和拥有。它实际上不是现实主义,而是理想主义。

别雷认为,"象征就是从自然中拿来,又用创作改造的形象";"象征就是把艺术家的体验和本身的特征相结合的形象。从这个意义上说,一切艺术作品究其实质都是象征性的";"象征主义强调创作重于认知,强调在艺术创作中对现实进行改观的可能性";"艺术的目的是重塑个性,创建更为完善的形式";"文化的最终目的是重建人类"。② 可见,别雷的观点是,象征主义以现实形象为媒介来传达意识体验,就如同科学上的抽象思想用图解方式来简洁表述一般。这又与上述维·伊万诺夫的观点不尽相同。别雷的象征主义还是一种个体体验的狂喜形式,从每个词、每个形象出发,"一刻不停地走向无限"。

在表现个体体验的狂喜这一点上,勃洛克与别雷近似。不同之处在于,勃洛克的象征主义观体现出一个从超尘世的神秘主义向尘世的神秘主义过渡的过程,他最终实现了对生活的全面象征化,无论色彩、声音、物体、行为,都可以化为象征,尤其是"自由的自然力"形成的旋风和卷起的激情。勃洛克认为,艺术家的责任要求诗人不仅传达个体内心的苦难,还要传达祖国甚至世界共体所承受的苦难。他和别雷都以创作表现出对祖

---

① 弗·索洛维约夫:《艺术哲学与文学批评》,莫斯科,1991年,第407—408页。
② 安·别雷:《作为世界观的象征主义》,莫斯科,1994年,第12页。

国的强烈的爱和对它的未来的担忧。这使他们的象征主义彻底除去了"个人主义"和"颓废主义"的帽子。

综观本章所述,象征主义是一场纷繁复杂的文学运动,在不同的、甚至不同阶段的艺术家那里,象征主义表现出不同的伦理美学、社会观念和政治倾向,这一点无论是在作家们的创作中,还是在作家们的个人命运中都有所体现。俄国象征主义之所以能够作为独立的文学流派发展壮大,产生广泛影响,又是基于象征主义者们在艺术观点和处世态度上的共同特征。我们在此用关键词的方式将它们作一表述:

——艺术:艺术是用非理性的方式理解世界(勃留索夫),是透过外部表征豁然领悟内在本质的可能性(维·伊万诺夫);艺术创作基于超理性的灵感和直觉体验。

——诗:诗是非语言所能表达的密码(维·伊万诺夫),是诗人心灵活动的表现;

——象征:象征是表达某种现象之实质的诗歌形象;在象征主义诗歌中象征用来传达个性化的,常常是诗人瞬间的感受;"象征是通往无限的窗口"(索洛古勃);象征是言语未尽,意义隐含和多种理解;"象征只有当它的意义无止境无极限时才是真正的象征"(维·伊万诺夫);

——音乐:"音乐是达到完美境界的重要手段"(吉皮乌斯),"音乐是最具魔力的艺术"(巴尔蒙特),"音乐是最理想的象征"(别雷),"音乐是世界本质"(勃洛克)。诗歌创作重视音乐手段、音乐情绪和音乐意境,并在思想上探求抽象的、形而上的"音乐精神";

——读者:象征和音乐都要求读者作为另一个创造者,通过最细腻的心灵活动与作者沟通,和作者一起来感悟。

在象征主义诗学体系中,"象征"是纲领性范畴,即认为象征能够最完整、最等值地显现那隐藏在物象背后的世界存在的本真面目。"象征"既表现为诗歌形象、手段、意境,又体现出与象征主义者的世界观的呼应。"象征"是"开启奥秘的钥匙"(勃留索夫语),而"音乐精神"则既能够实现象征化、体现象征无限,又是世界奥秘、心灵奥秘本身。因此,"象征"与"音乐精神"作为两大诗学范畴是相辅相成的关系。

下文将对俄国象征主义的"音乐精神"从渊源、背景、理论、实践、承传诸方面展开详述。

第二章　俄国象征主义"音乐精神"的艺术史渊源

　　诗歌与音乐作为人类艺术殿堂的两个瑰宝,自古以来同发生、共发展,从合一走向分离,又从分离趋于融合,在人类社会不断进化的道路上,二者不即不离又若即若离,各自在自身又在对方身上探索和发现新的、更高的艺术形式和内容,推动着人类文化的历史演进。诗歌与音乐的这种特殊关系,为本书的论题提供了历史前提和理论依据。

第一节　诗歌同音乐"一体"[①]

　　追溯诗歌与音乐的源头,无论从社会学、人类学,还是从考古学、民族学的研究成果看,有一个公认的事实,就是诗、歌、舞曾三位一体,共同孕育于原始社会的"混合艺术"。当时的"混合艺术"是与社会生活密不可分的,它实现着多种功能,包括交际、组织共同劳动和仪式,并对其参加者产生情感影响作用,借以培养集体所必须的精神品质。最先在"混合艺术"中"成形"的是音乐。考古学家发现了4万年前的原始乐器:凿孔的鸟骨,能发声的石头。劳动号子、打猎和战斗的信号,都是未来音乐的先声,它们经历成百上千年的演化,通过仪式舞蹈、战斗歌舞、打猎游戏等活动,走

---

　　① 关于诗歌和音乐的起源和发展,参见:《音乐大百科》6卷本,莫斯科,1976年,第730—750页;别特鲁莎恩斯卡娅:《音乐与诗歌》,莫斯科,1984年;格罗塞:《艺术的起源》,商务印书馆,1996年;朱光潜:《诗论》,上海古籍出版社,2001年等。

上了通往人类音乐文化的道路。而对于诗歌来说,在史前时期它赖以存在的唯一基础是与音乐的混合。最早的诗歌是配合哼唱的诅咒语,但这还不能称其为"诗"。后来产生合唱,并逐渐将合唱分为两部分,成为两个部落打仗时的对峙歌。在战斗歌舞之后出现了劳动歌曲,后来又有情歌、颂歌、赞歌和诅咒歌。经过漫长而复杂的发展道路,出现了民歌谣艺术,它拥有多种体裁上和音乐诗歌演绎上的变体:在英雄赞美歌中诞生了勇士歌谣,在对死者的悲悼呻吟中产生了哀歌,而在爱情曲中则孕育了抒情诗。这样,便迎来了音乐诗歌一体艺术的长足发展:古埃及的神秘宗教仪式,印度的诗歌舞三位一体艺术,古犹太所罗门王的雅歌,以叙事歌曲为基础的荷马史诗《伊利亚特》和《奥德塞》。在中国,也有诗、乐、舞相伴相生的记载。一如《吕氏春秋·古乐篇》中的"昔葛天氏之乐,三人操牛尾,投足以歌八阙",其所描述的场面,就是诗、乐、舞三者结合的综合表演。再如《毛诗序》中的论述:"诗者,志之所之也,在心为志,发言为诗。情动于中而形于言,言之不足故嗟叹之,嗟叹之不足故永歌之,永歌之不足,不知手之舞之,足之蹈之也。"而我国古代最为典型的抒情诗乐代表作便是《诗经》,《史记·孔子世家》在论述《诗经》时曾说:"三百五篇孔子皆弦歌之,以求合《韶》《武》《雅》《颂》之音。"

　　回到西方艺术发展史。在拥有"高不可及的范本"(马克思语)的《荷马史诗》和神话、悲剧艺术的古希腊、罗马时期,与音乐合体的诗歌艺术呈现出了独一无二的景观。希腊诗人在里拉琴、基法拉琴和古箫的伴奏下自编自唱,并根据伴奏乐器的名称命名诗歌的类型。在基法拉琴伴奏下的诗歌主要是与社会事件相关的内容,里拉琴伴奏下的诗歌多为情歌或悲歌,这种配乐的诗即称为"乐诗"。一般唱词为先,由其音步来确定音乐的节奏。与这种"独唱"相比,合唱则占据了更为显要的地位,柏拉图甚至就此断定"音乐即驾驭合唱的能力"。合唱也成为人类艺术的第一个高峰——古希腊悲剧的基础。"悲剧"一词原意为"山羊之歌",源自庆祭酒神的狂欢,其时女祭司们化妆成酒神的侍者萨提儿,她们身裹着山羊皮,披头散发,挥舞牧杖,吹笛击鼓,敲钹摇铃,一边饮酒一边欢歌。后来,在这种歌舞中引进一个戏剧演员,与合唱队互相对答,叙述故事(由此产生叙事文学)。再后来戏剧演员增多,又增添了半说半唱的宣叙调,逐渐形成"悲剧"艺术。在古希腊悲剧中,剧作家和音乐家往往合二为一。

古希腊人的另一大功勋是建立了与他们的哲学紧密相连的音乐诗歌理论和美学体系。自毕达哥拉斯始,经苏格拉底、柏拉图,直至亚里士多德,都有许多经典的美学论述。这一美学的中心即音乐表现的多种可能性,它的教育意义和社会意义。柏拉图坚信"节奏与和谐"最能够渗透人的心灵,也最强烈地震慑人的心灵。亚里士多德指出"就像体操可以锻炼人的身体一样,音乐可以对人的道德天性产生影响"[①]。从古希腊的音乐诗歌理论中流传下来一系列至今仍在使用的术语,如旋律、音阶、节奏、合唱、诗节、诗行、音步等等。后来诗歌的诸种体裁,如哀诗、颂诗、讽刺短诗等等也衍生于古希腊音乐和诗歌。到了古罗马时期,音乐和诗歌一体艺术持续繁荣,诗人们对世界的接受和对人的心理感受更加敏锐和深入。

进入中世纪时期,音乐和诗歌一体艺术有了更多的体裁,更分化出教会音乐和世俗音乐。无论是经文歌还是民歌谣,都是以词为主导,曲为从属。或是只为"唱"出经文,或是以歌词内容和节奏决定其曲调的性质——铿锵有力抑或忧郁感伤。诗人和歌手合二为一。法国10至13世纪吹管乐歌手的黎明曲、田园曲、哀歌和叙事曲,以及12至13世纪德国的骑士抒情诗歌手的创作,成为许多欧洲国家的艺术典范。

直到文艺复兴初期,诗歌才开始与音乐真正地分离。诗主要用来朗诵,而不是歌唱,所以诗歌的音乐形式渐渐隐去,然而,既可指音乐又可指诗歌的比喻性短语仍然保留:如叙事诗"巴拉达"具有广义上的音乐性,法

[①] 转引自别特鲁莎恩斯卡娅:《音乐与诗歌》,第6页。

国"尚松"(即情歌,抒情诗的一种)保持着音乐声响传统。16、17世纪之交,音乐发展出一些新体裁,如歌剧、交响乐、清唱剧和康塔塔等,诗歌也形成了体系,这最终使诗歌和音乐发展成为两个独立的艺术门类。

第二节 诗歌与音乐"比争"

时至今日,诗歌和音乐已经发展成为自成体系的两门艺术,作曲家和作家(诗人)、音乐学家和文艺学家也在各自独立的专业领域向纵深方向进行理论和实践探索。然而由于这对"姊妹艺术"自古以来的亲源性与共生性,二者之间的横向联系问题就成了学者们必然关注的问题。

最显而易见的横向联系表现在诗歌与音乐融合而成的一些音乐种类中,如声乐曲,包括清唱剧、康塔塔、浪漫曲以及歌剧和歌曲等,在这些音乐种类中要求词和曲的统一。我们以其中"综合性"更强的歌剧为例。有学者认为,歌剧作曲家正是利用语言表达上的节律和语调特征,按照文学中的抒情和叙述这两种表达方式的模式,创造了咏叹调和宣叙调这两种唱腔类型。实际上,这种说法欠妥:前面已经提到,即使在原始社会的低级文明阶段,也有抒情诗和叙事诗之分,而当时它们是伴着"抒情曲"和"叙事曲"传唱的,在古希腊的悲剧中,也可见到咏叹调和宣叙调的雏形,况且歌剧建立之初就是要再现古希腊的戏剧,因此,这两种唱腔类型并不是作曲家根据文学中的表达方式进行的"创造",而是古已有之,后来才在歌剧体裁中得以专门确立。不过,文学中的抒情与歌剧中的咏叹调,文学中的叙事与歌剧中的宣叙调的确是非常近似的:文学中的抒情表述一般都有很多装饰性词句,语气变化频繁,语调起伏也很大,音乐中的咏叹调也是通过长线条和起伏多变的旋律,以及变化多端的强弱对比等等来打动人心;文学中的叙述往往用词比较简练,语气也较为平淡,音乐中的宣叙调也是通过简单的音的进行(常用一个音),简单的节奏(常用一种最简单的平均节奏),简单的力度(常用一种力度)等手段来提供信息。由此可见,文学与音乐在表现方式上有一定的近似性。

在歌剧,以及既有诗文又有乐曲的音乐体裁中,诗文和乐曲各自的地位如何,又是艺术家和学者们争论的话题。就歌剧而言,欧洲歌剧史上曾经发生过三次著名的美学论战:以卢梭为中心的"喜歌剧"之争,以格鲁克为中心的歌剧改革之争,以及以瓦格纳为中心的"音乐剧——总体艺术作品"之争。这些争论有一个共同的基础,那就是歌剧的特殊性对诗歌和音乐双方都提出了要求:音乐必须符合剧情(诗歌)发展,剧情(诗歌)也必须适合音乐展开——诗歌与音乐互相归属,互相服务,互相依存,组成一个不可分割的整体。基于这个认识,艺术家们提出了一些"合理的悖论":①卢梭将语言与音乐相对立、将宣叙调与咏叹调相对立,强调从法语语言中挖掘旋律美,主张音乐为诗歌服务;格鲁克信奉"单纯,真实和自然"是艺术作品的美的基本原则,同样强调音乐要为诗歌服务,要为剧情的表现服务;莫扎特则认为在歌剧中"音乐处于至高无上的地位","诗歌必须无条件地成为音乐的顺从的女儿";E.T.A.霍夫曼提出歌剧应做到"几乎不必听懂一个字,观众就能根据他所看到的来把握剧情"。实际上从卢梭、格鲁克到霍夫曼是在逐渐发展着一个共同的美学理想,即要求呈现于舞台的是拥有"内在诗意关系"的歌剧的有机整体,而不是诗歌与音乐勉强拼接起来的"死的混沌物"。这个理想最后由瓦格纳用其自创的"总体艺术作品"(Gesamtkunstwerk)这个德语复合词表述出来,即摒弃巴洛克歌剧中那种各门艺术的简单混合,而要把音乐、诗歌、舞蹈、雕塑、建筑等各艺术门类真正融为一体。在这种"普遍的艺术",即"总体艺术作品"中,不应当再有各门艺术的分野,它们不分彼此,全都"交织"(Verwobenheit)在一起,由此升华出一种崭新的"未来艺术"——"音乐剧"。

---

① 参见蒋一民:《音乐美学》,东方出版社,1997年,第101—119页。

词曲"统一"问题一方面体现在艺术家本身的创作追求之中,另一方面体现在艺术理论家提出的艺术原则之中。艺术符号理论的重要创始人之一,美国哲学家、艺术理论家苏珊·朗格(1895—1985)非常关注既有词又有曲的歌曲和歌剧,以及往往与文学、诗歌甚至美术等因素联系在一起的标题音乐,由此提出音乐中的"同化原则"问题。她强调音乐要"纯化",在歌曲创作过程中,作曲家是将语言材料、它的声音和意义转化为音乐形式。诗歌或散文被谱成歌曲以后,就不再是诗歌或散文,而是音乐了,即诗被音乐"同化":"原来,这不过是一种同化原则。凭着它,一首诗的词句,大合唱中《圣经》经文的隐喻,喜剧、悲剧的人物事件,当被音乐运用时,也就成了音乐的成分。如果作品完全是音乐的,那么,它就是纯音乐,而不是两种或两种以上的艺术的混合物。"① 这实际上仍然是瓦格纳等艺术家所追求的理想境界,即诗和乐的有机融合:离开乐,词就失去了魂;离开词,乐就失去了根。

上述音乐体裁的特殊性造就了诗与乐结合的必然结果。那么,除了这些词曲并存的音乐体裁之外,在所谓真正"适用于音乐艺术的本质"② 的器乐与诗歌之间,又有什么横向联系呢?

首先,音乐和诗歌是艺术总体框架下的两个分支或两种形态。两者既然同为艺术,在艺术美学和艺术理论中就自然会被同时涉及,而且几个世纪以来两者一直处于"比争"的态势。比如,康德在其美学名著《判断力批判》(1790)中提出"自由美"("纯粹美")与"依存美"的划分:"有两种美:自由的美和只是依存的美,前者不以对象究竟是什么的概念为前提,后者却要以这种概念以及相应的对象的完善为前提;前者是事物本身固有的美,后者却依存于一个概念(有条件的美),就属于受某一特殊目的概念制

---

① 苏珊·朗格:《情感与形式》,中国社会科学出版社,1986年,第187页。
② 汉斯立克:《论音乐的美》,人民音乐出版社,1980年,第34页。

约的那些对象。"①根据这个标准，康德将诗歌、文学、戏剧、绘画等等涉及具体内容意义的艺术归为"依存美"类型，而音乐则需要细分，即"音乐里的无标题的幻想曲，以至缺歌词的一切音乐"才是属于"纯粹美"类型。②

黑格尔在《美学》(1835)中指出，各门艺术都同人类精神发展密切相关，同时各门艺术都有自己的"内容"与"形式"，其中"音乐所表现的内容既然是内心生活本身，即主题和情感的内在意义，而它所用的声音又是在艺术中最不便于造成空间形象的，在感情存在中是随生随灭的，所以音乐凭声音的运动直接渗透到一切心灵运动的内在的发源地"。③他认为，音乐表现了一种优雅的微妙境界，在这境界中，内容完全被形式所吸收，但这并不意味着对器乐曲只应作形式主义的理解，那样，它就不配称为艺术了。换言之，音乐是有"内容"的，这个内容就寓于音乐上紧张度的解决，因为它表现了人对世界的生活体验，也可以说，表现了意识本身。相比之下，文学和绘画、雕塑等艺术的"内容"和"形式"就更直观。

此后的艺术美学均或多或少、或直接或间接地发展了康德和黑格尔的基本美学原理。强调音乐的"自律"性的奥地利音乐学家、美学家汉斯立克在其著作《论音乐的美》(1854)中强调，音乐不是表现情感的，它与"外界"没有关联，它没有文学、诗歌、造型艺术中那种用概念表现出来的"题材性"内容，音乐的内容就是"乐音的运动形式"。

捷克音乐学家安布罗斯的小册子《诗歌与音乐的界线》(1856)曾经引起美学界的热烈争论，他在其中指出，音乐由于缺乏词语所具有的明晰含义，它并不优于诗歌；相反，"可以把诗歌称为有完全确定的表达内容的艺术……音乐所支配的材料（指声音——本书作者）决定了它远远不在这种

---

① 朱光潜：《西方美学史》下卷，人民文学出版社，1964年，第17—18页。
② 康德：《判断力批判》上卷，商务印书馆，1964年，第68页。
③ 黑格尔：《美学》，商务印书馆，1979年，第349页。

好的状态。它(指音乐——本书作者)无法说出任何一种准确的概念……"①安布罗斯认为,音乐应当在"力所能及"的范围内保持自己的"天然界限",也就是说,作曲家的蕴涵诗意的思想应当从情绪以及情绪渲染而出的表象中就可以被理解,音乐作品本身应当清楚地表达出这种思想,而不需要用其他任何与音乐缺乏有机联系的手段加以解释;在"力不能胜"的情况下,音乐也不能"强行"与诗文结合,两者之间恰当的融合才是理想的情形。

英国音乐理论家戴里克·库克于1959年发表了重要的理论专著《音乐语言》。他认为艺术作品有着共同的本质,即艺术家以独特的方式表达对生活和对世界的"主观体验"。在这种认识前提下,库克将音乐与绘画、建筑和文学相比较,提出音乐是人类情感的"语言"这一论断。这种"语言"不同于文学和诗歌的语言,它不能像后者那样表达概念和意义。音乐的"语言"是表达情感的语言,音乐的内容是一种"情感内容"。文学—诗歌的"语言"通过概念手段唤起人们的想象,从而间接表达情感;音乐的"语言"是声音自身,不通过概念的中介而直接表达情感。用库克的话说,"这种艺术之间的表现手段的真正差别在于:绘画通过视觉形象来表达情感;文学通过能被理性了解的陈述,而音乐则直接地通过赤裸裸的情感"。②

如此种种的观点都论及了音乐与诗歌(文学)在美学层面上的个性与共性,以及在美学探讨中的自守与开放。总而言之,在这两门艺术的审美价值和哲学本质的问题上,无论学者们所依据的原理和所选择的视角如何不同,从他们的表述中可归纳出较为一致的观点:音乐和诗歌作为两个独立的艺术门类,在概括性、象征性和抒情性的力度上,音乐总是比诗歌

---

① 转引自米涅拉洛娃:《俄罗斯白银时代文学——象征派诗学》,莫斯科,1999年,第49页。
② 转引自于润洋:《现代西方音乐哲学导论》,湖南教育出版社,2000年,第241页。

略胜一筹;而从具体性、概念性和叙述性的力度上,是诗歌和文学更占优势(尽管抒情诗具有概括性、象征性和抒情性的特点,但文字材料的确切概念性语义负载仍然使其无法达到音乐的力度)。基于这种共识,诗歌适当地向音乐汲取后者的概括性、象征性、抒情性之所长,就是理所当然且大有益处的。

其次,诗歌与音乐诞生于同一"母体",即使在分离之后仍然保持着某些共同的"基因",它们在诗歌中的术语为节奏、语调和选音,在音乐中的术语则为节奏、旋律和配器。这些要素因为使用的材料不同——一个是语言,一个是声音,——而有了不同的特性和体征。

诗歌的节奏是由同一类基本单位的不断重复、反复回旋而形成。俄语诗歌理论界有的学者认为节奏的基本单位是诗行,而从18世纪以来则认为音步是节奏的基本单位(音步只是一种相对的节奏概念,因为音步一般只有两个或三个音节,不一定是词,并不是现实语言的最小单位)。对俄语诗歌来说,节奏是以等量重音音节的重复作为基础的,诗歌的"节奏型"则是由格律、诗行长短和各种韵脚来决定的,诗行的色彩则可以通过选音来加强。至于诗歌的旋律,有学者认为它是基于语调而形成的。我们认为,韵律、节奏和选音一起构成诗歌的旋律。

在音乐中,"音乐的材料就是声音(tone)。这些声音所附丽的形式都为两种不同的原则所规定——就是节奏和和谐(rhythm and harmony)的原则……音乐的节奏在最简单的形式中,是由一个声音或一小群声音有规则的时间间隔产生的。和谐是由某种一定高低的声音,和别种一定高低的声音的合规则的关系发生的。因节奏的原则,声音受量的调整,同时因和谐的原则,声音受质的调整。节奏和和谐合起来就成了旋律(melody);换句话说,旋律的形式是在节奏地和和谐地调整了的声音的继续上存在的"。① 而音乐的"色彩"就是通过配器来加强(在俄语、英语中"选音"和"配器"是同一个词——"инструментовка"，"instrumentation")。

除了这些基本要素以外，在作品结构和作品分析方面，诗歌和音乐还有两个共同的要素："动机"和"主题"。

"动机"(мотив；motif；motive)在音乐中是用作曲式基础的一组音符或调子，在文学中指的是中心性、推动性的情节。具体说来，"音乐中的'动机'指一系列有联系有特点的声音，同时它们立刻指示着更高级的，范围更广大的整体，如像主题和旋律"。② "文学中的'动机'是一种重复的、典型的，因而叫做人类非常重要的局面。具有这种性质的局面中有理由地包含着这个事实，就是动机必然要指出事先和事后状态。局面产生了，局面的紧张要求一个解决方案。因此动机是一种推动的力量，这种力量我们最后有理由称为动机。"③

关于"主题"(тема；theme)，我们可以援引法国现象学美学代表人物杜夫海纳的区分。他指出诗歌(文学)等再现型艺术通过"主题"达到意指作用，是一种"对概念的召唤"，对再现对象的辨认。音乐中的"主题"这个概念，并不像在再现艺术中那样意指什么，而是作品的"实体形式"，音乐作品的主题实质上就是表现，就是形式："主题呈现于我们，好像作品是它产生的；而作品就是主题的展开……作品也是主题之间的一种对话。由于有两个或更多的主题，所以作品的表现具有辩证的气势……主题——产生旋律的根本——也是作品的主角，就像这一个英雄人物的所作所为影响戏剧或史诗中事态的发展一样……说到底，它是意义的模式，是作品要讲述的东西的基本表现。"④

---

① 格罗塞：《艺术的起源》，商务印书馆，1996年，第216—217页。译文稍作改动。
② 沃尔夫冈·凯塞尔：《语言的艺术作品——文艺学引论》，上海译文出版社，1984年，第64页。
③ 同上书，第66页。
④ 杜夫海纳：《审美经验现象学》，文化艺术出版社，1992年，第305—306页。

由于诗歌和音乐拥有这些共同的"基因",又在不同的环境中"成长",他们的同中有异和异中有同关系就得到了批评家的关注。

斯特恩伯格在《安德列·别雷小说中的词与音乐》一书中对法国批评家朱尔·孔巴里厄和达布内的观点进行了归纳和评述。[①] 朱尔·孔巴里厄的著作《音乐对于诗歌的关系》(1894)代表了反对将音乐与诗歌相提并论的立场。尽管诗歌的"音乐性"这种表达法已经被普遍接受,朱尔·孔巴里厄仍然坚持将其局限于比喻意义。为了证明自己的立场,他举出了一系列"证据",用来排除音乐与诗歌相比的可能性。他写到,在诗歌中缺乏对于音乐来说极为重要的音调、音色以及与每一小节中时间单位的准确敲击相称的节奏单位等元素。由于音色的缺乏诗歌就求助于声音的重复,而声音的重复常常会毁坏诗语的谐和。至于节奏,诗行的"音乐"只不过是一种印象,它不是由节奏产生的,而是由节奏感产生的。尽管如此,朱尔·孔巴里厄还是承认在诗歌中有某种音乐的东西,即所谓"初步的音乐节奏原则"。在此基础上,朱尔·孔巴里厄提出"三种独立的节奏类型——散文、诗歌(韵文)和音乐,——它们之间毫无共同之处",他得出结论,即根本不存在诗歌与音乐相比较的问题,至于将这两种艺术形式进行类比则几乎是不可能的,而且毫无意义。朱尔·孔巴里厄在著作中从总体上讨论了诗歌,几乎没有专门对抒情诗进行论述。

达布内则完全持另外一种观点,她在《诗歌的音乐基础》(1901)中认为诗歌是"语言的音乐",不管诗歌中的节奏多么"初步",它仍然与音乐相关,并且这种节奏赋予两种艺术形式各自独特的动感。达布内将静态艺术形式——雕塑和绘画,与动态艺术形式——音乐和诗歌相比照,在此过程中发现了使诗歌与音乐统一的特征:时间原则。其衡量单位在音乐中是音符,在诗歌中是词语。但是达布内并没有考虑到孤立的音符没有意

---

① 参见斯特恩伯格:《安德列·别雷小说中的词与音乐》,剑桥大学出版社,1982年,第4—5页。

义而单独的词语本身有明确的语义负载这个实质性区别。

达布内同朱尔·孔巴里厄一样反对在诗歌讨论中使用"和谐"一词,他们都是将"和谐"理解为音乐学上的一种使多声协调的科学,即和声学,这种科学无法移用于诗歌实践;而诗歌借用"旋律"这一术语是无可指责的,因为即便是在音乐学上,旋律的意义也是一个单声序列,这是可以在诗行中达到的,而且是其理想状态。关于诗歌的音色问题,达布内也提出了与朱尔·孔巴里厄相反的观点,她认为话语中的元音与各种乐器音色可以类比,因为元音拥有与音乐声音一样的特殊色彩。尽管达布内也没有指明她所说的是诗歌总体还是哪一类诗歌,但是她赋予诗行的旋律以特别的意义,赋予叠句、如歌的节奏等一切加强诗行的旋律性的因素以特别的意义,由此可以看出她指的是抒情诗。

德国语言学家埃杜阿尔德·西威尔斯在《韵律——旋律的研究》(1912)一书中首先提出诗的旋律构造问题。① 西威尔斯提出"为听的语言学"和"为看的语言学"概念。在他看来,诗歌中的声学印象成分是极为重要的,这种成分便是"话语的旋律",即较高的声调和较低的声调的一定交替。诗行的旋律在于"无意识地挑选词汇":抛掉那些可能破坏诗歌旋律风格的词语,而选择那些能够本能地实现该旋律的词语。可见,他所说的旋律是基于话语语调,而不是纯粹的、不依赖于词和句子的音乐旋律。西威尔斯认为离开节奏谈诗歌旋律是不可能的。

苏联语言学家、文学史家、文艺理论家艾亨巴乌姆的《俄罗斯抒情诗的旋律构造》(1922)是一部对19世纪俄罗斯抒情诗史进行详尽研究的著作。在著作中他应用了西威尔斯的理论。他指出:"'旋律构造'这个用语令人联想到音乐……而且应该说不仅仅是在比喻意义上。"② 艾亨巴乌姆认为旋律与语调相关,在诗歌(抒情诗)中旋律至关重要。一个完善的语

---

① 参见《俄国形式主义文论选》,第296页。
② 艾亨巴乌姆:《俄罗斯抒情诗的旋律构造》,见《诗论》,列宁格勒,1969年,第342页。

调系统赋予诗行以真正的旋律,比选音和节奏要更为有效。苏联语言学家、文艺学家日尔蒙斯基在文章《诗的旋律构造》中评论艾亨巴乌姆的《俄罗斯抒情诗的旋律构造》一书时指出,根据象征主义诗歌经验和阿赫玛托娃反象征主义的诗歌经验所形成的不同诗歌风格,可以得出:"按其与词的关系,亦即按修辞程序的不同,有音韵铿锵的和口语的两种类型抒情诗",[1]他断言:"语调系统本身是完全中性的,因此它不能决定一定类型抒情诗的旋律性质","起决定作用的是诗歌的总体意义色彩"。[2]

在《论诗歌的语言》(1924)一书中,苏联作家、文艺研究家、批评家蒂尼亚诺夫引述了普列特尼奥夫于1822年所作的区分诗歌中的"旋律"与"和谐"的尝试。[3] 普列特尼奥夫以巴丘什科夫和茹科夫斯基的创作为例,断定"旋律"比"和谐"更容易在诗歌中实现,因为旋律是以词语的和谐为基础的,如果词语的选择得当,念起来朗朗上口,听起来不感觉刺耳,也就形成了旋律;和谐则要求声音饱满丰富,与思想的广阔雄浑相辅相成,使每一首诗的每一种情感,每一种思想都拥有其自身的完整性。蒂尼亚诺夫将这种"广阔雄浑"解释为一个词由于它的节奏意味而引起的语义意味的变化,换句话说,在诗行的整个词语序列中个别词的原始地位产生变化,这种词序变化决定了诗歌中的比例感,部分与整体的相互关系。这种观点实质上就是认为词语的选择决定旋律,词序的变化决定和谐。显然,在这种区分当中"旋律"与"和谐"的概念并不与严格意义上的音乐学定义相符,尤其当"和谐"问题已经构成音乐学的一个完全独立的分支——和声学,即多声和谐,包括对单声旋律的和弦配置。

如上所述,对于两门艺术的组成要素和构造原则,音乐学家和语言学家基于不同的术语理解和视角倾向,分别阐述了他们对于诗歌与音乐关

---

[1] 日尔蒙斯基:《诗的旋律构造》,见《俄国形式主义文论选》,第300页。
[2] 同上书,第342、343页。
[3] 参见斯特恩伯格:《安德列·别雷小说中的词与音乐》,第3页。

系的立场。我们认为,在狭义的诗学分析当中,诗歌可以通过音乐学上的表现手段来加强"音乐感",在这种情况下,对音乐学上的表现手段的借用,就是出于可能的类比,而其所达到的"音乐感"效果或"音乐美"意境,则是取其比喻意义。

除了艺术美学和艺术理论上的横向联系,在艺术批评方面,诗歌与音乐也时常相互参照,相互比较。

从音乐批评角度来看,我们今天在音乐批评、音乐鉴赏和音乐史中仍能常常见到"名作和名家"的研究模式,以及"时代背景—作曲家生平—乐曲分析(主要是动机、主题、乐句、乐段的分析)"的三段式写作模式。这种模式是由德国著名音乐学家赫尔曼·克莱茨施玛(1848—1924)奠定的。他把解释《圣经》的专门学科术语"阐释学"借用到音乐美学和音乐作品中,于1902和1905年相继发表了《关于促成音乐阐释学的倡议》和《关于促成音乐阐释学的再倡议:乐句美学》,提出要通过寻找大师们的名作在表现手法上的相互继承关系,通过研究名作家的生平与时代背景所提示的信息,来考证无标题器乐作品所隐藏的标题内容。他的学生舍林(1877—1941)继而又运用阐释学来研究作品的内容和表现的问题。在他看来,一部音乐作品的内在意义常常是同音乐之外的事物相关的,他认为,文学、诗歌正是音乐作品产生的源泉。音乐作品本身就是一部由乐音构成的诗,因此在解释这些作品时,就必须去追溯启发作曲家创作这部音乐作品的文学作品,寻找它们之间的内在联系。他把音乐看作是诗的内容的某种象征,用所谓"象征阐释"的方法去论证作品中诗歌与音乐的综合,比如他曾用这种方法去阐释贝多芬音乐中的意义内涵:在贝多芬的一系列弦乐四重奏、钢琴奏鸣曲中去寻找莎士比亚、席勒等人的戏剧、诗歌对贝多芬创作灵感的启示。[①] 在俄罗斯,至今已存续数十年的杂志《音乐

---

① 参见于润洋:《现代西方音乐哲学导论》,第207—210页。

生活》设有专栏,定期刊登关于音乐家与文学家(诗人)、音乐作品与文学作品(诗歌)之间关系的文章。

从文学批评角度来看,"音乐"所代表的意义和所具有的作用更为复杂多样。在概念理解上,音乐有时被视为具体的艺术作品,有时被视为抽象的审美感受,有时被视为更为升华的、永驻于人的心灵活动轨迹的原初力量。最后一种情况正是本书所要涉及的主要内容,将在后面几章详述。在与概念理解相对应的作用体现上,我们最常见到的有几个方面:音乐作为作家生活和创作的一种背景;音乐影响作品中人物的性格和经历;因韵律、节奏、音响甚至篇章布局等因素造成的与音乐结构及其审美感受的接近,形成诗歌(文学)作品的音乐性(或者"音乐美");音乐作为"主题"实体(比如乐器、乐曲),或者作为"形象"比喻(比如大自然的乐音),出现在诗歌(文学)作品中;音乐超出艺术门类本身,作为"运动"与"和谐"的代名词,支配作家的艺术思维并渗透在文学创作中。

总之,诗歌(文学)与音乐在艺术批评中互为媒介、互为补充。但有一个显而易见的事实,就是音乐对诗歌(文学)的影响远不如诗歌(文学)对音乐的影响那样被频繁而广泛地探讨,其中很重要的一个原因就是音乐理论和记谱法的复杂使很多学者望而却步。但是,我们已经看到,音乐对于诗歌(文学)的影响,并不完全来自作为一门人文科学的音乐艺术,它更多地来自审美和心理层次的共通性,来自抽象的、概括的、普遍意义上的"音乐观念"。浪漫主义和象征主义诗歌(文学)为此提供了很好的例证。

第三节 诗歌向音乐"靠近"

如前所述,诗歌与音乐发展成为两个完全独立的艺术门类之后,其"姊妹"渊源关系和相互影响作用并没有消失。在艺术发展进程中,二者时而争夺艺坛霸主地位,时而交汇、交叉、交融,并间断性地呈现出一种

"自觉综合"的趋势。其中最有代表性的就是18世纪末、19世纪初的浪漫主义文学对音乐的至高推崇,以及19世纪后半叶由法国象征主义发起、至20世纪初由俄国象征主义推向高峰的诗歌向音乐的"靠近"。

早在18、19世纪之交,德国早期浪漫主义文学就表现出音乐崇拜的倾向。对于这种崇拜的由来,勃兰兑斯曾总结到,"这些多愁善感而无行动的年轻一代","由于对现实不满而感到绝望,便伸手抓扑一无所有的空气,一味追逐着幻象,并且执拗地想赋予这些幻象以生动的形体,他们宣传这样一种见解,即艺术和诗及其元素和器官——想象力才是唯一本质的、有生命的,而其余的一切,生活和现实,不过是平庸的散文,毫无意义可言,甚至是害人不浅的祸殃。对诗的崇拜变成了一个新的对酒神的崇拜"。①

"想象力"对于浪漫主义者来说起着举足轻重的作用。他们通过"想象力"来制造"幻象",从而到达一种超自然、超理性的"精神"。这种"精神"乃是作为主体的人自身的灵魂,它体现了人的更高的存在,把人升华到了神的位置,人经由这样的追求便会奔向真正的、无限的、永恒的自由。浪漫主义者所"审"的"美"正是这种"精神"自身的美,是通过个性的自由体验和自由想象而生成的美,它并非物质世界的自然美,并非理性世界的规则美,而是一种既非感性又非理性的超验"形式"。这是一种绝对的、无功利的、无拘无束的美,浪漫主义者认为能代表这种美的就是音乐,更进一步说,是当时刚刚问世不久的器乐,尤其是交响乐,因为它无概念、无对象、无目的,只凭借着想象力在其中"自由地游戏"。

浪漫主义者还通过"想象力"的参与建立了音乐与宗教之间的紧密关联。如同在宗教上常把公正的、理想的彼岸世界与不公正的、粗俗的现实世界相对照一样,浪漫主义者也将音乐与此在相对照,他们把音乐看作是

---

① 勃兰兑斯:《十九世纪文学主流》第二分册:《德国的浪漫派》,刘半九译,人民文学出版社,1997年,第103页。

一个超验的、神秘的理想世界,在那样的世外桃源里,一切疑虑、烦忧和悔恨都将不复存在,进而完全融入一个无拘无束、充满和谐的声之海洋。这种神秘主义感受浸入了浪漫主义者的一切创作之中,显示出他们的审美趣味向音乐的倾斜。

这种倾斜在浪漫主义美学建构上有着十分明确的表现。早在德国浪漫主义文学运动兴起之前,莱辛在《拉奥孔》中对分别属于时间艺术和空间艺术的诗与画的界限作了划分。他强调诗的特性在于"诗意",它是生命的纯粹显现,是脱离了任何物质、外壳、概念的内在精灵,它的魅力在于其"想象力",而不是图画般的形象。后来,德国浪漫主义文学运动的先驱赫尔德承袭了这种观点,提出"表现"与"再现"的区分,要让"诗意"这样一个内在精灵从语言的、概念的诗中提炼出来,成为能够涵盖一切艺术的、高居于一切艺术之上的超越的美,一种来自主体的美。赫尔德用"音乐"来代替"诗意",因为音乐是最自由的、最浪漫的、最纯粹的。"音乐在表现内在的心灵方面能否超过任何以可见性为保证的艺术,这还用得着问吗?它必定超过它们,一如精神超过物质,因为它就是精神。"[①]德国早期浪漫主义诗人、理论家诺瓦利斯也认为:"在纯粹的诗意方面,没有一种艺术比得上音乐,在音乐中,精神赋予材料及其各种变化以诗意。"[②]音乐不仅是最高艺术,而且是"总体艺术"。德国早期浪漫主义领袖施莱格尔指出,音乐具有一种对一切艺术与科学的"神奇亲和力","我们应该再度把各门艺术贯通起来,找出从一种艺术到另一种艺术的桥梁。雕塑像也许可能变成图画,图画变成诗,诗变成音乐"。[③] 让·保尔、瓦肯罗德、蒂克和霍夫曼这四位德国浪漫派作家代表进一步完善了这种音乐超验论。让·保尔宣称,音乐显示了梦中"超越尘世的回声,它回答了人们看不见也听不见的本质",音乐和诗歌追求的是那种"瞬间的灵性",而非"数学的、把诗琴的

---

① ② 转引自蒋一民:《音乐美学》,第39页。
③ 同上书,第40页。

声音分解为数字管理的音响学"。[①] 瓦肯罗德写道,音乐的国度是信仰的国度,"在这个国度里,我们的种种疑惑和苦难都涤除在乐音的海洋里,我们把人类的纷繁吵嚷忘得干干净净,没有语词和言语的喋喋不休,没有种种字母拼写和象形文字的芜杂,来搅得我们昏头涨脑"。[②] 蒂克强调,"我们的心从它(音乐——本书作者)的尘世域界里升华向上",从而"进入静穆的信仰之国,进入艺术自己的领域"。[③] 霍夫曼也表达了同样的观点:"人的心在尘世之物中感悟超尘世之物。"[④]

浪漫主义者向音乐的"靠近"是为了"敞开自己的心灵",痛快淋漓地表现"对存在的直接直觉",其作品通过这样一种由内向外的表达,向读者展现出那个彼岸的真实心灵世界,勾起读者的想象和神往。浪漫主义者也因为这种追求而成为"牧师",他们"把自己看作是在一个不可见的教堂里,是一个教派,一个领受了神意的先知的集合,他们不是在为愉悦读者而创作,——他们在布道"。[⑤]

在"布道"式的创作实践中,浪漫主义者把他们所强调的"想象力"更多地用在了对声音的"审美加工"上,他们认为视觉形象是事物表面,声音则是它们的无形深处。诗人要像音乐家那样,将那些本身无形的东西变得有形,无序的东西变得有序。我们在勃兰兑斯的一番评述和分析当中,可以清晰地"听到"浪漫主义者用语言制作的音乐。他认为:在蒂克那里,"化为和声和丁冬之声的诗"是"真正的诗、'纯粹的诗'",在这种诗中,"万物都有它的音乐——月光也罢,香气也罢,图画也罢;另一方面,我们又读到音乐的光线、芳香和形式:'它们用悦耳的嗓音歌唱,同月光的音乐和着

[①] 转引自蒋一民:《音乐美学》,第42页。
[②] 同上书,第45页。
[③] 同上书,第52页。
[④] 同上书,第65页。
[⑤] 日尔蒙斯基:《德国浪漫主义与现代神秘主义》,转引自斯特恩伯格:《安德列·别雷小说中的词与音乐》,第13页。

拍子'",此外,蒂克在创作上最为极端的做法,是在喜剧《颠倒的世界》中,以一阕文字交响乐作为序曲,表现虚无缥缈的音乐性;在诺瓦利斯那里,充满朦胧气氛的"黑夜和黄昏的诗歌""容纳不了任何明晰的轮廓",因为他强调"诗歌可以和谐悦耳,充满美丽的词句,但没有任何意义和关联,充其量是一些个别可解的诗节,有如五花八门的碎片。这种真正的诗只能大体上有一种寓意和间接效果,像音乐那样";在施莱格尔那里,更是凸显出一种典型的浪漫主义想象,这种自由随性的异想,使他的"一生宛如一片阿拉伯花饰",其"线条本身的这种纯朴的音乐颤动,乃是人类诗意最古老、最原始的形式,其轮廓并不比黄昏天空的云彩更为固定",他在韵律方面的天赋,使他绝妙地译出了莎士比亚《皆大欢喜》中的插曲;至于霍夫曼,"他生活在、活动在音乐之中",更甚于蒂克地"试图用文字来表达纯音乐",最鲜明的例证可举那篇《克莱斯特的音乐诗俱乐部》,有一段文字,"描写克莱斯特演奏之后,在钢琴里面可以听到一阵非常华美的由急奏和和音组成的轰鸣"。①

　　浪漫主义者之所以这样崇拜音乐,当然因为他们认为音乐艺术,尤其是交响乐,高于其他艺术。然而从勃兰兑斯的上述评析当中我们也可以看到,对于浪漫主义者来说,"音乐"不仅仅是一门自成体系的"艺术学科",它还被泛泛地看作一种抽象的声音和韵律。因此,这里并没有专业人士与业余爱好者的区分,也没有创作者与倾听者、天才与凡人之间的对立。音乐是内在的,是与人的存在并存的,人们的"内在歌唱"是平等的,通过这种"内在歌唱",人人可以将音乐带进精神活动的其他领域,包括爱情、宗教、其他艺术门类、各种心理状态等等。而向音乐"靠近"的语言也自然而然地变成了这种抽象的声音和韵律。前面已经提到了"想象力"对于浪漫主义者的重要性,在他们的创作中,音乐元素与非音乐元素的相互

---

① 勃兰兑斯:《十九世纪文学主流》第二分册:《德国的浪漫派》,刘半九译,第110—123页。

影响正是通过想象这一媒介实现的，比如那些幻想的、神话化的结构，尽管它们与现代音乐理论毫无共同之处，却表现了音乐的实质性一面，可以成为真正的浪漫主义语言元素。

对于浪漫主义者来说，音乐不仅贯穿于创作过程，而且还贯穿于欣赏过程。他们虽然不屑于将音乐作为某种消遣方式来看待，但却认同音乐可以伴随某些行为或状态，比如阅读、赏画，甚至对事物的理解。歌唱是一种深化的阅读，最令人心动的东西，往往最令人产生歌唱的欲望。哪怕是最没有歌唱天赋，甚至完全没有音乐才能的浪漫主义者，也能够用想象的"音乐体悟"来伴随阅读，更不用说面对动静有致的画面和声响丰富的大自然而产生音乐情怀了。

一句话，生活和诗，经由浪漫主义者的自由体验和自由想象，都已融化成为音乐。

19世纪70年代首先在法国兴起的象征主义文艺运动，在对现实主义、自然主义、帕尔纳斯主义的反拨中，在对唯美主义的继承（浪漫主义又是唯美主义的先驱，因而实际上象征主义跟浪漫主义也是继承关系，有些学者将唯美主义和象征主义归为"新浪漫主义"）中，再次提出了"音乐至上"的诗歌口号：

音乐，至高无上，
奇数倍受青睐，
没有什么能比在曲调中
更朦胧也更晓畅。

对字词也要精选，
切不可轻率随便；
灰色的歌曲最为珍贵

其间模糊与精确相联……

……

音乐，永远至高无上！
让你的诗句插翅翱翔，
让人感到她从灵魂逸出
却飞向另一种情爱、另一个天堂。①

这首诗的作者魏尔伦非常清楚地表达出了法国象征主义者的诗学追求。在他们看来，只有倾心于音乐的诗歌创作才是真正的诗歌创作，只有诗的音乐能够更好地暗示神秘感觉，人们也只能通过诗的音乐与诗人一起领受到这种暗示。诗歌就像音乐一样，对现实进行着一种不同寻常的、通灵术般的再现。而诗人就像音乐家一样，追随着超乎尘世的音响之流而创作。继魏尔伦提出这样的口号之后，许多象征主义者都把音乐视为创作秘密的代名词。马拉美在其文章《音乐与文学》中说："诗歌自身的魔法，就是从一把尘埃或者现实当中解脱出来，不再使自己囿于书本——即使那是一种文本、传播或者精神；除去万物的乐音之外，诗歌别无所求。"②他认为，艺术是要表现"纯精神的活动"，而只有艺术的综合，诗与音乐的交融，才具有创造这种表现的可能，诗人"应该从音乐中汲取一切"，凭藉音乐，诗会得到伸延和净化。瓦雷里表示，"我们是以音乐为食粮的，因此我们的文学头脑也梦想着从语言提炼出几乎与单纯的声音对我们的神经系

---

① 黄晋凯、张秉真、杨恒达主编：《象征主义 意象派》，第237页。
② 李思孝：《从古典主义到现代主义》，首都师范大学出版社，1997年，第344页。

统所产生的作用相同的效果"。①

与浪漫主义那种"敞开自己的心灵",痛快淋漓地表现"对存在的直接直觉"相比,象征主义向音乐的"靠近"是为了"暗示自己的心灵","模糊"却因此更为"精确"地指向那个无形的世界。浪漫主义文学通过"想象力"建造出一个又一个的理想之梦,而在"已变得有自我意识了"的象征主义文学中,"有形世界不再是一个现实,而无形世界不再是一个梦境"。②

这种"有形世界"与"无形世界"相互转换的思想来源于法国象征主义的先驱波德莱尔。波德莱尔认为,"世界是一个复杂而不可分割的整体","我们的世界只是一本象形文字的字典"。③ 他的《恶之花》被称为"象征派的宪章",出自其中最著名的《应和》一诗的"象征的森林",几乎成了象征主义艺术思想和文学追求的标志,它所传达的主旨就是形象并非靠描述而生成,而是靠暗示而唤起,其原理在于:宇宙就是一座神秘的象征森林,它的山川草木向人发出各种信息,激起人们内心世界的感应;在世界这个统一体中,人们的各种感官彼此相联和沟通;诗人通过象征方式,运用有物质感的形象,既表现自然自身的存在,又暗示出自己内心世界的形象。

法国象征主义的这种对"形象"的发掘和对"暗示"的倾心,决定了他们更加注重诗歌形式和诗歌语言的探索。魏尔伦强调诗语的非确定性,马拉美提出还创造性给词本身,而与魏尔伦、马拉美并称"诗歌三王"的兰波说,诗人应当成为"先知"和"通灵者",诗人所使用的"武器"是作为"词的炼金术"的诗歌语言,这种语言是处于真实与理念两者之间具有魔力的媒介物。"有魔力"的语言能起到"幻术"、"奇迹"的作用,达到"艺术把天

---

① 转引自布莱德·巴克奈尔:《文学现代主义与音乐美学》,剑桥大学出版社,2001年,第11页。
② 黄晋凯、张秉真、杨恒达主编:《象征主义 意象派》,第95页。
③ 李思孝:《从古典主义到现代主义》,第341页。

堂与尘世混为一体,从尘世中创造出一个天堂"①的目的。

在对诗歌形式和诗歌语言的探索中,追求音乐性就是其最显著的特征。这种音乐性与浪漫主义所追求的音乐性有所不同,其主要的表现在于,前者通过将词汇的语义特征减少到最低程度,充分利用词汇的语音特征及其联想效果,使诗歌本身成为一种独立的存在,诗歌本身成为音乐,而后者并不隐藏词汇的语义,通过装满感情色彩和各种声响的语句,表达出理想化的自然与生活的音乐,再通过诗情和意境荡漾起心灵的音乐。法国象征主义者对诗歌音乐性的追求是颇具规模的。《象征主义文学运动》的作者西蒙斯说:"魏尔伦的全部艺术,在于使诗句听起来似鸟啭;马拉美的艺术,在于使诗句听起来似管弦乐队之声。"②瓦雷里甚至把象征主义看作是"好几派诗人(并不是常常互相友善的)的意愿,要恢复他们应得的音乐之遗产"。③

法国象征主义作为一场文艺运动,在 1898 年随着马拉美的逝世即宣告结束。然而它的精髓蔓延到比利时、德国、奥地利、挪威、英国,直至俄国,成为世界性的文艺思潮。俄国象征主义接过"音乐至上"的旗帜,又进行了诗歌与音乐回归综合的新一轮理论和实践探索。

俄国象征主义在间接吸收了德国浪漫主义经验、直接引进了法国象征主义经验的基础上,将这种"靠近"又向前推进了一步,那就是,把语言的"音乐性"和意境的"音乐美"提升到富有哲学意味的"音乐精神"。首先,在俄国象征主义者看来,"音乐精神"是一种无法言喻的自在之物,它是一种神性存在,不可感知,只能体悟。因为"音乐精神"的存在,整个世界不再是一片沉寂静止的死水,呈现出从混沌向和谐运动的有声状态。这样的理念认识,就挖掘出了音乐的最源初、最深邃的内涵。它把法国象

---

① 黄晋凯、张秉真、杨恒达主编:《象征主义 意象派》,第 101 页。
② 同上书,第 99 页。
③ 李思孝:《从古典主义到现代主义》,第 338 页。

征主义者通过感应和暗示体现内在心灵的"最高真实",上升到了体现作为本体的"世界心灵"的"最高真实"。其次,俄国象征主义者期望通过"音乐精神"为主导的艺术综合,使诗歌这种语言艺术承担起重要的使命,即让诗歌拥有创造神话的魔法和巫术效应,通过诗歌艺术对人类性灵进行革命性改造,达到"集结性"(соборность),最终实现宇宙和谐、万物统一的目标。这种哲学、宗教层面的追求,较法国象征主义在诗学、美学层面的向音乐"靠近"有更深层的拓展。再次,在"音乐精神"的思想主宰下,俄国象征主义者反过来以诗歌甚至散文作品为载体,在这样的物质外壳上体现出崭新的"音乐性"和"音乐美"。这又是在广度上的一种扩大,因为我们知道,法国象征主义的文学音乐化实践仅体现在诗歌创作中。

综观本章所述,诗歌与音乐是同源共生的艺术,即使分别行走,根部也紧紧相连,枝叶也相互呼应。无论在作品体裁上、文艺美学上,还是艺术批评上,都显示出二者千丝万缕的联系。我们总结出了三次以诗派规模向音乐靠近的运动①,并指出了它们之间的延续关系。

俄国象征主义继承了德国浪漫主义和法国象征主义的基本诗学美学观点,即音乐能更完全地表现出"精神(魂)",音乐能更准确地洞见人的内心世界,音乐能更有效地帮助人们触摸到彼岸之美。在继承的同时,俄国象征主义者又努力规避前人的缺憾,体现出自身个性化的思考。

从当代的远观视角来看,正如音乐艺术的最终价值是在于丰富人的感性体验而不是堆砌理性认识一样,文学上的德国浪漫主义、法国象征主义和俄国象征主义,都强调通过感受的传达而不是观念的灌输和概念的表述来作用于读者,它们的共同点是都追求较高层次的"诗境",这里的区

---

① 法国象征主义和俄国象征主义作为文艺运动和文艺思潮本为一体,但因其发展的时间并非平行而是先后,此节又意在阐述和分析后者对前者的引进和革新,故暂且有条件地将它们看作是两次运动。

别仅在于:浪漫主义传达的是较为明确的"情",而象征主义传达的是不甚明确的"情";法国象征主义传达的是自我心灵之"情",俄国象征主义传达的是"世界心灵"之"情"。而无论哪一种"情",都要求读者不仅仅通过"念"和"读",还要通过"吟"和"唱"来细加品味和领会。

第三章　俄国象征主义"音乐精神"的文化背景

俄国象征主义如何将诗歌语言的"音乐性"升华为诗歌美学、哲学"音乐精神","音乐精神"的核心地位如何得以在俄国象征主义那里确立,以及它如何向文学、心理、哲学、宗教、社会等范畴渗透,要回答这些问题,我们首先需要将视野投向19、20世纪之交那个被称为"白银时代"的文化背景。

正如米涅拉洛娃在《白银时代文学——象征派诗学》中所指出的,"白银时代"的精神生活领域以"两极性"为特征,即无神论思想、马克思主义世界观,以及各种宗教学说,如神智说、人智说、诺斯替教、托尔斯泰主义等在"正统"东正教看来是异端的"寻神"学说的广泛发展同时并存。这个时代还是一个科学技术突飞猛进的时代,是化学家门捷列夫,物理学家爱因斯坦,心理学家弗洛伊德和荣格,宇宙学家费奥德罗夫和齐奥尔科夫斯基的时代。同时,这个时代像普希金时代一样,是产生具有"综合型"特点的天才人物的时代:他们既是诗人又是散文家,既是哲学家又是作家,既是诗人又是画家或音乐家。而艺术界内部在艺术理论和艺术活动上的交流使学者们由"专"论趋向"杂"谈。由此我们得以窥见以"音乐精神"为核心的"艺术综合"赖以成长的环境和土壤。

第一节 时代环境

首先,从整个欧洲的时代环境来看。19世纪末、20世纪初的总体特点是"世纪末"颓废情绪和"现代性"。

"世纪末"情结主要来自《圣经·启示录》中的"千年王国"(或"千禧年")说,即基督耶稣死而复活,再来人间统治一千年。在这期间,撒旦(魔鬼)被天使用一条巨链紧紧捆住,再也不能到人间为非作歹。但是,当一千年期满之后,撒旦又将被释放出来,世界将面临末日。不过在这种末日毁灭感中,仍然存有希望,因为基督会再度降临,把撒旦投入永刑的火湖,并对人类施以最后的审判。这样一来,对世界末日的恐惧与对基督凯旋的期待就交织在一起。

19世纪末,由于科学技术和生产力的巨大飞跃,由于资本主义从自由到垄断的迅速发展,由于各种社会矛盾和阶级矛盾的加剧,政治、经济、文化等各个领域的危机接踵而来,使得一向滋养着欧洲文明的基督教价值体系产生了动摇,过去的价值受到怀疑和重估,而对理性和科学的信仰也并不坚固,于是"物质消失了","上帝死了",就成为以象征主义为代表的知识阶层所信奉的两个公理。方向的迷失令人有一种悬在半空缺乏支柱的感觉,而对基督再度降临的期望和等待迟迟没有结果,于是在欧洲普遍弥漫着对未来丧失信心的"世纪末"颓废情绪。资本主义文明危机与"世纪末"情结相结合,加剧了人们的精神危机。

19世纪末,现代美学的蓬勃发展为人们的思想取向提供了更大的选择空间,在一定程度上决定了"现代"文艺与"传统"文艺的不同。

由于自然科学的发展,自然科学的方法被引入哲学、美学领域,一些自然科学与美学相结合,在美学内部形成了一种日益壮大的以经验主义实证方法"自下而上"研究美学的科学主义思潮,强烈冲击着传统的思辨的形而上的美学,也就是"自上而下"的美学。面对这种冲击,传统的形而上学的美学也不得不反思自身,对传统美学的主要形态,从康德到黑格尔的德国古典美学,进行反思和批判,以维持形而上的思辨美学的地位,并抵御科学主义美学思潮的巨大冲击,这样就孕育产生了另一种形而上的美学。不过这种美学不再把希望寄托在理念、质料等理性化的实体,而是转向了生命意志、强力意志、生命(生活)等非理性的存在,导致了近代以认识论为基础的本体论哲学向以人类自身为本原的本体论哲学的迁移,从而形成了美学中的人本主义思潮。这股思潮,从叔本华开始,经过尼采、狄尔泰,也逐步发展壮大,在19世纪末20世纪初便与科学主义思潮分庭抗礼,构成了现代美学发展的两大主潮双峰对峙的态势。① 在这种对峙中,人本主义思潮更契合"世纪末"的精神氛围,于是,叔本华、尼采等人就成为了"现代"文艺的主要哲学导师。

以反理性为核心的现代资产阶级哲学,说到底是以康德为源头,他的"现象"和"本体"二分的哲学观和"美即形式"、"美感即快感"等美学主张,为唯美主义、象征主义,以及在它们基础上发展起来的现代主义文学艺术提供了重要的理论依据。在这些主张的影响下,否定外在世界的真实,将艺术与传统意义上的客观对象相脱离,把自我、精神、内心感觉、内心体验提升到唯一"存在"和"真实"地位等等的文艺观成为主导。在世纪末的人本主义思潮当中,叔本华的"生命意志"和主体决定论,克尔凯郭尔的主观意识是唯一存在和人生三阶段说,尼采的"强力意志"和"梦境"、"醉境"说,柏格森的直觉主义和"生命冲动",弗洛伊德的精神分析和"潜意识",在当时的"现代"文艺中均产生了普遍而深远的影响。

无论"现代"哲学流派还是"现代"文艺流派,它们所共同反映的现象都是由于资本主义文明危机导致的精神危机。"传统"文艺相信世界能够

---

① 参见:《西方美学通史》7卷本,上海文艺出版社,1999年,第5卷,第13页。

变得和谐有序,人能够变得健康崇高,因而持有一定程度的乐观情绪,在如今的危机面前,这一切却被一扫而光;"现代"文艺看到的是一个杂乱无章的世界,改善的希望也十分渺茫,这使得艺术家们转而表现由于理想幻灭和信仰瓦解而产生的悲观情绪。在唯美主义、象征主义、现代主义看来,"传统"文艺中典型化、英雄化的创作观已经过时,表现人与社会、人与自然、人与人,以及人与自我诸关系的扭曲、异化才是最迫切的内心需要。艺术家们感受到了异化的存在,在一定程度上描绘了异化的现象,却不能揭示异化的实质,更无法找到摆脱异化的道路,这就导致他们的思想艺术探索一方面走向自我,另一方面走向形式。走向自我是因为失去了自我,是因为孤独、寂寞、不满现实、反抗现实却又无力改造现实。正如康定斯基所说,"当宗教、科学和道德发生动摇(最后一击是由尼采的巨掌发出的),当外在的支柱岌岌可危时,人类便把自己的注意力从外表转向了内心"。① 由于内在的自我得到了极度的扩张,抽象的意象代替了具体的形象,由于艺术家不再用头脑进行理性判断,而是以心灵进行直觉感悟,这必然导致创作上的追求"纯艺术"、"美艺术"、"纯粹形式"等等形式革命。

英国唯美主义(以佩特、王尔德为代表)和法国象征主义率先在音乐中看到了这种"纯艺术"、"美艺术"和"纯粹形式",并进行了诗歌(文学)创作上的"向音乐看齐"。② 这种"向音乐看齐"成为艺术形式革命的重要内容。俄国象征主义对此大力加以继承。别雷在其文章《俄国文学的现在与未来》中说道:"修辞家战胜了传道者",结果"词语成了音乐的武器。文学转化为音乐交响中的一个乐器。为了拯救文学于空泛的词语,西方文学将词语从属于旋律……在西方,技巧从外部而音乐从内部冲刷掉文学

---

① 李思孝:《从古典主义到现代主义》,第487页。
② 这里还应当提到对唯美主义和象征主义都产生过很大影响,被认为是"纯诗"学说奠基人的19世纪上半叶美国作家、理论家艾德加·爱伦·坡,他认为"音乐是灵魂、思想或诗的完善化",音乐"几乎创造了最高的美",提出诗应以音乐为模仿对象。参见李思孝:《从古典主义到现代主义》,第328—329页;乐黛云主编:《世界诗学大辞典》,春风文艺出版社,1993年,第86页。

的说教。音乐在尼采那里变成了技巧,而技巧在斯蒂芬·格奥尔格那里变成了音乐。"

"文学的技巧与心灵的音乐相结合使得西方当代文学史产生爆炸:这个爆炸在充满个人主义的象征主义中反映出来。"①

俄国象征主义接受了西方哲学(主要是德国唯心主义),领会了西方文学(主要是法国象征主义),并着手构建自己的象征主义:他们不愿像法国象征主义那样局限于诗行自由方面和词语选音方面的革新与争执,也就是不愿局限于那种发掘诗歌形式上的"音乐性"和"语音的象征性"的纯形式探索,而要从"诗意"和"世界观"高度看待音乐,将"音乐性"上升到更具有抽象性、概括性、普遍性的"音乐精神"。

其次,从俄国自身的时代环境来看。尽管俄国象征主义以德国唯心主义哲学和法国象征主义文学为主要源头已是不争的事实,一些美学观点,诸如"把创作视为一种宗教仪式行为,艺术是对世界的直觉理解,音乐的自然律动是生活和艺术的原始基础,偏爱诗歌和抒情体裁,在寻找世界的统一性时注意类比和'感应',在查明历代文化沿革的血统关系方面注重古希腊罗马和中世纪的古典作品"②等,都被俄国象征主义者普遍接受,然而,还有一个绝对不容忽视的方面影响着俄国象征主义形成独有特征,那就是:它在俄罗斯民族土壤里生长出来,它既不可能将西欧的东西完全照搬过来,也不可能离开俄罗斯的社会文化背景而孤立存在。俄罗斯社会面貌、俄罗斯宗教哲学、俄罗斯语言、俄罗斯文学、俄罗斯艺术等领域的因素,都为俄国象征主义打上了民族的烙印。

我们不妨借助帕斯捷尔纳克对世纪之交莫斯科城市面貌的巨变的描述,来形象地考量生活在城市里的人的精神面貌的巨变:"90年代,莫斯科还保留着童话一般五颜六色的穷乡僻壤的古老风貌,它具有第三个罗

---

① 安·别雷:《俄国文学的现在与未来》,见《作为世界观的象征主义》,第348页。
② 黄晋凯、张秉珍、杨恒达主编:《象征主义 意象派》,第734页。

马城或像壮士歌中所唱的京都的种种传奇特点,以及名扬四海的四十个四十座教堂的全部美丽……随着新世纪的开始,如同魔棒一挥,我儿时记忆中的一切都变了样。世界之首的几国首都的经商的疯狂也笼罩了莫斯科。在大发横财的基础上,蓬蓬勃勃建立起一栋又一栋盈利的高楼大厦。砖瓦大楼在人不知鬼不晓的情况下,拔地腾空而起,出现在各条大街的两旁。"①

别尔嘉耶夫对当时俄罗斯的既紧张又戏剧化的时代气氛、深刻的精神和社会危机作出了这样的总结,"宗教、哲学、艺术的权利得到认同,它们不再取决于社会功利性和道德生活","此岸的尘世生活世界出现了危机,而彼岸的另一种精神世界敞开了大门","唯物主义和实证主义在俄罗斯知识界已失去了统治","俄罗斯正在跌向深渊,古老的俄罗斯终结了,应当出现一个还没有过的俄罗斯"。② 在这样的时代环境下,俄国象征主义就获得了它特有的社会特征。

俄罗斯民族固有的神秘主义也在世纪之交得到了新的开发。众多俄罗斯思想家,如费奥德罗夫、罗扎诺夫、沃伦斯基、舍斯托夫、别尔嘉耶夫、布尔加科夫等人积极地构建俄罗斯宗教哲学学说,尽管未成体系,却广泛影响着当时的精神生活。特别是弗·索洛维约夫,他作为"诗人—预言家"成为俄国象征主义者最亲切的哲学导师。弗·索洛维约夫的哲学思想核心就是把"美"看作是对现实进行精神重建的工具,即"美拯救世界",并且主张"在人类艺术中对完美的先验有三种类型",其"首要的一类称为直接的或者有魔力的",即"音乐和某种意义上的纯抒情诗"。③

梅列日科夫斯基准确地描绘了当时俄罗斯的精神氛围:"人们从未像

---

① 帕斯捷尔纳克:《人与事》,乌兰汗、桴名译,生活·读书·新知三联书店,1991年,第186—187页。
② 别尔嘉耶夫:《俄罗斯思想》,三联书店,1996,第225页。
③ 弗·索洛维约夫:《艺术哲学与文学批评》,第84页。

现在这样,内心里感到需要信仰,而理智上却明白无法信仰。在这种病态的、无法解决的不和谐中,在这种悲剧性的矛盾中,如同在前所未有的思想自由和敢于否定中一样,包含了那种神秘主义需求的最典型的特征。"[①]在这种精神氛围中,文学界也纷纷加入宗教哲学探索行列,以寻找精神拯救世界的良方为己任,并以文学创作为载体,表现自己的思想历程。几乎每一位俄国象征主义者都不同程度地在理论著述或文学作品中表现了他们"宗教神秘主义"的气息。

俄国象征主义的"音乐精神"正是将西方哲学、文学中的音乐观念与这种"宗教神秘主义"紧密联系起来,因为"音乐"是那个彼岸"美世界"在尘世的对应和回响,也是"美拯救世界"的途径。

第二节 文学土壤

俄国象征主义是以俄罗斯语言和文化为根基的,它与整个俄罗斯文学进程无法割裂。19世纪末叶,以涅克拉索夫、纳德松为代表的"公民诗歌"在"民粹派"运动失败后悲观失望情绪的初步积累,丘特切夫的"哲理诗",费特、斯鲁切夫斯基、福凡诺夫等人的"纯艺术"主张及其新浪漫主义和印象主义的诗歌探索,都为象征主义的产生和发展奠定了基础。

原本以"反传统"姿态登上文坛的俄国象征主义者,又逐渐拾回本民族文学传统,重新审视普希金、莱蒙托夫、果戈理、陀思妥耶夫斯基、契诃夫等民族文学大师[②],只不过他们将民族文学传统也给与"象征主义化"。

---

① 转引自拉帕茨卡娅:《白银时代的艺术》,莫斯科,1996年,第23页。
② 比如梅列日科夫斯基对托尔斯泰和陀思妥耶夫斯基的研究(《托尔斯泰和陀思妥耶夫斯基》),对莱蒙托夫的研究(《超人类的诗人》);弗·索洛维约夫《普希金的命运》、勃留索夫对普希金的研究(《青铜骑士》),安年斯基对屠格涅夫和冈察洛夫的研究(《映像集》),勃留索夫对涅克拉索夫的研究(《作为城市诗人的涅克拉索夫》),别雷对果戈理的研究(《果戈理的技巧》)以及在其小说《彼得堡》中对以往文学作品的大量再现。

我们暂且不去分析民族文学传统是如何被"象征主义化"的,让我们把焦点集中在民族文学大师对文学中的"音乐"的看待上。

研究勃洛克的专家马克西莫夫指出:"在勃洛克那里形成的'音乐'观,作为某种有条件地被命名的哲学诗学范畴,归根结底是来源于德国和俄国的浪漫主义……"[①]笔者认为,这句话也适用于大多数俄国象征主义者。

19世纪初,"茹科夫斯基这位为俄罗斯在诗歌方面发现了浪漫主义美洲的文学界哥伦布",通过"他所翻译的德国诗人和英国诗人的诗作,以及他对德国诗人和英国诗人的模仿","把浪漫主义因素带进了俄国诗歌中"。[②] 从茹科夫斯基到19世纪后期的费特,尽管其中"跨越"了果戈理、屠格涅夫、涅克拉索夫等现实主义巨匠,浪漫主义崇尚音乐的传统始终伴随着这些作家的创作。

果戈理精辟地指出了俄罗斯民族、俄罗斯语言中"音乐"的因素:"歌曲构成斯拉夫诸民族诗歌中最丰富的部门。在斯拉夫心灵深处占优势的诗歌因素和我们语言中独特的旋律配置,是在我们的语文学中产生无数的、大量的歌曲的原因……当愈来愈多的我们的诗人进入独自的诗歌精神发展阶段,歌曲便成为表达那些拥抱诗人自身灵魂,激起其抒情情感的所有印象的不可或缺的东西。歌曲仿佛成为诗人诗歌感觉的历史。因此极少有我们的诗人没有留下美好的范本的,普希金更不用说,他在这一领域当中有如沙皇,他的每一篇抒情作品刚一问世,立即被改编成音乐,由于声音中旋律极为丰富而被歌唱。茹科夫斯基、巴丘什科夫、卡普尼斯特、涅列金斯基-梅列茨基、亚济科夫、科兹洛夫、巴拉丁斯基、图曼斯基和

---

① 转引自玛葛梅多娃:《论勃洛克世界观中"音乐"概念体系的诞生》,见《勃洛克与音乐》,列宁格勒,1972年,第49页。
② 《别林斯基选集》,满涛译,上海文艺出版社,1963年,第3卷,第521页。

莱蒙托夫赠送给我们的诗歌许多是最富于旋律感的歌曲。"[1]

俄国象征主义者把果戈理当作挖掘传统的热点,很重要的原因之一便是他们与果戈理的音乐观乃至艺术观产生了强烈的共鸣。果戈理说:"它(音乐——本书作者)整个儿就是激情的迸发;它突然,一下子,就使人脱离他的大地,以如雷贯耳的声音使他茫然若失,转瞬间使他沉浸于自己的世界。它威严地像敲打键盘那样敲打他的神经,他的整个存在,使他颤动不已。他已不再享受,他不再同情,——他本身变成同情;他的心灵不洞察不可触及的现象,但心灵本身活跃着,过着自己的生活,激情迸发地、令人震惊地、动荡不安地活动着。无形的、悦耳的音乐渗透整个世界,注入并呈现在千姿百态的形象中。它是令人陶醉的,令人激荡不安的;而在无尽头的,昏暗的大教堂拱顶下面,它更是威严和热情洋溢,在那里它使成千跪拜祈祷的虔诚信徒沉浸于一种和谐的动作,把他们心灵深处的想法都暴露出来,盘旋着,带着这些想法飞向山峰,留在自己身后的是长时间的沉默和在尖顶塔的深处颤动的,持久才消失的声音。

音乐是激情和心灵的骚动……倾听音乐时,陷入病态的哀号,仿佛整个心灵只有一个愿望,即脱离身体。音乐是我们的!……我们希冀拯救我们可怜的灵魂,躲开这些可怕的诱惑者,从而投入音乐。噢,音乐,请成为我们的保佑者,拯救者!"[2]

这种音乐体悟几乎同样伴随着后来的象征主义者。勃洛克就在自己的文章中多次引用果戈理的问句:"如果音乐抛弃我们,我们的世界将成何面目?"

莱蒙托夫、屠格涅夫语言的音乐性在19世纪俄罗斯文学中也是很典型的。别林斯基就曾指出莱蒙托夫诗歌的音乐性:"阅读出自莱蒙托夫笔下的一行行诗文,似乎在倾听一串串音乐和弦,同时目光会去追随那颤动

---

[1] 《果戈理全集》第7卷,第310页。译文稍作改动。
[2] 同上书,第28—29页。译文稍作改动。

的琴弦,音乐和弦是那看不见的手在琴弦上奏出。"①屠格涅夫那音调和谐、悠扬悦耳的语言也为批评家所注意。音乐的作用也并不只是语言的音乐美,它会在语言无法表达思想情感时悄然出现,就像屠格涅夫在小说《春潮》中所写的那样:"我们不必描写萨宁念这封信时的心情。这种心情是无法表达的:这种感情比任何语言都更深沉,更强烈,非笔墨所能形容。只有音乐才能表达出来。"②

茹科夫斯基、普希金、莱蒙托夫、屠格涅夫是许多俄国象征主义者的诗歌启蒙者,比如别雷、勃洛克。然而成为象征派直接先驱的是"唯美主义"、或"纯艺术"、或"新浪漫主义"诗人费特,以及"哲理诗人"丘特切夫,他们的影响不仅表现在诗歌音乐性方面,而且表现在美学思想上。

对费特、丘特切夫的发现和挖掘首先归功于勃留索夫。费特创作所拥有的那些特点,比如立足于尘世生活中潜藏在人身上的瞬间即逝的情感,描画高于尘世的、在"心灵和思想"中的善与恶,让诗歌精神充满"宇宙性",剔除艺术的实用主义思想,信奉纯粹的创作具有无内容性等等,受到勃留索夫的大力推崇。而同样令勃留索夫感到契合的,是丘特切夫笔下对大自然生动细微的描绘,对万物存在的宿命感和灾难感,自然即神的"泛神论",以及他对非理性的、无意识的、难以言表的状态的倾心。丘特切夫认为大自然和人的内心具有同一性,他把"忘却自我","和睡意蒙胧的世界化为一体"视为最高境界,号召人们返璞归真,重归"混沌"这个同一的无限中去。这些观点得到了象征主义者的认同。此外,维·伊万诺夫还认为丘特切夫是俄语诗歌中象征主义方法的奠基人,他在《沉默》一诗中的那句"说出来的思想就是谎言"成为俄国象征主义的一句口号。

在诗歌语言上,两人无与伦比的风格和技巧都让勃留索夫颇为欣赏,并将他们视为自己的先驱。费特要用细腻的笔触描写难以言传、难以捉

---

① 转引自库尔巴诺夫:《音乐与文学的相互关系》,巴库,1972年,第17页。
② 屠格涅夫:《春潮》,载《初恋》,苍松译,上海译文出版社,1996年,第308页。

摸的感情,表现那非理性的、复杂而又多变的内心感受,为此他经常感到语言苍白无力,认为诗应当如同音乐一样以音的变化来表达情绪。费特写诗注意选择词的音响,注重音调的变化,利用语音和词的重复来增强韵味。柴可夫斯基曾说:"费特在其最美好的时刻,常常超越了诗歌划定的界限,大胆地迈步跨进了我们的领域……这不是一个平平常常的诗人,而是一个诗人音乐家。"[1]费特本人也欣然接受了"诗人音乐家"的美名。丘特切夫同样注重词语音响的选择和朦胧情绪的营造,但他更强调"混沌"色调而不是"和谐"色调,他把音乐和象征结合起来,把对细微刻画的专注和对自由联想的开发结合起来,开辟了独特的诗歌创作途径。

在象征派领袖勃留索夫的指引下,许多象征派诗人都以费特、丘特切夫为"榜样",在创作中挖掘诗歌的音乐内涵。

总之,在对待俄罗斯文学传统方面,俄国象征主义者并不是一味"抛弃"或"反抗",他们承认与19世纪俄罗斯诗歌的直接继承关系。别雷曾表明:"象征主义不否定现实主义,也同样不否定浪漫主义,不否定古典主义……","这三个流派都在自己的最高点通向象征主义"。[2] 在20世纪20年代,维·伊万诺夫对俄国象征主义进行思考和总结时也这样说:"关于我们,象征主义者,评论界一度称之为新浪漫主义者,并且试图把我们与德国文学联系起来。我倒是认为,我们有坚实的俄罗斯根基,应该把我们与'夜之火'的丘特切夫、费特,以及弗·索洛维约夫联系起来。"[3]

在继承传统的基础上,俄国象征主义者展现出求新、求异、求个性的一面。维·伊万诺夫提出一个具有有代表性的问题:"在当代象征主义中是否会看出向表现理想与生活之间裂痕的浪漫主义的回归?"[4]这表明象

---

[1] 转引自徐稚芳:《俄罗斯诗歌史》,北京大学出版社,1989年,第299页。
[2] 安·别雷:《小品集》,莫斯科,1911年,第246—247页。
[3] 维·伊万诺夫:《犁沟与田界》,莫斯科,1916年,第152页。
[4] 维·伊万诺夫:《故园与宇宙》,莫斯科,1994年,第37页。

征主义者不愿局限于浪漫主义对"裂痕"的表现,不愿局限于假想一个"美世界"而对尘世之"音乐"视而不见;他们要有所创新。

俄国象征主义者,尤其是"年轻一代",在原本生长着"音乐的"俄罗斯诗歌这片土壤上,吸收了原属浪漫主义的音乐观念,又在哲学上充实以俄罗斯宗教唯心主义思想,进而赋予了音乐无限的象征可能,由此构建起俄国象征主义的"音乐精神"。这个作为存在本原的"音乐精神"体现在神秘主义的直觉洞见、宗教的"集结性"、艺术那神话般的创造力和对现实世界的更新、重建之中。

第三节 艺术氛围

19、20世纪之交还有一个显著的现象,那就是各门艺术蓬勃发展、相互交融。在社会文化生活中,诗人和音乐家、画家之间交往频繁,相互影响。帕斯捷尔纳克在他的自传性散文作品《人与事》中,对1900年代繁盛的艺术界作出了这样的见证:"在'缪斯革忒斯'出版社周围形成一个类似学院的组织,安德列·别雷、斯捷蓬·拉岑斯基、鲍里斯·萨多夫斯阔伊、埃米里·梅特涅尔、申罗克、别特罗夫斯基、埃里斯、尼连德等人辅导爱好文艺的青年学习音韵学、德国浪漫主义、俄国抒情诗、歌德和理查德·瓦格纳的美学、波德莱尔及法国象征主义者的创作、古希腊苏格拉底前期的哲学思想。"[1]

诗人、音乐家、画家均有涉足本领域外其他艺术形式的意向和尝试。诗中有乐、乐中有诗和乐如画、画如歌的实例层出不穷。这种情况源于一种共同的追求:"美拯救世界",用"综合"的途径来理解和体验现有世界,用"艺术"来创造应有世界。

---

[1] 帕斯捷尔纳克:《人与事》,乌兰汗、桴名译,第219页。

在对"艺术综合"和文化与生活相统一的探寻中,音乐艺术显得格外引人注目。比如,阿里格伊莫(П. И. д'Альгейм)创建了"歌之家",并曾打算组织"歌之家"网,遍布全国,广泛吸引大众参加音乐和有声诗歌活动。他挑选出不同国家和时代的、古典和现代的一系列音乐作品,进行重新诠释,经过他的妻子,著名的歌唱家奥列宁娜(Оленина-д'Альгейм)的演绎,这些音乐作品获得了一种近乎催眠的力量。奥列宁娜的音乐会是20世纪头十年中令人瞩目的音乐生活现象。

奥列宁娜是以别雷为代表的"年轻一代"象征主义者喜爱的歌唱家。别雷发现在她身上体现出艺术的真正使命,那就是透入现象的深处。别雷在《艺术世界》上发表的《歌唱家》一文中写到:"她(奥列宁娜——本书作者)超越了艺术的界限,超越了音乐家。她是一个特殊的精神领导者";"她的演唱让我们时刻处于与深处保持面对面的状态。我们现在知道,她在唱什么,她为何出现。伟大的时代来临了。伟大之物从胸中涌出。人们成为深处的象征。我们在倾听深处——那里在召唤。她在我们面前,永恒在通过她说话"。[①]

与此同时,在俄国象征主义第二浪潮("年轻一代")兴盛期,诗人们开始热衷于瓦格纳的艺术。瓦格纳艺术的宗旨是综合艺术各门类,将观众带入紧张丰盈的戏剧情境。这种艺术探索深深吸引了当时的观众。在俄国舞台上演出德国音乐家瓦格纳的歌剧,这是20世纪最初十年彼得堡音乐生活中最重大的事件。这不仅是对瓦格纳歌剧作品的推广,而且是对一种新的艺术思想的认可。

如果说阿里格伊莫的"歌之家"和瓦格纳的歌剧是属于知识界的"精英艺术",那么大众的、世俗的、"茨冈化"的俄罗斯城市浪漫曲则广泛地在"平民"生活中盛行。许多学者捕捉到勃洛克诗歌中的"茨冈"因素,他们

---

① 转引自赫梅里尼茨卡娅:《安德列·别雷的文学诞生》,见《创作问题》,莫斯科,1988年,第104页。

指出,在19世纪90年代,对茨冈歌曲和"茨冈化"的俄罗斯城市浪漫曲的迷恋就不再局限于狭隘的小圈子,到了20世头十年这种迷恋已经遍及四面八方。"谜一般的帕尼娜"、"无与伦比的维亚里采娃"、"土里土气的女皇普列维茨卡娅"唱遍了大街小巷;不仅在市民街区和营房里演唱,而且在极其讲究的艺术鉴赏家、艺术庇护人捷列先科的豪宅里演唱。这种"世俗"音乐俨然不比阿里格伊莫的"高雅"音乐逊色。不仅勃洛克的诗歌汲取城市文化中的"民间"因素,就连极其推崇交响乐的别雷也曾表示,能够"与生活实质性地融合在一起"的音乐更值得肯定,他说:"那飘荡在洗衣女工衣盆上空蒸汽中的歌声,在目的与意义这杆秤上反而要重于贝多芬和舒曼那难以体现的深邃。"①

这就是俄罗斯19、20世纪之交典型的音乐生活氛围。

在对"艺术综合"和文化与生活相统一的探寻中,诗人别雷率先走上"交响曲"的创作道路,将诗歌与音乐"交织缠绕"。后来,维·伊万诺夫创建了"全民剧院"理论,这是一种新的艺术综合形式的理论,它囊括了音乐、诗歌、词语、绘画、宗教剧(действо)。在这个剧院中观众与演员之间的障碍将被打破,观众成为合唱的一部分,积极地对正在上演的戏剧进行应和。维·伊万诺夫一直梦想着这种使全体人民参加艺术行为的集体"歌舞场"(古希腊剧场舞台前供合唱队和演员用的半圆形歌舞场)。再后来,音乐家、诗人斯克里亚宾又以发明"色彩交响"和创作"神秘宗教仪式"延续了这种梦想。

不仅诗歌,绘画也在融进音乐。丘尔廖尼斯的"音乐画"就是鲜明的例证(丘尔廖尼斯既是画家,又是音乐家)。他的一系列绘画作品命名为《赋格》、《日光奏鸣曲》、《春天奏鸣曲》、《夏天奏鸣曲》等,表现出一种"隐藏的音乐"。代表作《大海奏鸣曲》按照奏鸣曲式的结构形成绘画作品的

---

① 转引自叶尔米洛娃:《俄国象征主义理论和形象世界》,莫斯科,1989年,第109页。

三个部分——快板、柔板、终曲。他的每幅作品都传达着统一的音乐主旋律和多层次的对比性音乐主题。这种"音乐结构"在丘尔廖尼斯的画布上清晰可见。

20世纪初的这种"艺术综合"不仅表现在艺术家的创作探索上,还表现在杂志的内容上,如《艺术世界》、《金羊毛》和《天秤座》等杂志成为文学、音乐、绘画的"综合"宣传阵地,同时刊登各艺术门类的作品,以及关于这些作品和文学家、音乐家、画家的评论文章。

可见,象征主义时期的艺术通常是走出各门类封闭的圈子而与其他艺术互相借鉴交融。正是这种对"综合"的追求使得象征主义理论家深入思考每门艺术的属性和特征,以及它们之间的相互关系,从而涌现出一批探讨艺术门类界限和相互影响的文章。象征主义者想要创建广泛吸收各门艺术特质的统一的象征主义风格,并试图将这些艺术门类划分出等级。大多数象征主义者从叔本华和尼采哲学出发,认为音乐高居其他一切艺术之上,并在某种程度上支配着其他艺术。不仅如此,音乐还吸收了所有艺术门类的表现手段,因而能完全囊括一切存在和精神。俄国象征主义对这些审美问题的关注,把诗歌"音乐性"导向了更深层的"音乐精神"。

综观本章所述,被称为"白银时代"的19、20世纪之交,社会环境、哲学底蕴、文化渊源、文学土壤、艺术氛围同时产生作用,使俄国象征主义的诗学特征超越了艺术表现力手段层面的音乐性,培育出在美学、哲学上用以预言和拯救世界的"音乐精神"。

第四章　俄国象征主义"音乐精神"的理论阐释

俄国象征主义的"音乐精神"发轫于法国象征主义提出的"音乐至上",又吸纳了叔本华、瓦格纳、尼采等德国哲学家的思想,再经过对古代宗教神话(包括古希腊罗马、古埃及、古印度等神话传说)的追溯和再造,最终在俄国文化土壤上嫁接成功、茁壮成长,发展成为富有俄国特色的一个诗学范畴。尤其是"年轻一代"象征主义者,不但赋予"音乐精神"以哲学本体意义,使之升华为某种审美绝对,还希冀它在审美功能之外,能够神话般地实现重塑人类性灵、改造现存世界的宗教"集结"功能。

对于这样一个内涵复杂、意蕴深厚的诗学范畴,俄国象征主义者进行了积极的理论阐释(并不一定限于"音乐精神"这个术语)。其中,别雷和维·伊万诺夫始终如一地以理论家姿态进行了较为体系化的探讨。别雷从其最早的理论文章——《艺术的形式》(1902)开始,在《天秤座》、《金羊毛》、《山隘口》等象征主义杂志上发表很多文章(大部分于1906—1907,1910—1911)阐述自己的"音乐"观,在文集《象征主义》(1910)、《小品集》(1910)、《绿草地》(1910)中也有反映,此外还有关于声音的长诗《无声嗫嚅》(1922),以及为晚期的《别离之诗》(1902)、《诗数首》(1923)、《时代的召唤》等作品集所作的理论序言(在这几部作品中他提出"旋律派"概念,倾向于在狭义诗歌诗学中接近音乐)。维·伊万诺夫论述其"音乐"观的著作主要有《遨游群星》(1909)、《犁沟与田界》(1916)、《故园与宇宙》(1918)等文集,此外还有一些在象征主义杂志上发表的文章。其他象征主义者虽然较少以理论文章著作形式表述自己的"音乐"观,但是他们的美文随笔、诗学评论、书信、笔记、回忆录等作品充分地表达出对"音乐精神"的推崇及其相关思想。

第一节 "音乐至上"与"象征最佳"

俄国象征主义者对魏尔伦提出的"音乐至上"进行了富有个性的再阐释和再论证。我们从俄国象征主义者的论述(或是理论文章和专著,或是体现着理论观点的美文和评论,或是闪耀着思想火花的诗歌作品)中可以看出,"音乐"一词有三方面涵义:首先可以指音乐艺术这个艺术门类,或是现实中的音乐生活事件,可称之为"人间音乐";再者可以指由音乐艺术特性,即抽象的声音和韵律所营造的意象氛围和审美境界;最后还可以在哲学层面上对"音乐"进行抽象、概括和扩张,提炼出"音乐精神"的概念,并对"音乐精神"作包罗万象的"普遍主义"理解,把"音乐精神"等同于"自然力"、"永恒"、"运动"、"和谐"、"整一"、"万物统一"、"世界心灵"等。这种对"音乐精神"的广义理解在俄国象征主义者中得到了普遍认同。"音乐"的这三层涵义是层层上升的关系,但又可以反过来进行"着陆",即包罗万象的"世界音乐""降落"到接受"天启"的诗人的创作中,成为"内在的音乐"、"隐藏的音乐",乃至时代洪流中的"世界乐队"奏出的"人间音乐"。这样,"音乐"就无所不在,无所不能。巴尔蒙特、吉皮乌斯、索洛古勃等"年长一代"代表人物一般是在诗歌美文中反映出这一思想;而勃洛克、别雷、维·伊万诺夫等"年轻一代"代表人物则在将其理论体系化的同时,又各自有独到的论述。

首先让我们考察一下,这似乎相距甚远的"人间音乐"和"世界音乐"(宇宙音乐)究竟如何联系起来。著名哲学家、音乐学家、数学家安·洛谢夫曾经把人们聆听音乐会时激起的非比喻意义上的音乐情绪与日常心理感受,诸如喜悦与痛苦、爱与恨等加以区分,我们完全可以将他的精辟解说应用于俄国象征主义者。洛谢夫指出:"有些人抱有成见,认为音乐只是单纯的娱乐消遣,而与对世界的哲学性理解全然无关,他们对于这个问题(指区分——本书作者)的回答是不会明白的。我只能告诉那些像感受启示一样感受过音乐的人,在感受到启示之后,音乐就会呈现出本已司空见惯、看似单调乏味的日常生活的引人入胜的最深层本质。在音乐的光芒普照下,我们渺小、自私的感受突然间变成了我们躯体隐秘深处的根深蒂固的爱。我们凶恶的、不怀好意的仇恨,突然间变成了对自身隐含着通向地狱的机会和对地狱般的往昔的仇恨。流变着的心灵,充满了激流,完全等同于这样或那样的音乐和弦或音乐和谐,时而贫乏寂静,时而狂暴高傲。这还不是形而上学。这仅仅是经验心理学的事实。对我们来说这通常是看不见的,因为通常在平淡无奇中看不出什么;生活对于我们,无论真实的,还是隐私的,只是抽象和概念。只有在音乐中,在与生活面对面时,我们才能看见我们对抽象的倾斜,并且看见在各种感受中的全部简单明晰的现象怎样与世界心灵的最深层神秘主义根基紧密相连,这世界心灵在每个小小的人的个性中跳动。"①俄国象征主义者正是这样的人:他们不把音乐生活事件当作纯粹的娱乐消遣,而是从经验感受进入哲学体悟,透过"现象"深入"本质"。

那么,这种在一般人看来属于"人间"的音乐艺术又是怎样抽象概括为宇宙学意义上的"音乐精神"呢?在象征主义者看来,音乐艺术就其本身来说,从其诗学原则、诗学特征上看,已经是最高形式的艺术;从其意象氛围的营造、审美意境的加工来看,已经是最高层次的艺术;当它与对世界本质的感知和体悟、对存在本原的认识和体现联系在一起时,音乐更获得超然"至上"的地位。

---

① 安·洛谢夫:《形式—风格—表达》,莫斯科,1995年,第318页。

关于这个问题，较早的、较为系统详尽的论述当数别雷于1902年发表的第一篇理论文章《艺术的形式》。在这篇文章中，别雷用叔本华的一段话作为自己论证的出发点："我们的自我认识不是以空间，而是以时间作为它的形式。"①因此，与此对等的对世界本质的认识要用那些传达时间元素，而不是传达空间元素的艺术形式作为媒介；因此，可以按照对现实理解的程度不同把各种艺术形式排列为一个递进等级：建筑—雕塑—绘画—诗歌—音乐。其等级地位这样逐级上升：建筑、雕塑和绘画被现实的形象所占据，音乐则是这些形象的内在层面，同时主宰着它们的运动；由于运动是任何一种现象的内在本质，所以音乐就是一切艺术门类的基础，"一切艺术形式都把现实作为出发点，终点则是作为纯运动的音乐。"②别雷还强调音乐具有包罗万象的性质："在音乐中运动的本质得到理解；在一切无限世界中这个本质是相同的。无论是过去的、现存的，还是未来将存在的世界，它们之间的统一性是由音乐表现出来的……在音乐中鸣响着对未来之完善的暗示。这就是我们认为音乐述说未来的原因所在。"③这样，音乐就因其"时间"原则和"纯运动"原则，因其"统一性"和"完善性"而成为最高形式的艺术，成为最能体现世界本质的艺术。

在别雷的这一阐释中我们可以看出，别雷是把音乐艺术放在世界（原文为复数，指过去的、现存的和未来将存在的世界）的"宇宙学"统一性中，使之成为"世界音乐"，同时这个"统一性"不是静态的，而是动态的生成过程，因为它把过去、现在和未来联系在一起。多数象征主义者对此观点表示认同，比如勃洛克在诗歌中着力表现"音乐"象征群的包罗万象，以此暗指"各种世界和时间的联系"，以及对"未来之完善"的"音乐性"的预言；巴尔蒙特则在诗歌中描绘"各个世界的和谐之声"，等等。

从别雷划分的递进层次看，诗歌最接近音乐，因为诗歌也具有时间性

---

①② 安·别雷：《艺术的形式》，见《作为世界观的象征主义》，第93页。
③ 同上书，第101页。

和音响性,这一点同样是象征主义者的共识。"音乐,它的基本元素是节奏,也就是时间上的连续性。诗歌,它的基本元素是词语中给出的形象和这形象在时间上的切换"[1];"一切词语首先是声音"[2]。相比之下,绘画就因为其"空间艺术"属性而离音乐较远,例如维·伊万诺夫在文章《丘尔廖尼斯与艺术综合问题》(1914)中论述了绘画与音乐之间相互影响的限制性条件,尽管丘尔廖尼斯是位因将音乐方法用于绘画而引起特别关注的画家。

别雷把音乐看作是一切创作活动的共同源泉,他论述了音乐对诗歌(文学)的影响,论述了音乐在他所说的现代艺术中的重要作用:

> 音乐越来越威严地在表现美的一切形式上贴上自己的标签……相对于主音——音乐来说,其他一切艺术形式都将争相占据泛音的位置,难道不是这样吗?[3]

> 文学作品越接近音乐,就变得越深邃……[4]

> 音乐战胜星际空间和部分时间。诗人的创作能量用于选择体现自己观念的形象。音乐家的创作能量则不受这一选择之限。由此可见音乐的令人神移的作用……[5]

在俄国象征主义者当中,别雷是受过专门音乐教育的诗人、作家,同时又具有自然科学(与音乐相关的数学)素养。因而他的理论阐述就具有更多的文化底蕴和理性逻辑。在《艺术的形式》一文中,别雷多次援引音乐美学家汉斯立克的形式"自律"论,还把交响乐看作音乐文化的顶峰,认为它是最为完美的形式,能够为整个艺术指引道路。维·伊万诺夫尽管没

---

[1] 安·别雷:《艺术的意义》,见《作为世界观的象征主义》,第120页。
[2] 安德列·别雷:《词语的魔力》,同上书,第131页。
[3] 安德列·别雷:《艺术的形式》,同上书,第95页。
[4] 同上书,第100页。
[5] 同上书,第101页。

有像别雷那样拥有系统化的音乐学识背景,但他也写过不少关于音乐家和音乐的文章,包括格里格、梅特涅尔、丘尔廖尼斯,更多的是关于贝多芬和瓦格纳的,其中有《瓦格纳与狄奥尼索斯宗教剧》(《天秤座》,1905,No2)、《论瓦格纳的音乐戏剧,音乐与歌唱,论贝多芬第九交响曲》(《金羊毛》,1906,No4,6)、《论音乐和戏剧中的唯美主义与现实主义》(《金羊毛》,1908,No3,4)、《瓦格纳》(《戏剧导报》,1919,No31,32)等等。他从音乐艺术的诗学原则出发,也做过"音乐是最高形式的艺术"的类似表述:"在音乐型艺术中,创造性形式更为突出,音乐型艺术进行时间上的形式构成,而不像造型艺术,创造出来的形式具有业已存在的原型。"①

相比之下,巴尔蒙特、勃洛克等象征主义者在文学追求上更具有抒情性而不是理论性,他们在强调"音乐至上"时显得激情澎湃,但理论论证明显不足。

在巴尔蒙特看来:"诗乃是一种内在的音乐,用井然有序的和谐词语表现出来的音乐。"②诗歌因其"内在的音乐"而表现出一种魔法力量。音乐对于巴尔蒙特来说是一种与"自然力"直接相通的奥秘艺术。他肯定古代神魔咒语般的诗歌,从印度多神教中看到这种"魔法"联系。他还援引爱伦·坡的童话《词语的能量》,以及墨西哥的天体演化学理论来论证词语的魔力。基于这种认识,巴尔蒙特要让象征主义的诗歌也借助于音乐般的音响来施展魔法:"诗句就其本性来讲总是具有魔力的,诗句中的每一个字母——一种魔法。"③因此他致力于对诗歌音响的挖掘,注意词语语音与其语义之间的内在关联,好让这种诗歌的声音像音乐的声音那般富有魔力。

巴尔蒙特认为象征主义诗歌的诗学特征就在于它不是简单的形象呈

---

① 维·伊万诺夫:《故园与宇宙》,第193页。
②③ 康·巴尔蒙特:《作为神魔童话的诗》,转引自周启超:《俄国象征派文学理论建树》,第86页。

现或情感表达,而是像音乐那样激起情绪,令"听者"陷入沉思。"它述说时用的是自己的特殊语言,这一语言以丰富的语调而著称;犹如音乐与绘画一样,它在心灵中唤起复杂的情绪,——它比其他种类的诗更能触动我们的听觉与视觉印象,促使读者逆向穿过创作旅程:诗人在创作其象征主义作品时,是从抽象走向具体,从思想走向形象,——而正在阅读诗人作品的读者,则是从画面走向画面的灵魂,从那些独立存在的优美的直观形象,走向那隐于其中的精神性灵,后者给予他双倍的力量。"①

可见,巴尔蒙特的论述并非出于对音乐艺术的严谨把握。对他而言,音乐的吸引力更多在于音乐的现实形象的弱化和"精神"意象的增强,在于音乐的情绪性、音乐的魔力等直觉感知方面的特性。而与他气质相近的勃洛克更是决然超出于"音乐艺术"之外,只提取其"音乐精神"这一抽象的、本质的一面,他在1903年写给别雷的一封信中说:"我对音乐一窍不通,缺乏任何音乐听觉的天赋,所以无论从哪方面,我都无法把音乐当作一门艺术来谈……有鉴于此,我会把我必须写的东西写给您,但不是从音乐艺术的角度,而是出于直觉,基于内在歌唱着的音乐之声。"②他将别雷的那篇《艺术的形式》称为"启示录","这是'体系之歌',我早就在期待着它"③,他还对别雷文章中"音乐"一词的双意混合提出质疑,即音乐到底是作为一门艺术和还是作为一切本质的基础,对此他感到困惑:"在这标示着现象与本体界限的裂痕边缘,您难道不是踏空了吗?"④这就是后来勃洛克与别雷关于"音乐"的"书信辩论"的焦点所在,勃洛克所希望的自然是将"音乐"理解为宇宙学意义上的"世界音乐",而不一定将其"寄于"现象界的音乐艺术形式之下。

---

① 康·巴尔蒙特:《山巅 评论集》,转引自周启超:《俄国象征派文学理论建树》,第94页。
② 《亚·勃洛克文集》8卷本,第8卷,第51页。
③ 《亚历山大·勃洛克、安·别雷:关于俄罗斯与革命的对话》,莫斯科,1990年,第94页。
④ 同上书,第95页。

"音乐至上"由象征主义者提出,自然是与其纲领性诗学范畴"象征最佳"相关联。这二者又是如何并列起来的呢?还是先来看别雷在1903年写就,1904年发表的《作为世界观的象征主义》中的阐述:

如果说时间是使内部情感表象系统化的形式,那么对时间观念的感悟就更强烈地影响我们的心灵。因此相对而言,时间观念的强度更大。时间观念相对于空间观念来说就是类观念。艺术的内涵是认识观念。艺术的时间形式提供最本质的认识。这就是为什么说音乐观念乃是本质的象征。

这些音乐观念与其他艺术观念相比是类观念。这就是讨论形象的音乐性而不是音乐的形象性的原因所在。形象性的音乐对所表达的形象没有丝毫补充。这就是可以探讨一切艺术的音乐根源的原因。我们可以探讨雕塑的音乐性,却不能反过来探讨音乐的雕塑性。在音乐中能够最大限度地实现灵魂深处向意识表层的趋近。

人的整个身心不是由许许多多的事件所构成,而是被*另一存在*的各种象征所占据。音乐最为理想地表达象征。正因为如此象征永远富有音乐性。从批判主义向象征主义的转型必然伴随音乐精神的觉醒。音乐精神是意识转折的标志。尼采不仅对戏剧,而且对整个文化做出了如下宣言:"用常春藤在额上加冕吧,把酒神的神杖攥在手心,且不要诧异虎豹在你膝前的温顺缠绵,因为你应当成为自由的人。"现代人类因为内部音乐向意识表层的趋近而激动不已。它不是被一个事件,而是*被另一存在的一个象征*所笼罩。当这另一存在尚未体现出来,使我们激动的现代创作的象征就不会清晰可见。只有目光短浅之人才在精神问题上寻找象征的明朗。心灵不向他们发出声音,他们就一无所知。

象征诉诸过去和未来。从象征中迸发出音乐。音乐绕过意识。谁没有音乐天赋,谁就会一窍不通。

象征能唤起心灵的音乐。当世界即将进入我们的心灵,心灵总会发出回响,当心灵成为世界,它又将跃身于世界之外。如果远距离的影响是可能的,如果魔法是可能的,我们便会知道,是什么事物把我们引向音乐。心灵的极度强烈的音乐鸣响——这就是魔法。受音乐控制的心灵使人神魂颠倒。魔力存在于音乐之中。音乐是一扇窗,充满魅力的永恒之流不断地从那里涌入我们心中,魔力也从那里喷涌出来。①

乍一看来,在这段论述中有些地方似乎过于夸大了音乐对一个人感悟世界的影响力,比如,"谁没有音乐天赋,谁就会一窍不通",然而,若考虑到象征主义者特别强调"深处",就能够理解别雷所说的"一窍不通"是指无法发现"本质"。

从这段论述中可以看出,象征主义者认为,"音乐"与"象征"的联系就在于:"音乐观念乃是本质的象征","音乐最理想地表达象征","象征永远富有音乐性";"象征唤起心灵的音乐",又直接作用于心灵而产生"魔力",使心灵体悟"永恒";"音乐"与"象征"联袂,就加强了主体心灵对世界承载的广度和深度,"小宇宙"与"大宇宙"便能够自由穿行。

此外,上文提到的音乐的非现实形象性,它的情绪性、概括性和抽象性也正契合了象征主义者所崇尚的"暗示"和"象征"所要达到的意蕴。因此,在象征主义者看来,诗歌可以与音乐接近,诗歌也必须向音乐靠近。

安年斯基在诗歌创作上接近于象征主义者,又以两卷本理论文字《映象集》(1906,1909)间接参与了象征主义文学理论建设。他的观点与别雷的上述表述基本一致,也认为"音乐至上"应与"象征最佳"相关联,要将诗歌向音乐"靠近"。他还提出"音乐型的"诗的概念,并从艺术家的创作心

---

① 安·别雷:《作为世界观的象征主义》,见《作为世界观的象征主义》,第246页。这篇文章的全译文见《世界文学》2002年第4期,第276—295页,本书作者译。

理和读者的接受心理角度来论述,表示对"音乐型的"诗的推崇。安年斯基指出,只有"音乐型的"艺术能够体现现代人的心理:对无出路的孤独的自省,对自我主体心灵的神秘的恐惧,那种既渴望成为"完整的世界",又确信"不可能融进这一完整世界"的心灵矛盾。"音乐型的"诗歌不依靠逻辑的力量而是诉诸于情感意绪,它所使用的词语不是用来"传达"什么,而是要用它的"音乐潜能"去"暗示"什么,这时就能够把现代人的心灵世界表现得淋漓尽致。且看安年斯基如何精彩地描述了世纪之交的诗歌中对"我"和语言的理解:这里"闪烁着*我*,那个欲成为整个世界,融化、汇合在那个世界中的*我*,*我*是意识到自己无法摆脱的孤独、不可避免的末日、漫无目的的存在而疲倦苦恼的*我*:我处在回归的噩梦中,处在遗传性的重压下,*我*在大自然中间,这个大自然神秘地与它(上面所说的'世界'——本书作者)亲近,又感受着莫名的痛楚,不知为何与它的存在交织在一起。为了传达这个*我*需要更仓促的暗示语言,半吞半吐意犹未尽的象征语言:这里既不能弄清楚你在猜想的一切,也不能解释明白你看透的一切或者你切身感受的一切,要表达这一切,有时在语言当中你竟一个词也找不到。这里需要的是词语的音乐潜能,这个音乐不是充当节拍器用的,而是要在读者身上激起创作情绪,这情绪会使他借助于个人回忆追溯的经验、苏醒过后强化的忧愁和急不可待的责备来完成话剧的未尽部分,并给予它尽管更为狭隘、更为直觉、更为主观,却又更为有效的意义。象征的音乐提高读者的敏锐性:音乐把读者塑造成似乎第二个、反射出来的诗人"。① 在这种分析基础上,安年斯基显示出对巴尔蒙特的抒情主人公——*我*的浓厚兴趣,他认为巴尔蒙特就是用"音乐型的"诗来体现现代人的心理,又"把读者塑造成似乎第二个、反射出来的诗人"的人。

勃留索夫虽然是俄国象征主义运动的领袖,但却自感在象征主义者

---

① 英·安年斯基:《抒情诗人巴尔蒙特》,见《映象集I》,1906年,莫斯科,第102页。

中间"好像在敌方军营里的人质",这指的是勃留索夫自己坚守文学本身的阵地,不赞同其他象征主义者对"超文学"的追求或对文学宗教性的倾心。他并未在自己的理论阐述中提到"音乐精神"或者"音乐性",但他的诗学理想在某些方面与"音乐精神"是相通的,比如他认为象征主义文学的本质和特征是注重艺术的"情感宣泄"与"意志表现"功能,他还推崇艺术对微妙的"情绪"加以"暗示",对主体的"心灵"加以"呈现"。他也论述到读者对创作的参与,"不仅仅是象征主义诗人,而且他的读者都应当具备敏感的心灵与在总体上来说精细发达的机体。对象征主义的作品应当潜心感悟;想象力应当重建那仅仅由作者勾勒出来的思想"。① 由此可见,勃留索夫提出的象征主义诗学理想与音乐审美高度非常接近。如果追溯俄国象征主义历史,可以说,法国象征主义,连同它的"音乐至上"和"象征最佳"都是由勃留索夫率先引进俄国的。在后来的俄国象征主义的发展中,勃留索夫更以批评家的身份,用"创新性"作为批评尺度,从侧面肯定了勃洛克、别雷、巴尔蒙特、安年斯基等诗人创作中的音乐因素。比如勃留索夫这样评价勃洛克的审美品格:"是白昼的,而不是夜间的,是色彩,而不是色调,是丰厚的声音,而不是叫喊与沉默。"② 再比如,他对别雷那标新立异的文学《交响曲》的评价:"别雷的《交响曲》建立了自己独特的,此前从未有过的形式。它们既达到了真正的史诗般宏伟的音乐建构,又保留了充分的自由性、广度、随意性等一些小说常有的特征。"③ 这种评价表明勃留索夫更倾心于诗学结构、文本形式、文学技巧的研究。他于1918年发表专著《诗歌节律与节奏、用韵与谐音、诗段与诗体初探》,并且继别雷之后又与别雷不同地创作了长诗《回忆》,其副标题为"第一交响曲,热情奔放,四个乐章,加序曲和终曲"(别雷的"交响曲"接近散文,而勃

---

① 《瓦·勃留索夫文集》7卷本,莫斯科,1975年,第6卷,第31页。
② 同上书,第379页。
③ 转引自塔·赫梅里尼茨卡娅:《安德列·别雷的文学诞生》,见《创作问题》,第120页。

留索夫的"交响曲"是用纯粹的诗歌形式)。可见,即便后来走向"新古典主义"的勃留索夫,也不愿放弃将音乐"移植"于文学的尝试。

　　至于勃洛克,则是一如既往地在抒情诗人的语境中揭示象征主义诗歌向音乐"靠近"的可能性和必要性。早在他写给别雷的第二封信中,他就详细讨论诗歌中歌唱的因素和最富有歌唱性的东西,以及那些能够使诗歌趋近音乐的东西。他说,"纯粹运动"的音乐能够"降落"到时间与空间的桥梁——诗歌之中,诗歌能够向音乐趋近,"因为位于音乐旁边的诗歌受到音乐的鼓舞,本身就感到音乐强烈的吸引而向它趋近……诗歌本身所展现的就是它要克服的东西,为的是接近音乐";诗歌应当向音乐回归,"也许这焕然一新的学生,由于跟歌曲的亲近而被魅惑,或许它只是这些歌曲的差劲的相似物,就算它不能'胜于蓝',它不是也学到许多东西吗?而且向音乐回归的过程毫无痛楚"。① 在勃洛克看来,"音乐原子是最完美的……因为它富有创造性","诗歌原子不完美……因为它活力较弱";"若诗歌走到尽头,它大概将……沉没于音乐中"。②

　　当然,"移植"、"靠近"、"回归"在象征主义者那里毕竟不是其诗学理想的终极目的,他们并不是力求诗歌"变形"为音乐,他们所做的实验归根结底是使艺术门类相综合,形式和内容相统一,至于实现程度则另当别论。别雷指出"音乐高于其他艺术",同时又说:"各种艺术形式相互融合,这种走向综合的趋势并不表现为区分艺术形式的界线的消失,而是表现为各门艺术围绕一个中心排列开来"③,这个中心就是音乐;维·伊万诺夫在《遨游群星》中强调,"音乐……作为一切未来综合的行为和艺术的主力军和领导者,在即将到来的有机时代的前景中显然将要统治和领导一切

---

① 《亚历山大·勃洛克、安·别雷:关于俄罗斯与革命的对话》,第101页。
② 亚·勃洛克:《日记及笔记选》,见《亚历山大·勃洛克选集》,莫斯科,1995年,第507页。
③ 安·别雷:《未来的艺术》,见《作为世界观的象征主义》,第142页。

领域的艺术创作"①,"在每一个艺术作品中,哪怕是在造型艺术中都有隐藏的音乐"。② 可见,他们所说的"音乐"只是在"领导"其他艺术,"教授"其他艺术,并"隐藏"在其他艺术中,而不是"代替"其他艺术。埃利斯在《论象征主义的实质》(1910)中最为直接地表达了象征主义者通过"音乐至上"所要达到的诗学目标:"音乐崇拜在现代象征主义中得到了前所未有的表现,这绝非偶然。音乐是其他一切艺术的理想的和绝对的极限,音乐达到形式与内容的绝对融合。"③

"音乐至上"与"象征最佳"经过诗学手段上的完美结合,以及形象与意象的潜在沟通,便会达到象征主义所追求的审美境界,这种审美境界在维·伊万诺夫的《对于象征主义的见解》一文中有精彩的表述:"如果说,我不能用不可捉摸的暗示或影响在听者心中唤起难以言传的有时近似于亘古以来的回忆的感受……,有时近似于遥远、模糊的预感,有时近似于等候久盼的熟人来临时所感到的战栗,——而且无论这种回忆,还是这种预感,抑或这种存在,都被我们感受得有如我们全体成员和经验上有局限的自我意识莫名其妙的扩张,我便不是象征主义者。"④

"如果说,我的话语不能在听者心中唤起连接作为他的'我'之物和他称为'非我'之物,即连接经验上被区分开的两种事物的那种感觉;如果说,我的话语不能直接使听者相信在理智不怀疑生命的地方存在着一种隐秘的生命,如果说,我的话语不能在听者身上激起他对迄今还不善于爱的对象的爱的能量,因为爱情还没有认识他,有如它的许多居处还没有认识他那样。

---

① 转引自伊·米涅拉洛娃:《俄罗斯白银时代文学——象征派诗学》,第45页。
② 同上书,第45页。
③ 埃利斯:《论象征主义的实质》,见《19世纪末20世纪初俄罗斯文学中的诗歌流派》,莫斯科,1988年,第80页。
④ 维·伊万诺夫:《对于象征主义的见解》,见顾蕴璞选编:《俄罗斯白银时代诗选》,第552—553页。

"如果说,我们的话语等于它们自己,如果说,它们不是另一些声音的回声,你对这些声音了解得如同了解它们所由来和将去往的灵魂,——如果说,它们在心灵的迷宫内不能唤起回声,那么,我便不是象征主义者。"

俄国象征主义者从法国象征主义那里拿来"音乐至上",又在与"象征最佳"的相应相和中对"音乐至上"进行诗学美学层面的再阐释。然而,俄国象征主义者并不满足于仅仅从诗学理想、美学境界方面理解"音乐精神",他们还要努力彰显俄国象征主义的特色。这个特色就在于真正赋予"音乐精神"以哲学本体意义,赋予它以参透世界存在的根本规律的功能,并将它与"美拯救世界"、"艺术改造生活"的理想联系起来。

第二节 "世界即音乐","在强劲的节奏中发展"

俄国象征主义者赋予"音乐精神"以本体意义并不是无理无据的凭空杜撰。在别雷关于音乐是艺术的最高形式,"音乐最理想地表达象征",以及"象征永远富有音乐性"等论断中,我们已经看到他对叔本华和尼采的直接引述,其他许多象征主义者也曾从不同的角度引证两位哲学家的观点。不仅如此,"年轻一代"象征主义者在其理论文章、美文随笔中还援引毕达哥拉斯、赫拉克利特、柏拉图、康德,以及自家先驱弗·索洛维约夫等哲人的论述,相继宣称象征主义不仅仅是作为一个文学流派而存在,它首先是一种特殊的世界观、特殊的创作哲学。

叔本华在其哲学名著《作为意志和表象的世界》中指出,"音乐是全部意志的直接客体化和写照"[①],它跳过意识,跳过现象世界,与理念(柏拉图所说的绝对价值的"理念"——本书作者)平行;它最直接、最深入地体现世界本质;因此,它具有比其他艺术强烈得多、深刻得多的效果。尼采

---

① 叔本华:《作为意志和表象的世界》,石冲白译,北京,商务印书馆,1982年,第357页。

在反映他的主要艺术观、并成为他整个思想大厦基石的处女作《悲剧的诞生》中继承了这一思想,认为音乐以一种理性所无法把握的力量直接深入世界本质之中,揭示世界心灵深处的"原始冲突"和"原始痛苦"。[①] 尼采的这部更具有文学作品性质(从而在语言上也影响了象征主义者)的著作,通过"日神"(阿波罗)和"酒神"(狄奥尼索斯)这两个概念来建构"悲剧理论",用"酒神"艺术这个代名词强化了叔本华的音乐本体观。尼采还从艺术美学角度提出"酒神"艺术与"日神"艺术相"综合"的必要。尼采把"日神"和"酒神"比作"梦境"和"迷醉"这两种完全不同的状态。日神是梦境世界,它创造个体,是对人生痛苦的解脱。人们在梦境中编织美丽的幻景,暂时忘却现实世界的苦难。日神状态表现为一种节制和遏止,表现为充满智慧的宁静、和谐和完美。在艺术形式上它是以雕塑、史诗或其他叙述体文学为代表的。酒神是迷醉现实,它消灭个体,自我全然汇入群体之中,与神秘的大自然融为一体。"在酒神的魔力之下,不仅人与人重新团结了,而且疏远、敌对、被奴役的大自然也重新庆祝她同她的浪子人类和解的节日。"[②] 人们正是在酒神的魔力下感受到自然那永恒的生命力,获得一种不可言状的快感。酒神的感知方式是以情绪为主导的音乐。尼采以这两个概念为基础,从整体上对希腊文化作了一番考察,认为日神和酒神这两种力量从大自然中生发出来,是艺术发展的深层动力,正是这两种力量的此起彼伏影响着各门艺术的兴衰。同时,受它们支配,每一个艺术家要么是日神式的梦境艺术家,要么是酒神式的迷醉艺术家,或者最终合二为一,集二者为一身。尼采深入地研究了构成悲剧的诸因素:合唱、情节、舞台形象、对白、布景乃至神话等等,在分析了它们在悲剧中的地位和作用之后认定悲剧在其发展的各个阶段都是以音乐为核心的。音乐属于本体界,是原始意志的象征,是酒神精神的最好体现。酒神伴着音乐的旋

---

① 尼采:《悲剧的诞生》,见《尼采美学文选》,周国平译,三联书店,1986年,第18页。
② 同上书,第6页。

律,才能纵情狂舞。然而源于音乐精神而诞生,在音乐中感受到永恒生命力的悲剧却离不开音乐以外的其他因素,因为纯粹的音乐直接使人面对世界意志,倾听来自世界本原的声音,这是凡夫俗子们受不了的,他们会"因心灵之翼痉挛紧张而窒息"。① 所以,需要酒神和日神的融合,即用音乐激动情绪,进入酒神状态,而由神话场景等艺术手段创造"日神幻景","借它的作用得以缓和酒神的满溢和过度"。② 这样,在尼采看来,悲剧及整个艺术的最高境界是日神和酒神融为一体,二者相互依赖,缺一不可,"酒神说着日神的语言,而日神最终也说起酒神的语言来"。③

从以上论述已不难看出象征主义者把音乐阐释为"世界心灵"的最隐秘语言,把音乐视为某种审美绝对,赋予音乐以哲学本体地位,并将音乐作为日神和酒神融为一体的艺术最高境界之主宰的思想渊源所在。

别雷把康德—叔本华—尼采—斯宾塞这条哲学流脉梳理下来,对"音乐"甚至整个艺术的哲学实质进行了总体表述:"或用康德的语言表达,一切艺术都在'物自体'中得以深化。或照叔本华之说,一切艺术都将我们带入对世界意志的纯粹直觉。或用尼采的话说,一切艺术形式都取决于其中音乐精神的表现程度。或按斯宾塞的说法,一切艺术都集中于未来,或者,最后,'音乐王国实际上不是来自这个世界(奥地利音乐评论家,美学家汉斯立克语——本书作者)'。"④

巴尔蒙特也曾指出"意志主宰宇宙,世界即音乐"⑤(尽管这个"论断"已经触及到哲学层面,但他无意对此进行深入论述,他所着意的毕竟只是上文所述象征主义诗歌本身的特质和审美效应。);亚·勃洛克在笔记中写

---

① 尼采:《悲剧的诞生》,见《尼采美学文选》,周国平译,第94页。
② 同上书,第92页。
③ 同上书,第95页。
④ 安·别雷:《艺术的形式》,见《作为世界观的象征主义》,第101页。
⑤ 转引自伊·米涅拉洛娃:《俄罗斯白银时代文学——象征派诗学》,第30页。

道:"音乐创造世界,她是世界的精神之躯"①;维·伊万诺夫更是在尼采的直接影响下写出题为《狄奥尼索斯与前狄奥尼索斯》的毕业论文,提出将对立的"日神"和"酒神"重新带入"音乐精神"的轨道。

弗·索洛维约夫是俄国"年轻一代"象征主义者无比崇敬的自家精神导师和文学先驱,无论是他的哲学艺术观念,还是诗歌短文作品,都让"年轻一代"折服得五体投地,他们甘心情愿做"索洛维约夫信徒"。索洛维约夫的哲学和艺术思想体系中心是"索菲亚"学说。在他19世纪70年代所著的《完整知识哲学原理》、《抽象原理批判》、《神人类讲义》中,"索菲亚"相当于"世界心灵"概念,在他80年代所著的《俄罗斯和宇宙教会》中,"索菲亚"释义为"神的智慧"、"神的本体","创造的真正原因和原则",在他晚年关于孔德的学术报告中,"索菲亚"表示的是高度精神化的人类有机体。在索洛维约夫的整个哲学体系中,"索菲亚"又是他的"万物统一"普遍宇宙论总学说的艺术形式和内心直觉表现。"索菲亚"的观念和形象还是索洛维约夫著名的诗作《三次会面》的唯一主题,在1900年创作的《三篇对话》中,索菲亚已化身为一种人格化的完美无瑕的女性形象。② 与前面提到的西方哲人学说相比,索洛维约夫这位俄罗斯哲人体现出了自己的思维特色:思辨色彩相对减少,诗人特质相对突出,克服了个人主义倾向,不把人作为独立存在的核心,不把"我"同他人和宇宙对立起来,而把"我"作为与他人和世界休戚相关的、与大宇宙有着内在联系的小宇宙。"年轻一代"象征主义者吸取了索洛维约夫的这些思维特色,并从他的"万物统一"说、"索菲亚"说中提炼出"世界心灵"、"统一性"、"整一性"、"完美性"等等由"音乐精神"含纳和呈现的最高层次审美价值概念。他们的"音乐是关于未来的"这一论点也可以在弗·索洛维约夫那里找到根源。索洛维约夫的学说不仅为"年轻一代"象征主义者的"音乐精神"提供了哲学依据,还

---

① 亚·勃洛克:《日记及笔记选》,见《亚历山大·勃洛克选集》,第459页。
② 参见徐凤林:《索洛维约夫》,东大图书公司,1995年。

提供了形象载体,那就是文学作品中常常出现的"变体"形式的"索菲亚"主题。索洛维约夫思想中所包含的那种"末世论"历史预言的因素,对历史进步的脚步声的敏锐倾听,对集智慧与美于一身的"索菲亚"将拯救世界、改造世界的信念,更使"年轻一代"象征主义者确立了自身立场,从而与"年长一代"有所区别。

对古代哲学(主要是古希腊罗马哲学)和神话的研究在俄国象征主义者中是极为普遍。这种现象也促进了音乐本体地位的确立和"音乐精神"崇拜的形成。

毕达哥拉斯提出"天体音乐"说,或"天籁"说,认为整个宇宙就是一个谐音,也就是数,而且数和音阶的一切特性,都是与整个宇宙的属性、区别以及整体安排相一致的。也就是说,音乐的目标是将对立的因素变得统一,将不协调的因素导致协调,将相互斗争的因素达到和谐,宏观宇宙的整个系统都要依赖音乐而井然有序("宇宙"-космос 这个词意指"秩序"或"好的秩序")。① 这种在对立统一中达到和谐的观点后来又为赫拉克利特所强调,他更重视这种和谐的运动与生成的动态方面,"互相排斥的东西结合在一起,不同的音调造成最美的和谐;一切都是从斗争产生的"。② 比如,琴弓和琴弦两种相反力量的相互作用,才能演奏出有节奏的和谐的乐曲。在赫拉克利特的"和谐"法则中起决定作用的不是"数",而是"逻各斯之火",世界秩序就是"按一定分寸燃烧,按一定分寸熄灭的永恒的活火"。③

这种"天体音乐"说在 20 世纪初的俄国象征主义者那里得到了极大的关注和回应。别雷在《象征主义》一文中说:"早在毕达哥拉斯学派的学说中就已经自觉形成了关于世界就是一件乐器的教条式想象;对于他们

---

① 《西方美学通史》7 卷本,第 1 卷,第 70 页。
② 同上书,第 92 页。
③ 《大不列颠百科全书》32 卷本,北京,1999 年,第 8 卷,第 28 页。

来说,世界是和谐的宇宙;宇宙和谐的法则是毕达哥拉斯学派的唯一认知对象;数就是这个认知的象征武器;数的渐次序列就是宇宙琴弦的音阶,在它们的帮助下认知者从世界(这个乐器——本书作者)奏出乐音;这种数不只是数量上的数;它是一种秘密;在数列中我们找到音乐和谐的属性;也正因为如此,被载入数学本身的这个秘密的层面,将它(秘密——本书作者)转化为音乐,而将认知者转化为由统一的交响联结众人的半圆形歌舞场(一种联盟);世界交响在神秘宗教仪式中奏响;于是毕达哥拉斯主义开始领悟俄耳甫斯主义的神秘论;在这里认知通过音乐转化为魔法:俄耳甫斯神,人所共知,曾让石头也跳起舞来。"[1]这种毕达哥拉斯主义与俄耳甫斯主义的结合对于维·伊万诺夫来说也是一种思想上的共鸣,上文曾提到维·伊万诺夫关于"日神"与"酒神"在"音乐精神"中相调和的观点,这正是俄耳甫斯主义的基本原则。勃洛克关于"音乐"是本质和存在的内在基础的观点也指涉了毕达哥拉斯学派的"天体音乐"说,他在给别雷的信中写道:"要知道'天体音乐'具有神话的深度,要知道这是毕达哥拉斯的社会,在这个社会中人们彼此互认为等同于怡然自得的上帝……"[2]关于毕达哥拉斯—赫拉克利特的宇宙学音乐观,关于柏拉图的哲学、音乐与爱融合的道路就是将自我融于神体的道路等思想,在勃洛克与别雷的早期通信中经常出现。

音乐是"存在的宇宙本原",是"存在的秘密"。音乐的这一本质在俄国象征主义者看来也不是静止不动的物态,而是一种在变化的节奏中呈现出来的律动。这也与赫拉克利特所说的对立因素在运动中达到和谐统一的观点相一致。在象征主义者看来,微观宇宙和宏观宇宙都不可避免地"感染"上动态性,而这种动态性最根本的表现,音乐最重要的内在性质——节奏,也就同音乐一起进入了本体论的范畴。

---

[1] 安·别雷:《象征主义》,莫斯科,1910年,第546页。
[2] 《亚·勃洛克文集》8卷本,第8卷,第53页。

1903年,别雷在给勃洛克的一封信中指出了音乐和节奏的本体性质:"音乐是最后的外壳……节奏——作为时间脉冲的重复——与永恒复归观点相联,这一观点就其本质来说是音乐的。"①在1910年的文章《艺术的意义》中别雷确定了每一种艺术的本质特征,并将音乐的节奏层面具体化:"音乐。它最基本的元素是节奏,即在时间上的连续性。"②同年,在《未来的艺术》中别雷又展开论述了存在的音乐节奏的动力性:"音乐节奏是穿越心灵天空的风;天空在对创造的期待中已经变得心力交瘁,当音乐节奏在这天空中掠过时,它……将诗意的神话之云招聚。"③与别雷的阐述相近的还有勃洛克的格言式日记:"世界在强劲的节奏中发展……世界的发展即文化,文化即音乐的节奏。"④

从这些论述来看,象征主义者认为:生活的节奏、心灵的节奏、文化的节奏、历史的节奏等等都是音乐本体的节奏的回响。在人的存在中,音乐节奏是与完整、和谐、协调的世界相联系、相结合;若缺乏这个节奏,人的存在就会与不和谐现象发生联系。勃洛克在给别雷的信中从诗歌谈及"音乐":"诗歌自身呈现出那需要克服的东西,以便向音乐攀升……诗歌能否……接近超现实世界,乃至把超现实世界听清楚、看明晰?要作出肯定的回答必须基于以下这点:我们的诗歌时代感知到了宇宙的双重性,这在达到预言性洞见之前是从未被感知过的,而这种感知是音乐性的,通过对空间形象的层层否定来倾听'节奏'(顺便说一句,您悟出的节奏是否与赫拉克利特的'逻各斯之火'相近?)。"⑤

由此可见,"音乐"和"节奏"在俄国象征主义者的理论中是不可分割的整体,在这个整体中音乐具有深刻的实体性(就如同世界是一件大乐

---

① 《亚历山大·勃洛克、安·别雷:关于俄罗斯与革命的对话》,第99、100页。
② 安·别雷:《艺术的意义》,见《作为世界观的象征主义》,第120页。
③ 安·别雷:《未来的艺术》,同上书,第144页。
④ 亚·勃洛克:《亚历山大·勃洛克选集》,第459页。
⑤ 《亚历山大·勃洛克、安·别雷:关于俄罗斯与革命的对话》,第101、102页。

器),节奏则表现它的动力感和辩证法。不仅如此,音乐节奏还渗透整个存在的天地等级,将等级化为完整和万物统一。音乐和音乐节奏对于大多数俄国象征主义者来说就是存在的基础,就是存在的精神本原本身。在这种"宇宙学"思考的大框架下,俄国象征主义者,尤其是"年轻一代",在其理论阐述中将生活和创作的方方面面进行"泛音乐化"。我们已经看到象征主义者的美学、哲学思考含纳了"音乐精神",而在伦理学思考、社会学思考、心理学思考、宗教性思考等方面也同样蕴涵着"音乐精神"。

无论象征主义者以什么样的方式进行"泛音乐化","音乐精神"主要还是体现在象征主义者关于语言艺术的理论著述中,而且首先贯穿于象征主义者的诗歌创作中。因此,"泛音乐化"最根本的表现仍然在于诗学思考。也正是在这方面,俄国象征主义者表现出较多的一致。他们认为,在诗歌和音乐两门艺术中都存在节奏这种表现手段,但音乐节奏因其纯粹性(不像诗歌中的节奏那样受到具体词义的限制)而更接近本体,因此诗人要更多地倾听"世界音乐"的节奏;若能倾听到"世界音乐"的节奏,就会感受到存在的"自然力",就会熟悉存在的音调,熟悉"承载着意志之浪"的世界声响,就会拥有巨大的、魔法的力量把自己的"乐器"奏响。他们都认为诗人是"先知",诗歌创作同音乐创作一样具有蒙受"天启"的性质(这种音乐艺术创作是受"天启"的观点在任何一个宗教普遍发展的社会中都存在):"在我身上有一件乐器,一架好钢琴……我的钢琴抖动了一下,就响应了起来……一个艺术家就是这样神经敏锐,能看见琴弦"(勃洛克);[1]"说到诗人的发展,应当承认他的第一感受和半无意识的感受,承认他倾听心灵中遥远深处某个地方鸣响的模糊的音乐,倾听新的、无人说过的……词语的旋律,甚至还不是词语,而只是尚未生成的低沉节奏和语音的图示……"(维·伊万诺夫);[2]"我确切知道的是什么呢?是调性和某

---

[1] 《亚·勃洛克文集》8卷本,第7卷,第217页。
[2] 维·伊万诺夫:《犁沟与田界》,第167—168页。

种音乐旋律,它们像雾霭一样升腾在一些搜集好的系统化的材料上方;我,简单说,是在不由自主地唱着";①"吸收了节奏的单个形象开始以节奏为食粮,就这样逐渐增多,从而构成诸形象的发展史"(别雷)。② 勃洛克曾多次论述节奏和音乐对于诗人的重要意义和巨大作用。他在1909年写道:"那种内在听觉的不停歇的紧张,那似乎对遥远的音乐的倾听,就是作家的存在的必要条件";"诗人,他是节奏的载体"。③ 勃洛克相信,诗人越是倾听音乐,不仅是倾听彼世的,还倾听人民心灵的"世界乐队"的音乐,倾听显现在诗歌本身节奏中的时代的节奏,那么他作为节奏的载体就越强有力。

总而言之,"世界即音乐",它"在强劲的节奏中发展",这种认识体现了俄国象征主义者将诗歌、音乐与哲学"综合"起来的思维方式,表明在俄国象征主义者的理论视野中,"音乐精神"与"象征"一样,都与他们的世界观相结合。正如别雷所说:"迄今为止诗歌是向音乐靠近的。从贝多芬到瓦格纳和理查德·施特劳斯,音乐划了一条向诗歌方向的抛物线。在哲学思想的发展过程中也曾看出将音乐与诗歌接近的征兆。诗歌、音乐和思想融合为某种不可分割的整体这个命题,出乎意料地走近了我们。"④这就是俄国象征主义(特别是以"年轻一代"为代表)的特色之一。应该看到,以往任何音乐哲学体系都不曾如此强调"节奏"范畴。"年轻一代"象征主义者将音乐的节奏元素绝对化,将它的联系扩展到存在的一切领域,这也呈现出俄国象征主义对音乐哲学的个性阐释。

俄国象征主义者的哲学观——世界具有宇宙学统一性,在对立斗争的矛盾中、在节奏连续和时空交错中动态生成这种统一性——已经注定

---

① 安·别雷:《我们如何写作》,见《创作问题》,第12页。
② 安·别雷:《弗里德里赫·尼采》,见《作为世界观的象征主义》,第192页。
③ 《亚·勃洛克文集》8卷本,第7卷,第404页。
④ 安·别雷:《巴尔蒙特》,见《作为世界观的象征主义》,第403页。

了他们必然倡导艺术综合,必然提出人与世界之间关系的问题,以及在共体中证实个体的问题,同时也注定了他们必然倾心于这种"综合艺术"(或称"新艺术"、"超艺术")在"音乐精神"统领下能够重塑性灵、改造生活的审美乌托邦理论。

第三节 重塑人类性灵,再造音乐神话

神话具有深刻的象征意义,这自古以来一直是毋庸置疑的。而神话与音乐的同一性,是许多哲学家、文艺理论家、文学家所共同关注和竭力论证的话题。在尼采的《悲剧的诞生》中,在维·伊万诺夫的许多文章中,神话和音乐被认为是在神秘宗教仪式中进行自我确认的那种意志行为的组成部分,具有统一的、超验的本质。勃洛克在他所作的《悲剧的诞生》摘要中写道,"音乐的力量……使神话成为表达狄奥尼索斯智慧的手段"。洛谢夫在《作为逻辑学对象的音乐》一书中(其中有一章题为《音乐的神话》)指出:"一切音乐都能同等地在神话中被表达,不过——不是在一般的神话当中,而仅仅在一种特定的神话当中。"在与象征主义相距半个世纪之后,列维-斯特劳斯又将神话与音乐的原初同一性视为一切逻辑学理论的基石,他认为神话与音乐同样是"消灭时间的工具",当词语充当神话的材料,它应当体现出神话系统和音乐系统的同晶现象,而处于"文化"状态下的文学词语,与音乐相比,具有较少的可能性去提炼出深藏着的神话"信息",因此音乐成为提炼神话的手段:随着将音乐的性能充塞进词组,就产生包罗万象的聚结作用,其结果是,定位在音乐上的文学作品成为神话的载体。[①]

认为艺术是改变世界的精神力量的俄国象征主义者,为了实现"创造

---

① 参见格耳维尔:《俄国诗人创作中的音乐和音乐神话》,莫斯科,2001年,第9—11页。

生活"这一社会理想,积极地进行诗学开拓,通过在词语身上铸炼与音乐同晶的神话,来重塑人类的性灵。

具体地说,正如上文已经提到的,许多俄国象征主义者都对世界初期的混沌状态和人类文化的最初源头产生过浓厚兴趣,他们(巴尔蒙特、安年斯基、索洛古勃、勃洛克、别雷、维·伊万诺夫等)相信词语和声音具有古希腊神话那样的"魔力"。对这种"魔力"的信仰在"年长一代"那里还仅仅停留在诗学探索和审美观照的层面,而到了"年轻一代",则试图迈出更为实质性的一步,即在"行动"中借助于这种"魔力"让人类灵魂得以净化,让世界面目焕然一新,让整个宇宙和谐有序。而这种"行动",并非旨在改造社会的革命行动,而是旨在对人的内在性灵加以改造的一种精神上的"行动"。

这种精神"行动"体现在"年轻一代"身上,是因为他们敏锐地预感到世纪之交的世界即将发生灾变和根本性的转折,正如别尔嘉耶夫所说,"俄罗斯正在跌向深渊,古老的俄罗斯终结了,应当出现一个还没有过的俄罗斯。和陀思妥耶夫斯基一样,他们感觉到,正在发生内心的革命……人们盼望着明天的日出"。① 在此情形之下,仅仅将诗歌视为一种艺术已是远远不够,将"象征主义"深化为"凝神观照"的世界观也无法跟上"时代节奏的脚步声"。于是,他们在艺术中找到了巨大的精神影响力量和社会革新力量,便着手把象征主义打造为能够完成预言世界未来、重塑人类性灵、改变人际关系、建设崭新生活、再造古代神话中的理想社会等重大使命的"新艺术"、"超艺术"。

"年轻一代"象征主义者相信,通过这种以"音乐精神"为中心的"综合性""新艺术"、"超艺术"的创作,就能使欣赏者(大众)在对"神话"的审美体验中激发主体能动效应,从而克服时空局限,回归"万物统一"的自然状

---

① 别尔嘉耶夫:《俄罗斯思想》,第225页。

态。这就是"年轻一代"象征主义者的精神"行动"的具体内涵。他们这些"神话"的复活者也就成了新生活的创造者。

首先让我们来看一下"年轻一代"象征主义者关于艺术和艺术家使命的"宣言"。维·伊万诺夫写道:"假若'帕尔纳斯主义'没有歪曲——过于经常地歪曲——诗歌的天然属性,尤其是抒情诗的天然属性,它就完全有权利存在下去:它太倾向于忘记抒情诗天生就不是像雕塑和绘画那样的造型艺术,而是像音乐那样的运动的艺术,——不是静观内省的,而是产生效能的,——总之,不是创造圣像,而是创造生活。"①别雷声称:"艺术就是融化生活的开始",②"象征主义将艺术引向注定毁灭的特征,在这个特征背后艺术不再只是艺术;它逐渐成为自由人类的新生活和新宗教……它向往着成为未来和谐的标准,公开而急剧地反对现代生活形式,现代生活分解着一些人,又向另一些人夺取高级文化的果实。"③他在《生活之歌》中更为直接地阐明:"艺术即创造生活。"④艺术的综合,连同哲学和科学一起,成为一种新的精神文化,它将从根本上改变人们之间的社会道德关系,因为"文化的最终目的是重建人类"。⑤

象征主义者把这种诗歌向音乐"靠近"为代表的各门艺术的"综合"(当时全欧洲都在孜孜以求的艺术理想境界)扩张至文化层面的"综合",归根结底是要"重建人类"。在此过程中,艺术家就承担了"先知"的使命。这种"先知"思想依然来源于弗·索洛维约夫:"人类正朝之走去的那个伟大的综合,那个生活、知识与创造的积极统一,将并非实现于哲学理论领域,也不是靠个别人的智慧所能完成,这种综合其实应该是被个别人的智慧所意识到的,这种意识有能力,并且有义务不仅仅观察这些事实,而且

---

① 维·伊万诺夫:《故园与宇宙》,第188页。
② 安·别雷:《剧院与现代戏剧》,见《作为世界观的象征主义》,第154页。
③ 转引自塔·赫梅里尼茨卡娅:《安德列·别雷的文学诞生》,见《创作问题》,第103页。
④ 安·别雷:《生活之歌》,见《作为世界观的象征主义》,第167页。
⑤ 安·别雷:《作为世界观的象征主义》,第12页。

要预告这些事实。"①

在这种大文化概念下的"综合"中,"宗教性"占据着极其重要的地位。维·伊万诺夫曾指出象征主义者所期待的综合首先是某种宗教的东西,其次它不仅包含文学创作领域,而且包括哲学和科学,乃至其他人类文化生活现象。②别雷强调:"当前人类的精神正处于转折点。在这转折的背后正萌生着对宗教问题的强烈向往。音乐的压倒一切的高涨……从贝多芬到瓦格纳,它的影响范围的扩大——难道不是这种转折的样板吗?"③在俄罗斯文学中,宗教性的体现是普遍而根本的。别雷写过,俄罗斯人民与西方文明中的人民的不同之处在于他拥有宗教性,这种宗教性的节奏渗透到整个俄罗斯文学:"从普希金、莱蒙托夫到勃留索夫、梅列日科夫斯基,俄罗斯文学都具有深刻的人民性……它(俄罗斯文学——本书作者)乃是知识分子和人民的宗教探索的载体……正因为如此,我们的积极性是非理性的……正因为如此,在我们未来的宗教中,我们的追求将会与人民的追求相碰撞,假若我们真的想要别样的、活的词语。"④

"年轻一代"象征主义者把弗·索洛维约夫具有俄罗斯民族特点的宗教性,连同他的神秘主义观点承袭过来,并有机地纳入上文提到的西方哲人有关音乐是"世界意志"的"纯粹显现"等思想,创造性地构建出自己的审美乌托邦体系——在"音乐精神"中创造"集结性",将个人的声音变成众人的"回声",将教堂弥撒"集结"而成的"多",扩展为文化崇拜意义上的"多",通过文化审美进行对现有存在的道德重建,达到克服人类的个人主义、产生统一的社会精神机体那种应有存在的目标。

实现这种"集结性"效能的范本在"年轻一代"象征主义者看来就是古

---

① 转引自伊·米涅拉洛娃:《俄罗斯白银时代文学——象征派诗学》,莫斯科,1999年,第25页。
② 参见《俄罗斯白银时代文学——象征派诗学》,第26页。
③ 安·别雷:《艺术的形式》,见《作为世界观的象征主义》,第94页。
④ 安·别雷:《俄国文学的现在与未来》,见同上书,第350—351页。

希腊悲剧。前面已经提到尼采对古希腊悲剧的分析。"酒神"精神是居于主导地位的,而代表"酒神精神"的是"音乐精神"(悲剧正是从音乐精神诞生!)。因此,在这种创立"集结性",建设新生活的"新艺术"、"超艺术"中,在这种文化审美改造中,"音乐精神"就占据了中心位置。因为"音乐精神"表现了混沌世界的"原始冲突"和"原始痛苦",代表着"不安和混乱";而它"实际上不是自始至终都混乱的。它是在宣告改造前夕的混乱",它是"宗教的血肉之躯"[①];它将"组织"那"自然力",最终创造出和谐有序的世界——古代神话中的极乐世界。

俄国象征主义者用"新艺术"、"超艺术"实现审美功能和宗教效能的依据,除了有音乐体现"酒神"精神、世界本原、存在基础的观念,还有素来得到广泛认同的音乐对于人的灵魂和心理产生作用的观念。

在古希腊罗马美学中,早期的毕达哥拉斯学派,鼎盛时期的柏拉图学派,晚期的斯多亚学派均强调音乐和灵魂之间的关系。毕达哥拉斯学派认为人类灵魂净化的途径有四种:宗教仪式,沉思(凝神观照),哲学本身,音乐。音乐是自然中诸多事物统一的基础,是世界上最完善事物的基础。作为一个法则,音乐在宇宙中采用了和谐的形态,在国家中采用了合乎法律的政府形式,在家庭生活中采用了通情达理的方式,它带来一致和统一。因此,体现和谐与统一的音乐,具有无比巨大的重要作用。[②] 柏拉图在《国家篇》中讨论了音乐的一般原理,在《法篇》中详细讨论了音乐教育,强调音乐教育比起其他教育都重要得多,因为节奏和乐调都具有最强烈的力量,可以浸入灵魂的最深处,如果进行音乐教育的方式得当的话,灵魂就得到美的浸润,灵魂就得到美化,反之,则被丑化。柏拉图认为,诗因为有了韵律,有了节奏和乐调,听众就会因其极大的迷惑力而信以为真;要是将诗人作品中由音乐所产生的东西一齐洗刷掉,只剩下它们原来的

---

① 安·洛谢夫:《形式—风格—表达》,第 320 页。
② 《西方美学通史》7 卷本,上海文艺出版社,1999 年,第 1 卷,第 60 页。

简单的躯壳,就像一个面孔,没有新鲜颜色,当然也谈不上美,因为他像花一样,青春的芳艳已经枯萎了。① 在《斐德罗篇》中,柏拉图凭借"迷狂"说,实现厄罗斯(爱情)经过审美历程向美自身即美理念的跳跃,其具体表现就是"参加入教祭典",在"参加入教祭典"活动中,人类的思维活动处于高度发挥主观能动性和极度亢奋状态,进而能实现飞跃,重返"太一"故园,即宗教神话中的极乐世界,与神同在。②

俄国象征主义者普遍认同音乐对心灵所能产生的作用。他们对声音魔力、词语魔力的追求正是基于这种认识。研究古希腊文化的专家维·伊万诺夫还曾指出,有很多证据证明节奏可以极大地作用于精神和物质世界,比如,在远古时代节奏作为"工具"的可能性,"用来治疗心灵和身体上的疾病,取得胜利,消除内讧"。③ 勃洛克在文章《咒语与祈求之诗》中表达了词语在"综合"的宗教剧中所能产生的魔力:"仪式,歌曲,合唱队,咒语,使人们与大自然接近……与大自然的紧密联系变成新的宗教,在那里充满了无限的信仰:对词语力量的信仰,对歌曲魔法的信仰,对舞蹈魅惑的信仰。这些力量应大自然的要求而生,又将大自然驯服,打破它(大自然——本书作者)的法则,用自己的意志禁锢它的意志……这就说明了为什么在任何世纪人们都如此惧怕魔法——这经受着惊心动魄的秘密的与火的游戏……"④在勃洛克看来,世界意志就隐身在这"魔力的词语"和"魔力的活动"背后。

"年轻一代"象征主义者在对音乐,对古希腊悲剧,对远古宗教神话的回溯中,将重塑人类性灵、再造音乐神话这种功能和目标纳入了他们的象征主义文学审美体系。而那些"复活"古希腊悲剧的思想和创作,也就受

---

① 《西方美学通史》7卷本,上海文艺出版社,1999年,第1卷,第354页。
② 同上书,第328、25页。
③ 维·伊万诺夫:《犁沟与田界》,第131页。
④ 《亚·勃洛克文集》8卷本,第5卷,第43页。

到俄国象征主义者的重视和推崇。但是,俄国象征主义者毕竟首先是诗人,对于体裁上与"神秘宗教仪式"更为接近的戏剧,他们更多的是理论研究而不是创作实践(尽管许多象征派诗人都曾涉足戏剧创作)。这方面情况将在下节详述。

对于作为诗人的象征主义者,这种以"音乐精神"为核心的"新艺术"、"超艺术",成为一种观念贯穿于他们的创作之中:诗歌要复活词语,使之成为"巫术";诗人要成为创造者,成为"巫术师",使他的诗歌不仅具有艺术性和感染力,还得到"集结性"的"多"的回声。这也是"年轻一代"象征主义者被称为"巫术派"的缘由。维·伊万诺夫在分析但丁《神曲》的结尾诗行后,得出如下结论:"假若我们敢于评价上述行为,⋯⋯那么我们就应当承认这个行为是巫术的⋯⋯我们就可以验证那不止一次地被提出的、真正的和最高的象征主义⋯⋯等同于巫术。"[①]别雷指出:"从生活的节奏中培育出复杂的宗教根系;正因为如此,文学的过去是无意识地带有宗教性的"[②];"巫术是改造的节奏:在我们身上"。[③] 只有当诗人听得见存在中那含蕴着"集结性"的合唱,听得见那具有宗教性节奏的音乐声浪时,他作为巫术师的生活创造能量才会客体化。

我国学者周启超对俄国象征主义者所追求的这种文学功能和目标做出了恰当的总结:"象征主义文学同宗教神秘剧一样,企图把人们引入那弥散着'统一性'与'完美性'之氛围的'音乐欣赏'与'神话欣赏'之中,在那种让人心旷神怡的审美体验状态中,借助象征形象与音乐意象,激发欣赏者的直觉的能量,引导他们以非理性的方式去观照世界存在的本相;引导他们与诗人或剧作家、小说家共同体验那沐浴着圣光的艺术形象和审美意象,实现主体意志的自由显现,实现性灵的陶冶和升华。象征派文学

---

① 维·伊万诺夫:《故园与宇宙》,第 193 页。
② 安·别雷:《俄国文学的现在与未来》,见《作为世界观的象征主义》,第 346 页。
③ 安·别雷:《我为什么成为象征主义者》,同上书,第 429 页。

家深信语言艺术与音乐艺术同样具有净化性灵的美学功能,坚信象征主义文学尤其能通过它创造的像音乐一样纯粹的意境而使人们彼此亲近。这样,通过'教堂集约'(即'集结性'——本书作者)这一审美效应,'美能拯救世界'——对于俄国象征派就已经不是一个不可企及的遥远目标,而是一种可以逼近的理想境界。"①

然而,愿望不等于现实。俄国象征主义者的这个似可企及的目标最终并未达到。他们所认为的"美"艺术未能拯救世界,就连他们的种种创作尝试也常常得不到认同。他们之所以能够在一定时期内坚定地行走在自己开辟的审美乌托邦道路上,原因在于他们相信,这种"集结"功能的"新艺术"、"超艺术"是"未来的",而不是"现在的"。

第四节 音乐神话再造的"前导"与"后继"

一 瓦格纳

"瓦格纳对我们时代的文化所产生的影响,超过了任何一位艺术家",他"对文学产生的冲击力是深刻而强烈的,并且随着时间的流逝,他的间接影响力同他的直接影响力一样,有必要得到应有的评价"。②

瓦格纳对于俄国象征主义者来说,就是跻身于叔本华—尼采这条德国哲学流脉中间的一位极为重要的人物。他对于俄国象征主义者的意义与其说在于他的哲学思想,不如说在于他复活古代戏剧、再造音乐神话的理论和实践。由于瓦格纳的理论和实践均提供了理想范式,俄国象征主义者把他奉为自己的先驱之一。

瓦格纳并非音乐理论家或音乐史学家,也并非纯粹意义上的哲学家、神学家或美学家,然而他却穷其一生以自己的感悟和激情、通过文字作品

---

① 周启超:《俄国象征派文学理论建树》,第 203 页。
② 雷蒙·弗尔奈斯:《瓦格纳与文学》,纽约,1982 年,前言。

和音乐剧作品表述自己的思想。尽管他的思想在两种载体中有着很大的不一致。

瓦格纳在艺术理论和音乐创作上的最大贡献莫过于他对歌剧的革新。瓦格纳歌剧美学探索的主要特点,也是他几部理论作品的共同之处,在于他总是以现代艺术与古希腊艺术相对照为其论述的出发点。瓦格纳认为,在古希腊,在埃斯库罗斯和索福克勒斯时代,诗人只是人民和民族天才的代言人,悲剧面向全体人民演出,"人民从来都是众归于一的总括概念,它造成一个共同体"①;一切艺术——诗歌、音乐、舞蹈、建筑,都结合在这种宗教仪式中,其中,美是可以感受的、物质的、生动的形式,在所有人眼前出现;从此以后,多种艺术不幸地相互分离出来,音乐的节奏来自舞蹈,其旋律来自诗歌,单纯的音乐,就只是空洞的和声。而从诗歌那一方面看,它变成了纯粹的文学,失去了原来所有的美感。

瓦格纳指出,为了构成一种形式自然的各种艺术的综合,人们应当回想到原始人本能作出的语言、歌唱、手势三位一体的状态。对现代艺术家来讲,问题不在于是由音乐来支配诗歌还是由诗歌来支配作曲,因为每种艺术都应该顺应它自己的规律。但是,只要诗歌和音乐朝着同一目标发展,就能够达成统一,即:表现那种也曾用手势来表达的"人类的活动"。对于歌剧来说,"音乐要注释的应该是戏剧本身,而不是戏剧性的诗歌"。真正的戏剧性的旋律是诗人和音乐家共同努力的交接点:"诗人是在音乐波浪动荡的水面上展开他的画面,诗的形象就反映在其中,而这种变换不定,色彩鲜明的反映就是旋律。"②

从以上理论出发,瓦格纳发展出"音乐剧"(Music Drama)。这种"音乐剧"就是瓦格纳所追求的崭新的"未来艺术"——"总体艺术作品"。他

---

① 《瓦格纳论音乐》,廖辅叔译,上海音乐出版社,2002年,第41页。
② 转引自刘雪枫:《神界的黄昏——瓦格纳和音乐戏剧》,辽宁大学出版社,1994年,第57页。

在1849年的《未来的艺术作品》中写道:"伟大的总体艺术作品,为着有利于达到一切艺术体裁的总目标,即无条件地、直接地表现完成了的人的本性,它已经总览了一切艺术体裁,以便使用和消灭在某种意义上作为手段的每一个单独的艺术体裁,——精神并不把这种未来的总体艺术作品看作个别意志的可能产物,而是将其看作未来人类必定会产生的共同作品。"[1] 瓦格纳强调"总体艺术作品"不是巴洛克歌剧中那种各门艺术的简单混合,而是要创造一种"普遍的艺术",把音乐、诗歌、舞蹈、雕塑、建筑等艺术门类真正融为一体。在这种"普遍的艺术"即"总体艺术作品"中,不再有艺术门类的分野,它们全都"交织"在一起,分不出你我。"在这种艺术作品里面,我们伟大的恩人和救主,必然性的有血有肉的代表——人民,也不会是再有什么差别、什么特殊的了;因为在艺术作品里面我们将成为一体,——必然性的承当者和指示者,无意识的知晓者,不经心的愿望者,本性的见证者,——幸福的人们。"[2]

在瓦格纳的"音乐戏剧"作品中,最能体现他的艺术追求的当数《特里斯坦和伊索尔德》(1859)、《尼伯龙根的指环》(1867)和《帕西发尔》(1882)。他还为实现全民参与戏剧表演的理想而兴建了拜罗伊特剧院。

瓦格纳在俄国的接受是这样的。1863年,瓦格纳第一次到莫斯科和彼得堡演出。此后,在俄罗斯上演了瓦格纳的早期歌剧《罗恩格林》(1868)、《唐豪瑟》(1874)、《黎恩济》(1879),并取得成功。但当时俄罗斯的文艺界并没有对瓦格纳的音乐加以特别关注。作家托尔斯泰还在《何谓艺术》一文中警告颓废艺术的摧毁力量,并断定瓦格纳的作品是"与艺术没有任何共同之处的东西"。然而,"文化气候的变化最终使人们对瓦

---

[1] 转引自刘雪枫:《神界的黄昏——瓦格纳和音乐戏剧》,辽宁大学出版社,1994年,第123页。

[2] 《瓦格纳论音乐》,廖辅叔译,第44页。

格纳创作的肯定态度的增长成为必然"。①

在世纪之交如火如荼的"现代主义"艺术进程中,瓦格纳像在法国一样,在俄国逐渐变成被绝对崇拜的偶像。促成瓦格纳"流行风"的重要原因是他的作品在俄罗斯的高水准演出。继瓦格纳开创各门艺术相综合的新型歌剧——"音乐剧"之后,А. Н. 伯努阿发现芭蕾也可以将音乐、舞蹈和造型艺术融于一体。他认为芭蕾是实现艺术综合的枢纽。这种观念在以"艺术世界"小组(由佳吉列夫等人倡导)为核心的文化圈里逐步成为共识。他们与舞蹈家米哈伊尔·冯辛联合创办巴黎俄罗斯芭蕾季,由此他们被称为瓦格纳的追随者。但瓦格纳的这种影响主要是表现在舞台艺术形式改革上,丝毫没有涉及词语与音乐的结合,以及社会、政治、宗教领域的相关观念。"瓦格纳学说的神秘主义和神话学特色,与号召精神上和社会上的革新和革命的艺术一样,对于醉心于细致的形式研究的俄罗斯芭蕾界来说是格格不入的。俄罗斯芭蕾始终停留在'自足,自益,自由'的艺术观念上。"②瓦格纳对俄罗斯文艺的全面影响,无论在形式上,还是在观念上,都在象征主义那里得到了充分的体现。

关于瓦格纳对俄罗斯"白银时代"文化,尤其是象征主义文学的影响,有许多学者做过详尽或独到的论述,比如俄罗斯艺术学家戈津普特(А. А. Гозенпуд)的专著《理查德·瓦格纳与俄罗斯文化》(1990),英国学者巴特列特(Розамунд Бартлетт)的专著《瓦格纳与俄国》(剑桥大学出版社,1995),伊·米涅拉洛娃的专著《俄罗斯白银时代文学——象征派诗学》(1999),安·洛谢夫的文章《理查德·瓦格纳美学世界观的历史意义》,德·里茨的文章《瓦格纳之于俄罗斯的象征主义》等等。我们所介绍和引用的观点,大多来自后三者的论述。

德·里茨认为,对于瓦格纳的接受从一个侧面显示了俄国象征主义

---

①② 参见德·里茨:《理查德·瓦格纳之于俄罗斯的象征主义》,见《俄罗斯的白银时代》,莫斯科,1993年,第117—136页。

"年长一代"与"年轻一代"的差异,使得二者的区分一目了然。瓦格纳并未在"年长一代"象征主义者中得到强烈的反响。梅列日科夫斯基不赞同多数象征主义者崇尚的"音乐精神",也不认可瓦格纳的音乐。勃留索夫不屑于讨论艺术综合:"'艺术融合'不是梦想,不是理想,而是术语上的矛盾……追求艺术融合就意味着倒退。"在索洛古勃和巴尔蒙特的作品中也找不到瓦格纳的名字。尤其是瓦格纳的把人民视为神话艺术再生源泉的艺术观,对于"末日论"色彩浓厚,而又带有贵族特点的梅列日科夫斯基小组,以及以勃留索夫为代表的"审美"流派(或"文学本位"流派)来说都很疏远。①

在西方音乐文化史上归属于浪漫主义后期的瓦格纳,无论是他的坎坷生平经历,还是艺术改革创新、美学哲学思想,都在俄国"年轻一代"象征主义文学探索中得到广泛而深刻的回应。他是"年轻一代"象征主义者理论探讨的重要人物,也是其实践创新的榜样。按照洛谢夫的看法,对于"年轻一代"象征主义者来说,他们与瓦格纳最根本的"共鸣",就是对当时欧洲所经历的灾难感的体验,对未来革命(瓦格纳所说的革命指的是从地球上消灭当时存在的一切社会政治矛盾,是在泛指意义上最深层次地改造人类世界)的模糊的预言,对英雄主义的宇宙学提升(神话英雄主义),对爱的救赎力量的信仰(基督教本质)。而在艺术追求上,象征主义者欣然接受了瓦格纳所宣扬的那种一切艺术的彻底的、最大限度的综合,也欣然接受了他的如下一些信念:只有音乐能够描绘人的最深层的暧昧感受;只有乐队能够提供生活中和世界上一切事物的统一画面;音乐剧乃是宇宙生活的象征。② 埃利斯也曾表明:"就是在理论上瓦格纳与象征派作家

---

① 参见德·里茨:《理查德·瓦格纳之于俄罗斯的象征主义》,见《俄罗斯的白银时代》,第117—136页。
② 安·洛谢夫:《理查德·瓦格纳美学世界观的历史意义》,见《哲学 神话 文化》,莫斯科,1991年,第287—294页。

的亲缘也无法穷尽!因为他断然打破各艺术门类之间的界限和框架而宣扬一种统一的超艺术,他与我们当中的每个人都无比接近;因为他比其他人更相信最高世界,期待最高世界,因为他以前所未有的勇敢强调了一切艺术的宗教基础,并在《帕西发尔》中径直走近了关于宗教仪式的隐秘本质问题,他现在与我们大家意气相投。"①

"年轻一代"象征主义者对瓦格纳诠释的出发点是他的"艺术综合",所有观点的归宿则是他的"未来艺术"观。"这一掌握了艺术的通灵术幻影的象征主义流派,从《特里斯坦和伊索尔德》开始总体观照瓦格纳的剧院和戏剧思想,认同'未来艺术'的必然转向,而'未来艺术'是年轻一代象征主义者理论建构的中心点之一,剧院在'未来艺术'中起首要作用"。②

更重要的是,"年轻一代"象征主义者所理解的瓦格纳的"艺术综合"和"未来艺术",已经超出了纯粹形式探索的范围。"艺术综合"观点本身对于他们来说,是在那种世纪之交特殊的世界状态下,那种发生着和酝酿着宏大事件的时代里,要求重新感受世界的统一,寻找表现这一统一的新方式的标志。在这种特殊的世界状态下,艺术应当拥有超出美学范围的终极目标,那种感应世界风云变幻,重塑人类性灵,进行精神革命,改造现有存在的终极目标。在"年轻一代"象征主义看来,瓦格纳的"音乐剧"就体现了这样的"艺术综合",瓦格纳的剧院就是能够让这个终极目标得以实现的地方。"在瓦格纳的剧院中,——瓦格纳的狂热崇拜者格奥尔基·丘尔科夫在一篇俄国象征主义剧院宣言中写道,——尤其强烈地感受到那些令我们不安的矛盾。瓦格纳的剧院对于我们来说有着重要意义……就像建立宗教剧院的悲剧性的尝试。如果这一尝试仍以失败告终,那么

---

①② 参见德·里茨:《理查德·瓦格纳之于俄罗斯的象征主义》,见《俄罗斯的白银时代》,第117—136页。

罪过不只在于瓦格纳,而且在于我们当代的整个欧洲文化。"①

"年轻一代"象征主义者对瓦格纳的接受也是各有侧重,不尽相同。作为象征主义的宣传者和捍卫者,维·伊万诺夫与别雷同样推崇瓦格纳,但也存在着内在的争论。

别雷对瓦格纳产生兴趣首先缘于他对戏剧体裁的看重。他指出,全欧洲流行的"艺术综合"的总体趋势是在戏剧体裁中最先表现出来的:"目前戏剧越来越向音乐靠近(易卜生、梅特林克及其他),而歌剧则走向音乐剧,并且这种趋向已经在很大程度上实现了(瓦格纳)。"②他认为这种"音乐精神"的渗透不仅仅局限于戏剧,"它向一切艺术普及开来"③,而"诗歌是向空间形式的艺术灌进音乐精神的通风口"。④

这种"音乐精神"的渗透又与"现代性"结合起来。按照别雷的观点,在精神危机的现代,宗教问题极为引人注目;与此同时,音乐越来越强烈地影响其他艺术,因为只有音乐有能力表达精神生活的新形式;而且,由于音乐具有无限深度,它能够解释"运动的秘密","存在的秘密"。在瓦格纳的"音乐剧"中,别雷看到了当下所迫切需要的那种艺术,它正在向自己的宗教量度回归:

> ……在未来,按照索洛维约夫、梅列日科夫斯基和其他人的观点,我们将面临着向宗教性理解现实的回归。现代戏剧的音乐性,它们的象征主义,难道不是指明了戏剧将成为神秘宗教仪式的趋势吗?戏剧是源于神秘宗教仪式的。它注定要向神秘宗教仪式回归,它将不可避免地从舞台木桥上走下来而推广到生活中。我们在这里不是

---

① 参见德·里茨:《理查德·瓦格纳之于俄罗斯的象征主义》,见《俄罗斯的白银时代》,第117—136页。
② 安·别雷:《艺术的形式》,见《作为世界观的象征主义》,第94页。
③ 同上书,第98页。
④ 同上书,第104页。

被暗示着生活向神秘宗教仪式的转变吗?

人们不正是在生活中聚集在一起表演某种全世界的神秘宗教仪式吗?

歌剧,尤其是瓦格纳的歌剧,就是这种戏剧。在这种戏剧中音乐性居于首位,不是次要的引申义,而是本义。①

对于别雷来说,瓦格纳并非完全意义上的成功者,他只是因为较早踏上这条预言的改造道路而起到了开路先锋的作用,后来由于陷入一味的唯美主义的干涸地而不知何去何从。② 他认为瓦格纳的学说归根结底只是一种尝试,是奠基性的、启蒙性的和局限性的,他说,"瓦格纳只是向我们宣告那必然导向神秘宗教仪式的诗歌与音乐之融合的拓荒者之一"。③ 不过,别雷还是积极地将瓦格纳的诗乐融合之尝试应用到自己的创作实践中,最典型的示例就是试图用瓦格纳的音乐手法进行文学"交响曲"的创作,包括主导动机和无休止旋律,这种"实验"突出体现在第四部《交响曲》(即《雪暴高脚杯》)中,然而最终结果的不理想和人们的冷遇令别雷对瓦格纳的艺术产生怀疑,甚至于对后来斯克里亚宾的"实验"也曾持怀疑态度。

别雷把音乐剧视为通向新的艺术阶段,并且最终把生活变为神秘宗教仪式的可能途径,在这一点上,别雷与维·伊万诺夫在本质上是相同的,尽管别雷并不完全赞同维·伊万诺夫所理解的"集结性"理想和他的美学结论(指将原始文化的"酒神精神"与基督教相调和)。

维·伊万诺夫被看作是当时在俄罗斯真正理解瓦格纳的人。④ 他多

---

① 安·别雷:《艺术的形式》,见《作为世界观的象征主义》,第 104—105 页。
②③ 参见德·里茨:《理查德·瓦格纳之于俄罗斯的象征主义》,见《俄罗斯的白银时代》,第 117—136 页。
④ 出自 1913 年在莫斯科出版的杜雷林所著《理查德·瓦格纳与俄罗斯》,参见德·里茨:《理查德·瓦格纳之于俄罗斯的象征主义》一文。

次在自己的文章中①分析悲剧发展史的审美沿革,在《遨游群星》一书中称瓦格纳为继贝多芬之后的第二位狄奥尼索斯式创作的倡导者,"普世神话创作的第一个先驱"。② 维·伊万诺夫认为瓦格纳的革新复活了古代悲剧,其实质在于乐队具有了与希腊悲剧中的合唱相媲美的意义。正是由于这个原因,在瓦格纳的剧院中上演的"酒神节狂欢"的场景神话般地使观众和听众融入乐队。在维·伊万诺夫看来,这是通向未来的宗教仪式的必由之路。

维·伊万诺夫承认瓦格纳的艺术革新预言,并勾画出象征主义的内在必然道路,然而他却反对当时艺术界对"艺术综合"这一观念本身的理解。他认为,将"艺术综合"归结为观众的感受集聚和情感迸发是对瓦格纳艺术理念的歪曲。虽然维·伊万诺夫并没有公开指责俄国芭蕾的"混合主义"或者其他类似的现象,但是他认为这种舞台演出观念本身就存在着"审美上的无能为力"这个瑕疵,因为这种舞台演出基于许多艺术门类的共同参与,却又仅限于部分地使用每一门艺术,这样必然导致对各门艺术的神圣规则的违背。③

按照维·伊万诺夫的观点,真正和谐而有意义的"艺术综合"必须要有宗教事件的参与,甚至于它只能是通灵术的,就像瓦格纳和斯克里亚宾所理解的那样。维·伊万诺夫与瓦格纳相一致的观点是,在人类历史上只有古希腊悲剧,无论是在将各门艺术相结合的表现手法上,还是在艺术事件的文化意义上,都达成了完全一致。然而从瓦格纳的再生古希腊悲剧精

---

① 如:《瓦格纳与狄奥尼索斯戏剧》载《天秤座》1905 No2;《预感与先兆》载《金羊毛》1905 No5—6,等等。

② 贝多芬将席勒的《欢乐颂》引进他的交响乐,这被认为是在重建诗与乐的和谐关系方面迈出了第一步。瓦格纳在此基础上主张把狄奥尼索斯和阿波罗结合在一起。参见格耳维尔:《俄国诗人创作中的音乐和音乐神话》,第 34 页;巴特莱特:《瓦格纳与俄罗斯》,纽约,1995年,第 129 页。

③ 参见德·里茨:《理查德·瓦格纳之于俄罗斯的象征主义》,见《俄罗斯的白银时代》,第 117—136 页。

神的尝试中，维·伊万诺夫同样看到了"内在的畸形"，其原因就是综合化的艺术形式里排除了"戏剧演员的表演以及既有歌唱又有半圆形歌舞场的真正的合唱"。①

对于维·伊万诺夫来说，追随古希腊模式才是彻底的、正确的："瓦格纳停在了半路，没有把话说完。他的艺术综合不和谐也不圆满。出于与总体构思不一致的片面性，他把独唱歌手突出出来，却冷落了言词和舞蹈，多声歌唱和集合的象征。"②可见，这位德国音乐家"只是开创者"，尽管如此，他在当代也立下了"宇宙神话创造的第一个先驱"的功勋。维·伊万诺夫就是在对瓦格纳的借鉴与克服中，构建出与象征美学紧密相连的神话美学，指明了现代艺术的一项基本任务是走向神话诗学。

总的来说，尽管别雷和维·伊万诺夫的美学—哲学体系存在着分歧，但作为象征派理论家，他们还是有着共同的思想基础，包括受叔本华—瓦格纳—尼采的影响，倾心于弗·索洛维约夫的思想体系，潜心于艺术的巫术观（巫术"是作为艺术的象征主义之巅与神秘主义的结合"），相信"音乐精神"统领下的"艺术综合"将用再造神话的方式改造生活，而且改造的不仅仅是精神生活。

这种思想积淀应该说也是属于勃洛克的，但是在普遍具有神秘主义色彩的象征主义者当中，与更为"玄学化"的别雷、维·伊万诺夫的理论相比，勃洛克对瓦格纳的接受和理解，勃洛克的"泛音乐化"，他的理论以及创作应当说都较为"务实"，也具有更为实际的内涵。尽管他不善于理论综述，不通晓音乐艺术，不重视宗教玄学，他却在像其他象征主义者一样认为音乐是世界本质的同时，另辟蹊径地把音乐放置在文化及历史进程的视野中加以观照，在周围的"世界乐队"中领略"音乐精神"，在纷繁的现

---

① 参见德·里茨：《理查德·瓦格纳之于俄罗斯的象征主义》，见《俄罗斯的白银时代》，第117—136页。

② 转引自伊·米涅拉洛娃：《俄罗斯白银时代文学——象征派诗学》，第37页。

实生活中酝酿音乐神话的再造。

勃洛克从1903年起就开始与别雷通信讨论"音乐"和"音乐精神",但他自己对"音乐"和"音乐精神"的独特理解和阐述是在1905年革命以后逐渐形成,到他文学之路的后期才成熟定型。1905年革命的失败,促使勃洛克从"音乐精神"的纯粹神秘主义的神话载体——"美妇人"这个幻影中走出来,而逐渐转向由"人民"、"革命"、"知识分子"、"俄罗斯"等构成,并以节奏整合的"世界乐队"这一新载体。在这一转向中,与瓦格纳的"结识"起到了决定性的作用,因为正是在这一年,勃洛克与妻子、与文学圈的朋友们一起,深深迷恋于瓦格纳的"音乐戏剧",尤其是《尼伯龙根的指环》,甚至感到他们自己与这部音乐剧的主人公"神似"。

勃洛克自认为"对音乐一窍不通",但他对瓦格纳的兴趣是长久而深刻的。在他的诗歌联想、批评散文、笔记和书信中,经常出现关于瓦格纳的话题。他不是把瓦格纳当作音乐和神话魅力的代表,而是把他视为一种精神象征。勃洛克着眼于瓦格纳的"神话英雄主义",他在其中所看到的一切,比如"酒神精神",对资本主义体制的痛恨,对旧世界不可避免的灭亡的预言,对革命能够拯救艺术、拯救人和世界的信心——这些都成为勃洛克精神世界里的基本元素,从中生发出勃洛克有关音乐概念的意义链环:现实的基础,世界的本质,"文化"与"文明"的对立,以及"人民"、"自然力"、"革命"等等。[①]

对瓦格纳的最为直接的回应,体现在勃洛克就瓦格纳的《艺术与革命》所写的同名文章之中。勃洛克确信瓦格纳是"真正的艺术家"的榜样,虽然他的"综合性的劝导"没有在1849年被其对象——"人民"听到,但这一事实并没有令瓦格纳失望,因为"偶然现象和暂时现象从来不会打击真正的艺术家,真正的艺术家无力犯错,也无力失望,因为他的事业是未来

---

① 见亚·勃洛克:《人文主义的崩溃》、《论诗人的使命》,见《亚·勃洛克文集》8卷本,第6卷,第93—115、160—168页。

的事业"。① 勃洛克就是从这种未来艺术的视角,看出了瓦格纳所理解的那种艺术机制与社会机制的紧密联系。

勃洛克的戏剧观同样借助于这种音乐思考而形成。勃洛克认为戏剧的任务与19世纪末自然主义作家所认为的不同,在"个人主义危机"的时代应当产生新的演出形式,这从本质上讲是与瓦格纳的反资产阶级戏剧理想相同的:剧院不是娱乐消遣的场所,而是精神合一的场所,是成员相互承认、巩固集体理想的场所。勃洛克将瓦格纳视为这个戏剧发展过程的倡导者,他认为瓦格纳复活全民剧院的尝试之所以失败,是因为周围的"文明"对此加以阻挠,这"文明"把拜罗伊特的舞台变成"挤满了全欧洲旅行者的卑微部落的聚集地"。② 勃洛克认为,时代和艺术应当在紧密的相互依赖中发展变化,在危机时代应当赋予那真正有活力的、创造性的力量以自由,赋予"音乐精神"和文化冲击力的载体以自由,这个载体,就是瓦格纳所说的作为"一切感到共同需要的一类人的总括"③的人民。

在《论诗人的使命》中,勃洛克指出艺术家的任务就是阐释现实最深层的流变和脉搏,"从亲和的、自发的自然力中解放音响,它们一直在这自然力中……把这些音响归于和谐,赋予它们形式……将这个和谐引入外在世界"。④ 同时,这些任务不是一种个人行为,个人行为会在审美层次毁坏艺术与生活的关系:"生活、文化、文明、艺术、宗教的矛盾,不会因言语、理论而解决……每个人都应尽自己的力量去解决这些矛盾……解决这些矛盾是未来的事业,是集结的事业。"⑤ 我们看到,这又是对瓦格纳的具有民族普遍性神话的扬弃和发展。勃洛克的"集结"走出了"神秘宗教仪式"的"集结",他所希冀的是未来的"入世"的"集结"。

---

① 亚·勃洛克:《艺术与革命》,同上书,第23页。
② 同上书,第24页。
③ 《瓦格纳论音乐》,廖辅叔译,第41页。
④ 亚·勃洛克:《论诗人的使命》,见《亚·勃洛克文集》8卷本,第6卷,第162页。
⑤ 《亚·勃洛克文集》8卷本,第8卷,第479页。

许多学者看到了勃洛克音乐观的"入世"方面。勃洛克研究家敏茨指出:"勃洛克承认世界的辩证法性质,在审美上将它定义为节奏;但是勃洛克并不仅仅在本质世界看到了音乐—节奏因素,而且在与之相应的现实世界也看到了。"①因此,"现实中的一切——甚至最'无音乐性的'也成了与'音乐精神'生成过程的某些方面或阶段相呼应的"。② 勃洛克在《俄罗斯与知识分子》文集第一版序言中说:"对这个占据了我十年之久的主题,我从来没有从社会学角度,更不用说从政治学角度出发去探讨。我的题目,如果可以这样表达,它是音乐的(当然不是指这个词的专门意义)。"在第二版序言中也表达了同样的意思。③

勃洛克强调,一切现代哲学、美学、艺术的关键问题是伦理问题,即个性与普遍性、个体与共体、个人与时代的关系问题。个性只有在个性以外的因素中才能确立,自由的创作只有在克服了个体的封闭性的情况下才能实现。对于抒情诗人勃洛克来说,这种个性与普遍性的融合也可以用"音乐"作为象征。他在1919年3月30日的高尔基生日致词中说:"请允许我祝愿阿列克谢·马克西莫维奇拥有力量去留住那既威严又愤怒、既有自然力的猛烈又充满仁慈的音乐精神,那个作为艺术家的他所信仰的音乐精神。因为,我重复果戈理的话说,如果连音乐也将抛弃我们,那么我们的世界会成何面目。只有音乐能够让那由于不再是神圣的疯狂而正在变成恼人的下流行径的血腥停止。"④在第二天的日记中,勃洛克记下了:"首先是音乐,音乐是世界的本质。世界在强劲的节奏中发展……意志的冲击力。世界的发展即文化。文化即音乐的节奏。"⑤还有一篇文章一目

---

① 扎·敏茨:《勃洛克与俄国象征主义》,见《文学遗产》,第92卷,第1册,莫斯科,1980年,第139页。
② 同上书,第143页。
③ 转引自伊·科鲁克:《音乐不会抛弃我们……》,见《勃洛克与音乐》,第70页。
④ 亚·勃洛克:《高尔基纪念日致词》,见《亚·勃洛克文集》8卷本,第6卷,第92页。
⑤ 亚·勃洛克:《日记及笔记选》,见《亚历山大·勃洛克选集》,第507页。

了然地表述了勃洛克具有"入世"特点的"音乐"感知,就是他于1919年撰写的文章《人文主义的崩溃》。勃洛克在这篇文章中对历史进程进行了成对比照,指出在横向上,文化与文明对立,整一与分裂对立,音乐与非音乐对立;而在序列中,文化与整一、音乐并存且互为条件,文明则为分裂,为非音乐。这两个序列相应于两个空间,两种时间:"一种是历史的、日历的,另一种是不可数的、音乐的。只有第一种时间和第一种空间一成不变地存在于文明的意识中;只有当我们感觉到与大自然的亲近,当我们听从于世界乐队所发出的音乐声浪……我们才是生活在第二种空间和时间中。失去身体与精神的平衡就会不可避免地剥夺我们的音乐听觉,剥夺我们走出日历时间,走出那对世界起不到任何说明作用的一晃而过的历史日期和年代,而进入另外一种不可数的时间的能力。"①勃洛克认为,当前非音乐的因素在自私的个人主义中集聚,而与此同时音乐的守卫者却是自然力——人们、野蛮的大众;未来的文化存在于"革命的综合性的努力中"。在1919年所写的另一篇批判"为艺术而艺术"理论的文章中,勃洛克指出真正的艺术"诞生于两种音乐的永远的相互作用,这两种音乐即创作者个性的音乐和在人民群众心灵深处响彻的音乐。一切艺术都必从这两股电流的结合中诞生"。②

勃洛克倾听时代和革命的节奏,艺术地体现时代和革命的不和谐音,由此而在象征主义世界观理论框架中既显得孤独又独具力量。他在自己的文章和诗歌创作中天才地表现出象征主义探索的实质,把诗人与时代相融合而生成的创作看作诗歌的繁荣:"诗人找到了自我并且一起走进了自己的时代。这样他个人生活的瞬间与他的时代的瞬间一起流逝,而那些时代的瞬间又与创作的瞬间同时发生.……在这样适宜诗歌创作的条件下,诗歌就能获得自由,走上轨道,而且不是旧轨,是史无前例的新轨。

---

① 亚·勃洛克:《人文主义的崩溃》,见《亚·勃洛克文集》8卷本,第6卷,第101—102页。
② 《亚·勃洛克文集》8卷本,第7卷,第364页。

在这种情况下就能够期待诗歌的更大繁荣,它的革新,其结果就是接近音乐。"①

总之,以别雷、维·伊万诺夫、勃洛克为主要代表的"年轻一代"象征主义者均在瓦格纳的"前导"下,在对瓦格纳的继承与扬弃中建立起自己的"音乐精神"诗学范畴和"音乐神话"美学体系。

二 斯克里亚宾

研究俄国象征主义,就不能不研究斯克里亚宾(1871—1915):他对哲学的广泛思考,对理论的自觉构筑,对艺术综合的大胆尝试,对艺术家使命的执着追求,等等这些方面,都与象征主义者十分相近。与瓦格纳相对,斯克里亚宾跟俄国象征主义的关系在一定意义上可以称为"后继"关系。

斯克里亚宾在19世纪80年代就以钢琴曲创作和演奏技能崭露头角,但那时他追随的是浪漫主义,还没有形成自己的独特风格乃至独特体系;他的艺术成熟期是从20世纪头十年开始,那时他才真正集"哲学家"(在严格意义上,斯克里亚宾只是"哲学爱好者",他不属于任何哲学流派,没有受过系统的哲学教育,也并没有饱读哲书,但他具有超人的抽象思维能力,超常的直觉感悟,一生中为我们留下了大量哲学笔记)、诗人、音乐家于一身。尽管他的哲学思想和艺术观并不是完全在象征主义的影响下形成,但却自始至终都与象征主义有着相当多的一致之处。斯克里亚宾从1907—1908年开始构思,1911年上演《普罗米修斯》之后加紧计划的"神秘宗教仪式"创作,可以看作是在音乐领域对"年轻一代"象征主义者探索的继续,这正是象征主义者所希望看到的和所加以肯定的。

《音乐大百科》的"象征主义"词条指出,在音乐艺术内部,象征主义特

---

① 转引自玛戈梅多娃:《勃洛克世界观中的"音乐"体系》,见《勃洛克与音乐》,第60页。

征是间接体现的,其中最突出的体现是在那些蕴含着象征主义文学形象的作品中。在这个词条中,斯克里亚宾被认为是唯一一位在其音乐中较为鲜明地反映出象征主义特征的音乐家,而这种情况与他的哲学观念密切相关。斯克里亚宾的哲学观与象征主义在很多方面都有交叉点,比如探求世界和宇宙的统一性、视创作为一种文化仪式行为、俄耳甫斯崇拜思想、艺术家的先知使命等等。斯克里亚宾音乐的标题或解说(作者自己写的或者经过作者首肯的)与勃洛克、索洛古勃诗歌中的象征形象非常相近,有时甚至完全一致,比如《遥远的星星》、《骚动的心灵》、《普罗米修斯》、《神圣的游戏》等等。如果不看音乐标题或解说,而直接去感受斯克里亚宾的音乐,那么他的音乐与俄国象征主义文学,尤其是"年轻一代"象征主义文学也有很多相似之处,甚至会导致相同的情感状态。斯克里亚宾音乐与象征主义文学的亲缘性还在于它们在心理、形象、语言等方面都继承了浪漫主义艺术原则。词条中还指出斯克里亚宾成熟阶段的作品建构特色也与象征派诗歌建构手法有相近之处。①

斯克里亚宾与象征主义有如此之多的相近特征,自然有多方面的原因。

斯克里亚宾与俄国象征主义文学家理论家处于同一个历史时代、同一种文化土壤,感受着同样的时代氛围、同样的艺术气息;他同象征派文学家理论家一样,从青年时代起就思考过去与未来,思考艺术家对于世界的责任,努力看透事物本质,努力阐明存在的哲学意义;他同象征派文学家理论家一样认识到现实的不完美,从浪漫主义的逃避"此在",向往"彼在",逐步走向用艺术改造"此在",使它趋于"彼在"的完美;他在探寻通向宇宙和谐、人类自由、生命永恒的途径上也与象征主义有着本质的一致,即创作重于认知。

---

① 《音乐大百科》6卷本,第3—4卷,第970页。

在斯克里亚宾研究过的许多思想观点当中,弗·索洛维约夫、巴尔蒙特、维·伊万诺夫等人的思想观点对他来说最具有亲和力。维·伊万诺夫、巴尔蒙特、巴尔特鲁莎伊蒂斯是斯克里亚宾的"最亲密的朋友",斯克里亚宾经常拿自己的作品或创作思想跟他们"切磋",并因得到他们的肯定而感到高兴。[①] 别雷与斯克里亚宾结识较早(1903),尽管他对斯克里亚宾音乐的新奇和深度表示惊异和赞叹,对斯克里亚宾转入哲学的"题外话"却持讽刺态度:"那些白皙的手指在空中抓来某些和弦为谈话伴奏;小指头按向'康德'音符;中指头又敲响了'文化'主题;再突然——食指一下子越过一串琴键跳到了一个键上:'布拉瓦茨卡娅'。"[②] 然而别雷只是讽刺了斯克里亚宾对哲学的"半行家"的涉猎,对其体现在音乐中的哲学思想总体上还是认同的。

象征主义文学家理论家是用自己的诗歌创作和理论著述表现自己的哲学思考,斯克里亚宾则是以音乐作品为载体阐述他关于人、人类和艺术的理念。在这里之所以可以说"阐述"(音乐是没有确定的概念和逻辑含义的),是因为斯克里亚宾不仅用音乐的标题,而且用与音乐作品相应的"诗"的形式(文字作品)来表达思想:比如《神圣之诗》(第三交响曲)、《狂喜之诗》、《火之诗》(《即普罗米修斯》)等作品标题;再如,他在构思创作《狂喜之诗》的过程中,既有文字作品产生(韵文或半韵文文章,曾于1906年在日内瓦发表[③]),又有音乐作品问世,但二者绝非词语与音符的对应,而是殊途同归地表现同一主题。这种诗与乐的并存已经从一个侧面说明了斯克里亚宾追求的是综合型艺术,他让诗这种日神式艺术作为酒神式音乐的补充,从而架起存在的表象与世界本原之间的桥梁。斯克里亚宾

[①] 参见托姆帕科娃:《斯克里亚宾与白银时代诗人——维·伊万诺夫》,莫斯科,1995年,第12页。

[②] 安·别雷:《两次革命之间》,莫斯科,1990年,第348—349页。其中的布拉瓦茨卡娅(Блаватская)为神智学奠基人。

[③] 参见拉·拉帕茨卡娅:《"白银时代"的艺术》,第58页。

还进一步创造出"色彩交响乐",在《普罗米修斯》(1911)中(这部作品的音乐总谱开创性地加入了色彩声部)以声学音响效果与色彩表现力的对应关系为基础,将音响和色彩相融合,表现火、斗争、努力、创造和宇宙的积极力量。这样,斯克里亚宾在《普罗米修斯》中已经显露出通过"神秘宗教仪式"达到世界统一的信念。他不再想"单纯地写奏鸣曲和交响乐",他梦想着艺术的综合,希冀着通过它更积极地对现实进行重建。

与维·伊万诺夫的结识和交往加速了斯克里亚宾对"神秘宗教仪式"的创作计划和实施。两人相识时(1909年在《阿波罗》编辑部[①]),斯克里亚宾正在创作《神圣之诗》(第三交响曲)和《狂喜之诗》,并已经构思创作宏伟的《普罗米修斯》,以及更宏伟的"神秘宗教仪式"。维·伊万诺夫作为文学象征主义的首领,已经开始在专著中论述"神秘宗教仪式"观、"集结性"和"全艺术"(всеискусство)观。因此,两人很自然就因"共同语言"而走到一起。

斯克里亚宾与维·伊万诺夫不约而同地关注神秘宗教仪式,这并非偶然。当时人们对古希腊文化的研究兴趣非常浓厚。在俄罗斯语文学界,对古希腊神秘宗教仪式的研究,尤其是对埃琉西斯神秘宗教仪式(古希腊时期为祭祀农业女神得墨忒尔和佩尔赛福涅所举行的)的研究具有了一定的规模。作为古希腊文化艺术的专家,维·伊万诺夫对神秘宗教仪式有着非常深入的了解,他指出这样一个事实:神秘宗教仪式不只代表某种艺术—哲学概念体系,它在古希腊世界中呈现为日常生活和社会意识的一部分。这对后来斯克里亚宾采用神秘宗教仪式体裁几乎具有决定性的作用。[②] 斯克里亚宾本来就渴望他的艺术成为最广泛的大众,甚至整个人类的喜悦和生命的源泉,神秘宗教仪式正是那种能将整个人类团结在"集结性"活动中,从而与宇宙的"世界精神"融合的体裁。而斯克里亚宾对通

---

① 参见托姆帕科娃:《斯克里亚宾与白银时代诗人——维·伊万诺夫》,第5页。
② 同上书,第10页。

往"超现实"的"宇宙"之门的执着探寻,也燃起了维·伊万诺夫实现自己的理论梦想的希望。

弗·索洛维约夫、别雷、索洛古勃等人也提到过这种"普世神秘宗教仪式",他们号召首先拆除隔离观众和演员的舞台前沿栏杆,让所有人成为神秘宗教仪式的参加者。斯克里亚宾则走得更远:"我不想要任何剧院表演,——斯克里亚宾说,——舞台前沿栏杆——这是观众与演员之间的障碍,应当被消除……精神应当胜过物质";"剧院—栏杆——这都是艺术的物质化,这是将统一分割为两极的突出表现。听众和观众被栏杆分开,而不是被融合在一起……只有在神秘宗教仪式中能够实现栏杆的真正消除。不过在那里我将既没有听众,也没有观众。"①

在斯克里亚宾和维·伊万诺夫看来,在前辈的经验中已经出现过可以作为神秘宗教仪式基础的雏形。两人都很看重瓦格纳的美学观点和创作实践。然而,维·伊万诺夫倾向于认为贝多芬的《交响曲—康塔塔》是神秘宗教仪式的基础,而斯克里亚宾则倾向于认为瓦格纳的旨在"艺术综合"的"酒神节狂欢"式音乐剧是神秘宗教仪式的基础。斯克里亚宾在整个艺术生涯中一直对瓦格纳兴趣不减,但他认为瓦格纳未能完全实现"艺术综合"和"集结性"活动:"瓦格纳就是那个尽管拥有极大的天才,也未能克服剧院栏杆和表演性的艺术家,因为他没看出来问题在哪儿。他不了解其症结就在于这种分割,在于没有统一,在于没有感受,有的只是感受的表象……这全然不是那么回事;只有在神秘宗教仪式中才能够真正实现栏杆的消除……"②

在俄罗斯音乐界的同时代人当中也有一些经验推动着斯克里亚宾的步伐,比如:Вс.梅耶荷德致力于再生古希腊悲剧—宗教神秘剧(索福克勒斯的《安提戈涅》和欧里庇得斯的《腓尼基妇女》)的尝试,他不只是试图再

---

① 参见托姆帕科娃:《斯克里亚宾与白银时代诗人——维·伊万诺夫》,第11页。
② 同上书,第12页。

生那个戏剧体裁,而且尝试重建古希腊悲剧中的半宣叙调、半歌唱;М.Ф. 格涅辛在 Вс. 梅耶荷德剧院采用他自创的手段"音乐朗诵",也就是建立在音乐之上的有节奏话语;另外还有 А. 塔伊罗夫的个别宗教神秘剧创作尝试。维·伊万诺夫表现出对这些经验的着迷。斯克里亚宾更是表现出对梅耶荷德和格涅辛的欣赏,尤其是对已经付诸实施的"音乐朗诵"体系大加赞扬。"这太棒了,——他几次说道,内心暗自与塔吉亚娜·费奥德罗夫娜和维·伊万诺夫交换着看法,——要知道这就是我所需要的。"①

斯克里亚宾在其一生中(1915年突然病逝)孜孜以求的这个"神秘宗教仪式"究竟是怎样一番情形呢?在与斯克里亚宾交往密切的音乐学家、批评家萨巴涅耶夫的专著《斯克里亚宾》(1926)、不久前由莫斯科国立 А. Н. 斯克里亚宾纪念馆出版的《斯克里亚宾与白银时代诗人——维·伊万诺夫》(1995),以及为庆祝斯克里亚宾诞辰125周年而出版的维·伊万诺夫的文集《斯克里亚宾》(1997)中,我们可以看到这一构想的内容和实施的过程。

斯克里亚宾首先构想出一种能够反映人的存在的特别形式的艺术哲学,进而用这种艺术哲学帮助人类进行更新和重建;最终向宇宙迈进。斯克里亚宾在一首诗中表达了自己的意图:

В этом взлёте, в этом взрыве,
В этом молнийном порыве
В огневом его дыханьи,
Вся поэма мироздания.

在这起飞中,在这爆发里,
在这闪电般的一个瞬息,
在它呼出的火焰之间,

---

① 参见托姆帕科娃:《斯克里亚宾与白银时代诗人——维·伊万诺夫》,第8页。

蕴藏着宇宙的全部诗篇。

现存资料显示，作曲家是根据维·伊万诺夫的建议拟构了"神秘宗教仪式"的文字提纲。根据莫斯科国立斯克里亚宾纪念馆的一些笔记，我们可以复原他对"神秘宗教仪式"的图解。这个图解将"神秘宗教仪式"分为几个部分，要分别在七天里上演。与瓦格纳的那部要在四天里上演的史诗《尼伯龙根的指环》的不同之处在于，斯克里亚宾的"神秘宗教仪式"含有永恒生命、永恒运动、永恒发展的观念。其中有一些典型的斯克里亚宾式形象：梦想、白光世界——死亡、对一切的否定——斗争、席卷一切的狂喜舞蹈、英雄主义和能量、刺眼的光和疲倦的抒情（《太阳之弦》等等）。高潮被安排在第七天，即世界的非物质化。①

按照维·伊万诺夫的观点，"神秘宗教仪式"本该是斯克里亚宾的"全艺术"观体系中更高级的阶段。与丘尔廖尼斯的绘画"奏鸣曲"、别雷的文学"交响曲"相比，只有斯克里亚宾得以走出自己体裁的框框，成功地贴近了"艺术综合"观念的实践。但是，这一实践没有能够进行到底。

据斯克里亚宾同时代人的证明，斯克里亚宾不仅写出了文字，而且写出了"神秘宗教仪式"的音乐片断。这些片断曾不止一次地在朋友圈中表演，并因它们的新颖和优美而震惊四座。斯克里亚宾的创作风格通常是在记谱本上记录下在他意识中已经成形的音乐，据格涅辛娜回忆：斯克里亚宾曾对她说过"神秘宗教仪式"的音乐已经全部在头脑中，"剩下的仅仅是恼人的工作——将它记录下来"。② 可惜，"神秘宗教仪式"的音乐未能全部记录下来。

斯克里亚宾在他去世前两年暂时放下了"神秘宗教仪式"的总体构造，开始从更简洁的方式入手，即创作《预演》。他设想《预演》应该能够起到帮助人类准备好参加神秘宗教仪式的作用。"要知道不是我在制做神

---

①② 参见托姆帕科娃：《斯克里亚宾与白银时代诗人——维·伊万诺夫》，第9页。

秘宗教仪式,我只知道,神秘宗教仪式会发生,我告示并促进它的出现。《预演》就是这种促进的形式之一。"①

"《预演》是需要多次演练的……这是一部文艺作品,尽管其中会有许多真正的魔力……《预演》非常有效地促使神秘宗教仪式临近。""这也许——如果笨拙地说——类似康塔塔。"②

在《预演》的创作中,维·伊万诺夫起了不小的作用。作曲家和诗人一起进行《预演》的诗词创作。斯克里亚宾还听取了维·伊万诺夫在诗歌创作方面的建议,因为作曲家希望他的作词像他的作曲一样出色,达到"一切词语都是和声"。维·伊万诺夫对《预演》的这个诗词基础是这样描述的:"这是弥撒风格的抒情戏剧;就含有宗教观念的戏剧所固有的艺术体现方式来看——这是象征主义的作品;就表现对象来看——这是最简洁的、最概括的、独具一格的宇宙学理论勾画;就它的目的来看——这是未来神秘宗教仪式的认知意义上的导言;从精神教育意义上说——它是要准备它的参加者迎接最后的集结性秘密活动,这在它的命名中就可见一斑——这是'活动'或者仪式进行意义上的'演戏',但这活动只是'预备的'。"③

宏伟的"神秘宗教仪式"终究没有完成。我们无法将其作为"作品"来探讨,只能依据音乐家的传记和音乐家的其他创作活动来了解他的设想和通向这部本该是"巅峰"之作的道路。根据萨巴涅耶夫的记忆,斯克里亚宾本人对"神秘宗教仪式"有以下一些阐述:"要在音乐的促进下实现集结性创作……";"要将个性集合起来——艺术的任务和目的就在于此";"要是我想到我写不成神秘宗教仪式,我连一个小时也活不过去";"在神秘宗教仪式中根本不会提到个性——这将是集结性的多样化个性,就像在千百万四溅的水花中倒映出来的太阳影像。但是有这样一种作为领导

---

①② 参见托姆帕科娃:《斯克里亚宾与白银时代诗人——维·伊万诺夫》,第12页。
③ 同上书,第9页。

的意志……非有它不可……这不是我臆想出来的,尽管它是在我面前展开:它就该是这样";"由中心个性创造的世界是全部意义上的'神圣游戏',最完善的自由"。①

透过斯克里亚宾的这些设想,我们可以看出与象征主义极为一致的一个命题:即"作为<u>巫术师的艺术家</u>"建立神秘宗教仪式,领导它的实施,并吸引全人类参与这个行为。

斯克里亚宾认为,每个时代的每个种族都有自己的救世主,自己的巫师,他们注定要担当起改变和决定人类命运的职责。他承认:"在一切时代都有符合自己时代的表达手段,自己的音响魔力。也许,那些在埃琉西斯宗教神秘剧中的歌唱比任何现代音乐更加扣人心弦。"②而在他所处时代的救世主就是斯克里亚宾自己:"我思索,为什么是向我展开了这个观念,难道不是要我来将它实现吗?我觉得自己有这个力量去实现它。每个人都得到那个正是呈现给他的观念。贝多芬得到的是第九交响曲的观念,瓦格纳是《尼伯龙根的指环》。而我是这个观念。我有一系列重要依据可以这样想,但是我不能也无权全部说出。"③

斯克里亚宾自然与象征主义者一样流入了乌托邦幻想。然而音乐家的乌托邦幻想并非完全"纸上谈兵"。尽管"神秘宗教仪式"创作并未完成,但是音乐家也在一定程度上实践了他为自己设立的"祭司"职责。他在其他已完成的音乐作品中和自己的亲自表演中,都试图体现出某种"魔法"力量。

同象征主义者一样,斯克里亚宾认为音乐的魔力效果在很大程度上是由节奏来加强的,萨巴涅耶夫曾这样总结斯克里亚宾的观点:"节奏自然力无限地加强魔法效果……节奏的运动,不管它们多么微弱,都能够摇

---

① 参见托姆帕科娃:《斯克里亚宾与白银时代诗人——维·伊万诺夫》,第13页。
②③ 同上书,第10页。

动需要巨大力量才能摇动的钟……艺术的力量在这方面是无限的。"①斯克里亚宾在这种"节奏自然力"中还加入了复杂而自由的和声,使其音乐作品成为后世创作技巧的榜样。

象征派诗人对作品中"词语魔力"的幻想求助于音乐音响,而斯克里亚宾在真正音乐的领域努力实现"声音魔力"。萨巴涅耶夫曾说到音乐家表演自己的作品就像一种有魔法的行为:"这些奏鸣曲、序曲、音诗——已经不仅仅是音乐作品了。这是一些小型的弥撒活动,小型的神秘宗教仪式。在那里,斯克里亚宾先前梦想的那个'真正的'声音的魔力开始显现:节奏变成诅咒性的,在节奏的纷忙中幻动着那激起心理电流的意志,在节奏与动感的交错变化中生发出深刻的、几乎催眠般的心理影响力,而旋律的图景则由几乎具有直接诅咒力量的乐句勾画。斯克里亚宾本人表演这些作品近乎于一种秘密产生作用的活动,一场弥撒,在这弥撒中他是主持仪式的祭司。在这种表演中就连最消极的听众都开始感受那股自作者—表演者传来的能洞穿他们心理的电流;他们开始感觉到这不是'普通的文艺'表演,而是某种更加非理性的、已经趋向游离于艺术之岸的表演。"②

可以说,斯克里亚宾是象征主义者所期待的那个新世纪的瓦格纳,新世纪的"精神之子"。早在斯克里亚宾的后期作品问世之前,有人曾把这个称谓安在了大音乐家柴可夫斯基身上。象征主义杂志《天秤座》中曾刊登苏沃罗夫斯基的文章《柴可夫斯基与未来音乐》,其中指出:"音乐中的超人类因素从瓦格纳那里开始显现……瓦格纳,这位伟大的提坦神,威严地说出'我想',就从大地的女儿身上生出儿子,他有着斯拉夫民族的忧郁的眼睛,深邃如海洋,——他的名字是柴可夫斯基。"③

追求"狂喜"的创作和新时代神话创作的斯克里亚宾,自然而然地令

---

① 转引自伊·米涅拉洛娃:《俄罗斯白银时代文学——象征派诗学》,第100页。
② 同上书,第76页。
③ 同上书,第99页。

当时的俄罗斯文艺界认为,这个"救世主"的"接力棒"落在了他的手上,就如同人们把对救世主的期待在诗歌领域与勃洛克联系起来,在绘画领域与弗鲁贝尔联系起来。①

以上我们仅从斯克里亚宾音乐之路的思想追求,音乐家对"神秘宗教仪式"的实践探索方面,简论了斯克里亚宾与象征主义的接近,以及他与象征主义者在创作发展上的"后继"关系(尽管斯克里亚宾先于许多象征主义者去世)。那么,同时代人又是如何接受斯克里亚宾呢?

任何一种创新总要迎来各种不同的评价,标新立异的斯克里亚宾更是得到了极端相反的评价。

"如果夸张一些,对于斯克里亚宾的作品我想说:震惊四座,奇异非凡,惊心动魄,具有极强的表现力和震撼力。但这不是音乐。斯克里亚宾是沉于幻想了。他假设建造这样的作品,一经在喜马拉雅山的某个地方表演,就会产生人类肌体的共振,进而就会出现新的生物。他为自己那震天撼地的神秘宗教仪式写出了脚本,相当无力的脚本。"②这是东正教思想家活动家弗洛连斯基对斯克里亚宾"音乐幻想"的决然否定。

"他是少数能够具体体验多神教和它的无法消灭的本真的天才之一。他是魔鬼主义者,基督徒听斯克里亚宾的音乐是一种罪孽,基督徒在他(斯克里亚宾)那里只有一种态度——转身离去。因为为他祈祷也是一种罪孽。没有人为魔鬼祈祷,魔鬼只会被革出教门。"③这是年轻的同时代人洛谢夫对斯克里亚宾的"音乐神秘主义试作"的激烈反应。

尽管如此,斯克里亚宾还是拥有相当多的崇拜者,尤其是,象征主义者将他归入了"共同事业"追求者行列。正如萨巴涅耶夫所说的那样,在音乐家身上很早就"萌生了他特有的……对恢宏的渴望……在这恢宏的

---

① 参见伊·米涅拉洛娃:《俄罗斯白银时代文学——象征派诗学》,第99页。
② 同上书,第103页。
③ 同上书,第68页。

呈现中正勾勒出那个蓝图的最初线条,而那个蓝图后来逐渐丰满成熟,构筑成他的俄耳甫斯之路"。

"这是一种艺术具有魔法意义的思想。艺术是一种伟大的力量,它可以对自然力发出诅咒并掌控世界与人类。艺术是神的形象,艺术家的创作法则就是创世的法则。艺术家—哲学家在静观自己创作过程的同时就得到了对宇宙创造的认识。艺术对于斯克里亚宾来说变成了宗教概念"。①

这种对艺术具有魔力的信念,这种用音乐消除阿波罗和狄奥尼索斯对立的俄耳甫斯原则,这种对艺术家创作精神的自我"神化"原则,表现出斯克里亚宾与象征主义者的志同道合,斯克里亚宾因此得到了象征主义者的总体肯定。

在斯克里亚宾的"魔法"是"白"是"黑"的问题上(即有魔法效应的艺术对人的心理产生从善和从恶两种影响之分),象征主义者也是朝积极的、向善的方向评判:巴尔蒙特从肯定的意义上说,音乐家"想用音乐重建"我们的大地②;维·伊万诺夫认为,斯克里亚宾的艺术之路是"正面意义上的'魔法'之路……体现在深入该艺术构成元素内部去感受它们,并在它们身上开掘存在的宇宙本原"。③尽管萨巴涅耶夫和一些象征主义者也承认斯克里亚宾追求的这种"通向光明的""巫术魔法"最终导向了"黑暗魔法"一面,因为他和瓦格纳一样,都"试图在物象世界实现奇迹","试图用一切艺术的力量聚集来强行将人类带入神的国度"④,然而,斯克里亚宾的"迷失"仍不影响他成为俄罗斯20世纪初的文化骄傲,因为他是希冀着向人类行善,"这是心与心灵都纯洁的,充满光明渴望的神职儿童,他

---

① 参见伊·米涅拉洛娃:《俄罗斯白银时代文学——象征派诗学》,第69页。
②③ 同上书,第77页。
④ 同上书,第100—101页。

在星之密林中迷失了"。①

1915年斯克里亚宾逝世后,维·伊万诺夫做了大量工作来宣传斯克里亚宾的创作。他写过数首纪念斯克里亚宾的十四行诗,多次举办关于斯克里亚宾的讲座,他还是在莫斯科和彼得堡都有分会的"斯克里亚宾协会"的创办会员。作曲家逝世后不久,根据维·伊万诺夫的倡议成立了"桂冠献给斯克里亚宾"委员会,这个委员会准备将《预演》的诗文和斯克里亚宾的哲学笔记付梓出版。维·伊万诺夫关于斯克里亚宾的文章构成了整整一部书,包括《斯克里亚宾与革命精神》、《斯克里亚宾创作中的民族因素与宇宙因素》、《斯克里亚宾的艺术观》、《斯克里亚宾》和《关于斯克里亚宾的两次演讲》。② 前三篇于1997年由莫斯科国立斯克里亚宾纪念馆编辑成书出版,即前文提到的《斯克里亚宾》。

维·伊万诺夫对斯克里亚宾这样评价:"斯克里亚宾是俄罗斯作曲家,代表了粗犷自由的俄罗斯音乐天性,并赋予这一天性新的动感建构和转化为宇宙无限形象的样式……他是一个名副其实的人,陀思妥耶夫斯基所说的正直的俄罗斯人,——而且因他鲜活地感觉到自己的精神之根,因他对俄罗斯生活方式和传统的有机的爱,因他对我们民族使命的信念,最后,因他最深刻的自我意识——俄罗斯事业的创造者之一的自我意识,他是一个炽热的爱国者。"③

这种将斯克里亚宾神圣化的倾向不只局限在音乐家自己、音乐界的崇拜者和象征主义者那里,连少年帕斯捷尔纳克也表达了那出于直觉的认同:

  Раздаётся звонок,

  Голоса приближаются:

---

① 参见伊·米涅拉洛娃:《俄罗斯白银时代文学——象征派诗学》,第102页。
② 参见托姆帕科娃:《斯克里亚宾与白银时代诗人——维·伊万诺夫》,第16页。
③ 同上书,第18页。

Скрябин.

О, куда мне бежать

От шагов моего божества!

铃声响起,
声音由远及近:
斯克里亚宾。
噢,我怎能逃离
我的神的步履!

综观本章所述,俄国象征主义者对"音乐精神"范畴在诗学、美学、哲学、宗教等各个层面进行了深入的理论探讨。

继法国象征主义的"音乐至上"之后,俄国象征主义者除了继续在语言和形式上发掘诗歌音乐性,通过向音乐的"靠近"实现诗歌革命之外,他们还对"音乐"进行了哲学和宗教上的提炼和论证。音乐被俄国象征主义者看作是"世界心灵"的最隐秘的语言,是某种审美绝对,是使内容的深度和形式的完美有机结合的最理想的象征。将音乐理解为象征,用音乐实现象征化,更将音乐提升为存在的第一精神本原(即勃洛克所说"音乐即世界本质"),凡此种种决定了象征主义者将生活和创作的方方面面进行"泛音乐化"。无论心理的、审美的,还是社会的、哲学的,尤其是对诗歌艺术的探索和思考,都被笼罩于对"音乐精神"的膜拜之中。音乐是宇宙本原,是主音,人类的精神机体是泛音,将一切审美手段的合力施加在人类精神的机体之上,就会产生出巨大的效能。由此而得出:以"音乐精神"为主导的艺术综合,能够赋予诗歌这种语言艺术以重要的使命,即让诗歌拥有创造音乐神话的魔力和巫术,从而通过诗歌艺术对人类性灵进行革命性改造,达到"集结性"(соборность),最终实现宇宙和谐、万物统一的目标。

然而,这些俄国象征主义者首先是诗人,其次才是理论家,他们终究无法摆脱"物象世界的缠绕"。一些创作尝试的失败,现实给他们带来的失望,使他们自己也意识到其理论的乌托邦性质。勃洛克研究家戈里采夫指出,"尽管勃洛克认为,就其实质而言'世界上音乐不会流逝',然而从1919年起,他开始提到它(音乐——本书作者)的'创造精神'的暂时消失"。① 别雷的一段话也代表了自奉为巫术师的诗人们对自己的悲剧性命运的预言:"但是梦境太深:我们甚至无法有节奏地思维,我们只是梦想着用来梦想的器具;我们在忘记我们怎么也跳不出自己的天地。"② 一些象征主义者对"音乐精神"的极端化构想,即追求全民族甚至全人类参与的神秘宗教仪式,以此来改造生活和重建世界,加重了他们的艺术追求的乌托邦性质。于是,他们在理想中的美好世界和创作中的诗化世界之间进退两难,无所适从,表现出思想上的摇摆不定,这在一定程度上是他们无法逃脱的悲剧。

悲剧不等于溃败。俄国象征主义者对"音乐精神"的理论建构,包括对瓦格纳、斯克里亚宾的艺术思想和艺术实践的探讨,都显示出了一定的积极意义:尽管"象征"并未实现他们所希望的彼岸"美世界"即将来临的预言,尽管"音乐精神"也并未完成他们所期待的重塑人类性灵和改造现有存在的使命,但是这种"创造生活"的"幻影",却表明了他们对未来世界向好的方向发展的渴望和诉求。俄罗斯学者阿格诺索夫在《白银时代俄国文学》的引言中写道:"无论白银时代的作家多么悲哀,无论他们多么相信无法解决摆在面前的问题,他们提出的各种道路纯属空想,他们还是忠

---

① 戈里采夫:《论勃洛克》,莫斯科,1929年,第281页。
② 安·别雷:《生活之歌》,见《作为世界观的象征主义》,第170页。

于黄金时代的理想,追求普希金的和谐思想,确信俄罗斯和人的最终胜利。"①我们完全赞同这段评价。

俄国象征主义者对"未来艺术"的憧憬和努力,更是从客观上造就了这一流派诗歌(文学)创作的新颖性和独特性。他们的实验性创新极大地丰富了当时的文化景观,并通过对读者主体性的激发推进了文学接受方式的革新,推进了20世纪文学理论新流派的形成和发展,对后来诗人的创作也产生了深远影响。

---

① 弗·阿格诺索夫主编:《白银时代俄国文学》"引言",石国雄、王加兴译,译林出版社,2001年,第9页。

第五章 俄国象征主义"音乐精神"的创作体现

我们已经看到,俄国象征主义的"音乐精神"在其理论构想上异常博大宏伟。但是象征主义者首先是诗人,无论他们的理论多么高深,无论他们的思想如何玄奥,其最终的反映显现于他们精致细腻的创作之中,就像法国诗人马拉美所说的那样,"诗不是用思想,而是用词语写成的"[①]。在艺术创作中,诗人的哲学观点同他的作品的艺术表现之间,并不能达到一种简单的一致。不过,俄国象征主义者正因为有"音乐精神"理论作为心灵提示,而使他们的诗歌创作展示出新的生机。

首先,俄国象征派把诗歌的"音乐性"向前推进了一大步,成为开创"白银时代"新诗风的重要一环。应当指出,诗的语言与音乐性的结合,不是一种全新的创造,而是古往今来诗人的历史努力。诗歌重在抒情,情绪激动本身就有着内在的节奏,即抑扬、轻重、疾徐的变化。因此,无论古典还是现代,只要是抒情性的诗歌作品,就有音乐性。我们所要强调的,是一种别样的"音乐性"。"马拉美所提出的词组间偶然撞击而造成的音乐性及其和谐,从本质上不同于基于理性的古典诗韵。前者隐去诗人,还创造性给词语本身;后者以诗人控制语言,理性地寻求诗的音乐性。"[②]这也

---

① 保尔·瓦雷里:《论马拉美和魏尔伦》,转引自陈圣生:《现代诗学》,社科文献出版社,1998年,第129页。

② 金丝燕:《文化接受与文化过滤:中国对法国象征主义诗歌的接受》,中国人民大学出版社,1994年,第61页。

是俄国象征派诗歌的特点。其次,俄国象征派的诗歌创作,从构思到生成的过程,显示出与音乐创作规律的近似。再有,用音乐实现象征化,反映内心的"最高真实"这一诗学追求,在俄国象征派的诗歌中得到了很好的体现。最后,"音乐精神"的广阔内涵,对世界和谐的终极关怀,也蕴含在俄国象征派的诗歌创作中。

我们在下面的诗歌分析过程中,将把作品原文和译文对照列出,因为象征派诗歌的"音乐性",比起古典诗歌来更难通过译文传达。徐志摩曾说波德莱尔诗的"真妙处不在他的字义里,却在他的不可捉摸的音节里",他在那里不仅可以听到"有音的乐",也能听到"无音的乐"。[①] 俄国象征派诗歌中的"乐"甚至会藏在单个的字母里,因此我们只能在参照译文的同时,仔细地在原文中倾听……

第一节 "悦耳的象征雨"

"年长一代"象征派领袖勃留索夫指出,象征主义文学的本质和特征是注重艺术的情感宣泄与意志表现功能,推崇艺术对微妙的情感加以暗示;"年长一代"象征派诗歌创作的主将巴尔蒙特强调,"诗乃是一种内在的音乐,是用井然有序的和谐词语表现出来的音乐","诗就其本性来讲总是具有魔力的,诗句中的每一个字母——一种魔法";[②]"年轻一代"的主要代表别雷认为,"一切词语首先是声音"。[③] 这些观点说明象征派非常注重对词语的发掘,特别是对词语声音的开拓。

音乐性,亦即音乐美,是语言的音、形、义三个层面中音的层面之完美结晶,是"音乐精神"的载体、外壳或物质依托。象征派通过音乐性实现象

---

① 孙玉石:《中国初期象征派诗歌研究》,北京大学出版社,1983年,第61页。
② 周启超:《俄国象征派文学理论建树》,第86页。
③ 安·别雷:《作为世界观的象征主义》,第131页。

征化,将由词或词的组合所构成的诗歌意象中的"音象"置于比视象(只能通过辞章的中介而生)更重要的位置,从而表现"各个星体的和谐之声"(巴尔蒙特语),渲染诗歌的神秘感和朦胧感。这种音象与视象的合力,便构成"悦耳的象征雨"(安年斯基语)。这意味着,诗人着力于塑造易于感受的音乐美。

象征派诗歌通过语言这个载体来达到"悦耳的象征雨"音效和视效,不仅借助于诗歌自身的修辞方法,还借助于音乐的表现力手段。我们知道,在音乐中有一系列可以形成对比的因素:速度的快与慢、力度的强与弱、节奏的长与短、织体的疏与密、音色的浓与淡、音区的高与低、结构的整与散、调性调型的变换等等。在诗歌中当然无法完全照搬由这些对比形成的色彩(比如,诗歌语言没有音高),但却可以对其部分地吸收,并与诗歌自身规律有机地融合,在灵活变化中保持完整统一,由此达到意想不到的效果。我们试从诗歌与音乐所共有的节奏、和谐、旋律等基本构成要素方面来分析这些效果,以此观照俄国象征派诗歌的音乐性特色。

在本书第一章中,我们曾提到一些语言学家、文艺学家和音乐学家对诗歌和音乐的对比。我们认为,在诗歌中由音步和音韵构成旋律,就如同在音乐中由节奏和和谐构成旋律。俄国象征派诗歌正是通过词语选音、韵脚开发来达到变化中的和谐,由音步变体、格律变体组成不同的节奏类型,由复沓、顶针、回环实现回声效应,从而营造出非同寻常的诗歌旋律美。此外,俄国象征派诗歌还加强了诗行长短变化和诗节行数变化,既显得错落有致,又在篇章布局上形成类似音乐中乐句和乐段的情绪整一感。

下面我们举一些典型诗例进行分析。

Я мечтою ловил уходящие тени,
Уходящие тени погасавшего дня,
Я на башню всходил, и дрожали ступени,
И дрожали ступени под ногой у меня.

И чем выше я шёл, тем ясней рисовались,
Тем ясней рисовались очертанья вдали,
И какие-то звуки вокруг раздавались,
Вокруг меня раздавались от Небес и Земли.

Чем я выше всходил, тем светлее сверкали,
Тем светлее сверкали выси дремлющих гор,
И сияньем прощальным как будто ласкали,
Словно нежно ласкали отуманенный взор.

А внизу подо мною уж ночь наступила,
Уже ночь наступила для уснувшей Земли,
Для меня же блистало дневное светило,
Огневое светило догорало вдали.

Я узнал, как ловить уходящие тени,
Уходящие тени потускневшего дня,
И всё выше я шел, и дрожали ступени,
И дрожали ступени под ногой у меня.

我曾用幻想捕捉消逝中的暗影,
已经熄灭的白昼消逝中的暗影,
我攀登塔楼,台阶不停地颤动,
在我的脚下,台阶不停地颤动。

> 我登得越高，我越清晰地看见，
> 我越清晰地望见模糊的远景，
> 于是从天国和人间，从我周围，
> 从我周围，传来了某些响声。
>
> 我登得越高，困倦的群山之巅
> 闪烁得越发明亮，越发明亮，
> 仿佛它们正在用告别的光华，
> 抚慰着，温柔地抚慰模糊的目光。
>
> 在我的下边，为了入睡的人间，
> 夜幕已经降临，已经降临，
> 白昼的明灯却还在为我闪耀，
> 火一般的明灯在远处渐渐燃尽。
>
> 我懂得如何捕捉消逝中的暗影，
> 这个暗淡了的白昼消逝中的暗影，
> 我越登越高，台阶不停地颤动，
> 在我的脚下，台阶不停地颤动。

（顾蕴璞译）

这是巴尔蒙特的诗歌《我曾用幻想捕捉消逝中的暗影》。诗人一向以擅长传达瞬间感受而闻名，这就是一首描写瞬间的诗。在俄文原文中，我们看到贯穿于全诗的是顶针手法，由顶针所形成的余音绕梁之感，似乎表达了诗人想留住这瞬间，让瞬间永恒，然而"新"的瞬间来临，又将"旧"的瞬间吞没这样一种视觉推进。随着诗人脚步的运动，视象在逐渐变化，然而由"顶针"所形成的音象，却把"天国"的白昼和"人间"的黑夜联结起来。

像这样非常明显的音乐般的阵阵回声,除了在巴尔蒙特的诗歌中比较典型外,在象征派其他诗人的抒情诗中也较普遍。比如,吉皮乌斯的诗《歌》通篇重复每个诗行的行尾词组合,令人感到诗人思绪的荡漾不绝于耳:

Песня

Окно моё высоко над землею,
  Высоко над землею.
Я вижу только небо с вечернею зарею,
  С вечернею зарею.

И небо кажется пустым и бледным,
  Таким пустым и бледным...
Оно не сжалится над сердцем бедным,
  Над моим сердцем бедным.
 (以下诗节略)

歌

我的窗户高悬在大地之上,
  高悬在大地之上。
我只看见天,看见傍晚的霞光,
  傍晚的霞光。

但我却感到天是这样苍白、虚空。
  这样苍白、虚空……
它不会哀叹我的可怜的心灵,

> 我的可怜的心灵。
>
> （卢永译）

如果说这种复沓还比较拘泥于音乐形式,那么在下面几例中,对复沓的灵活运用,就更接近音乐中"主导动机"①所起的作用,进一步强化了诗歌的主导意象:

> **Романс без музыки**
> В непроглядную осень туманны огни,
> 　　И холодные брызги летят,
> В непроглядную осень туманны огни,
> 　　Только след от колес золотят,
>
> В непроглядную осень туманны огни,
> 　　Но туманней отравленный чад,
> В непроглядную осень мы вместе, одни,
> 　　Но сердца наши, сжавшись, молчат...
> Ты от губ моих кубок возьмёшь непочат,
> 　　Потому что туманны огни...

> **没有音符的浪漫曲**
> 在那漆黑的秋空里灯火迷濛,
> 　　冷寂的光珠喷涌飞溅,
> 在那漆黑的秋空里灯火迷濛,

---

① 主导动机(leitmotiv),即主导主题,此术语最早在评述瓦格纳的歌剧时采用,指的是在剧中用以代表人物、事件、观念与感情的大量反复出现的主题。详见《外国音乐辞典》,上海音乐出版社,1998年,第434页。

> 只映得车辙金光灿灿。
>
> 在那漆黑的秋空里<u>灯火迷濛</u>,
> 　　更迷濛的是含毒的煤烟
> 在那漆黑的秋夜里我们相逢,
> 　　但心儿发紧,默默无言,
> 你尽可呷杯美酒,从我的唇边,
> 　　就因为<u>灯火正迷迷濛濛</u>……

(顾蕴璞译)

　　这是一首安年斯基的诗。我们曾提到安年斯基主张用富于联想的"音乐型"诗歌表现现代人的心理。在本诗中,由"主导动机"——"灯火迷濛"将表面上没有关联的"冷寂的光珠"、"金光灿灿"的"车辙"、"含毒的煤烟"与"我们的心儿"联系在一起。诗中没有描述主人公的形象,却呈现出"灯火迷濛"中主人公的内心:那种既渴望成为"完整的世界",又确信"不可能融合进这一完整世界"的矛盾心情。诗歌最后还"附加"了含"主导动机"的"结束句",以强调全诗的主旋律和中心意境。

　　再来看看巴尔蒙特的另一首诗:

Мои песнопенья

> В моих <u>песнопеньях</u> журчанье ключей,
> 　　Что звучат всё звончей и звончей.
>
> В них женственно-страстные шопоты струй,
> 　　И девический в них поцелуй.
>
>
> В моих <u>песнопеньях</u> застывшие льды,
> 　　Беспредельность хрустальной воды.

В них белая пышлость пушистых снегов,
   Золотые края облаков.

Я звучные песни не сам создавал,
   Мне забросил их горные обвал,
И ветер влюблённый, дрожа по струне,
   Трепетания передал мне.

Воздушные песни с мерцаньем страстей
   Я подслушал у звонких дождей.
Узорно-играющий тающий свет
   Поглядел в сочетаньях планет.

И я в человеческом нечеловек,
   Я захвачен разливами рек.
И в море стремя полногласностью свою,
   Я стозвучные песни пою.

我的歌吟

在我的歌吟中股股清泉潺潺流淌,
   潺潺的声响愈来愈亮。
在我的歌吟中涓涓溪流柔情低语,
   和着少女亲吻的气息。

在我的歌吟中覆盖着凝固的冰层,
   水清剔透,万般晶莹。

在我的歌吟中绒绒雪花洁白松软，
　　　　还有云朵闪闪的金边。

响亮的歌声并非我自己缔造，
　　　　是山体崩塌将它们掷抛。
还有热恋的风儿抖动着琴弦，
　　　　把那铮铮颤音向我递传。

飘逸的歌声里闪烁着激情
　　　　我在清脆的雨滴旁倾听。
嬉戏的花纹般消散着光影
　　　　我在星际的谐合中细盯。

我置身人间却不是凡人，
　　　　我被河汛的琅琅吸引。
把全元音急急送往海洋，
　　　　我把百声的歌儿吟唱。

这首诗中的复沓手段看似有些牵强，实则表现出巴尔蒙特在词语安排上的匠心独运。他没有局限于明显的词语重复，而是在俄语词的词根、词性上找到了突破口："主导动机""песнопенья"从第 3 诗节开始变为"песни"，"пою"，与此相关的声响有"звучат"，"звончей"，"звучные"，"звонких"，"стозвучные"，诗歌主导意象在同根词间转换，视象在改变，意义在扩展（即扩展为写歌、听歌、唱歌，以及百声的不同色彩），而音象则在保证全诗调性统一的同时造成了"主题变奏"的效果。从另一方面说，这也表明了巴尔蒙特并非仅仅以诗歌技巧见长，在他的诗歌中，形式与内容是水乳交融的，只是这种内容不能以我们习以为常的、浮于表面的"思想深度"来衡量,这种内容其实是"暗示"所产生的联想空间。别雷曾说,巴尔蒙特为诗歌"在内容与形式间披上一层天使般的和解的外衣"。① 象征派的诗歌理想便是用"音乐达到形式与内容的完美融合"(埃利斯语)。可以说,巴尔蒙特在一定程度上实现了这个理想,无怪乎许多同时代诗人及后辈诗人对他极为推崇,向他学习诗歌技巧。

俄国象征派在对韵脚的开发上也独树一帜。略显奇怪的是,在这方面充当开路先锋的是并非以诗歌音乐美著称的诗人勃留索夫。别雷在文章《勃留索夫》中写道:"勃留索夫在当代俄罗斯诗人中,第一个恢复了我们对韵脚的喜爱。在《Urbit et orbi》中,他不是以慷慨之手编织起一个又一个新的韵脚吗?"②"重新唤起我们对韵脚的兴趣之后,勃留索夫又第一个给我们找回了对诗行内在奥秘的理解。为了增强他的诗律的独特节奏,他不仅对词,而且对词中的单音都做了精妙的选择。思想和形象的节奏,恰与音乐的节奏合拍。"③别雷将一般诗人的通常做法与勃留索夫的巧妙"设计"相对比,来强调勃留索夫"在整齐中见多样"的诗歌魅力④:

1

Мы не ждали, мы не знали,
Что вдвоём обречены.
Были чужды наши дали,
Были разны наши сны.

---

① 安·别雷:《勃留索夫》,见周启超主编:《白银时代名人剪影》,中国文联出版公司,1998年,第180页。
② 同上书,第181页。
③ 同上书,第183页。
④ 安·别雷:《勃留索夫》,见《作为世界观的象征主义》,第396、397页。

2

> Мы не знали, мы не знали,
>
> Что вдвоём обречены.
>
> Были *чужды* наши дали,
>
> Были *чужды* наши сны.

两种写法相比之下,勃留索夫的诗(1)显然成功地找到了音(行内韵)与义的和谐配置,同时又不落俗套。勃留索夫之所以被别雷认为是开发韵脚和诗行奥秘的第一人,大概是因为勃留索夫的早期诗歌(包括《俄国象征主义者》辑刊中的诗和诗集《杰作》)成功地借鉴了法国象征派诗歌的"音乐性"表现手段,即节奏、韵律的变化和意象的循环往复。然而,勃留索夫本人似乎无意从诗学、美学角度自觉而深入地观照诗歌的音乐性,这或许也是一方面的原因,致使有些人认为他的诗"勉强而生硬",不如音响魔法师巴尔蒙特那样"真诚而有激情"①。

巴尔蒙特曾说:"我总是在由语言的确定区域向音乐的不确定区域靠拢,我竭尽全力追求音乐性"②,他的名言是"每一个字母——一种魔法"。在他看来,词语、词根、乃至音节的开掘都不够精细,他要让字母承载起音乐。

且看下面这首诗:

> Я—изысканность русской медлительной речи,
>
> Предо мною другие поэты—предтечи,
>
> Я впервые открыл в этой речи уклоны,
>
> Перепевные, гневные, нежные звоны.

---

① 苔菲:《康·巴尔蒙特》,见周启超主编:《白银时代名人剪影》,第358页。
② 转引自刘文飞:《论俄国象征诗派》,见《墙里墙外——俄语文学论集》,中央编译出版社,1997年,第158页。

Я—внезапный излом,

Я—играющий гром,

Я—прозрачный ручей,

Я—для всех и ничей.

（以下诗节略）

我是舒缓的俄语的典雅，
我前面是另一些诗人——先驱。
我首次发现俄语的偏重：
复咏、愤怒、柔情的声律。

我是突然形成的扭曲，
我是隆隆发作的雷鸣，
我是清澈见底的小溪，
我为大家生但不属于任何人。

（顾蕴璞译）

在这首诗中，字母"е"在上面所示的前两个诗节中共出现 22 次（在后两个诗节中共出现 19 次），它像雨点一样散播在诗行间，造成一种通篇的协韵。其中仅在第一诗节的第四诗行就出现了 8 次，且有 3 次落在抑抑扬扬格音步的重音音节上，像这样将 3 个意义差别极大的形容词串连在一起，吟唱起来如同在念咒语，实现了"字母—音响—魔法"的效应。第二诗节的 4 个诗行以相同句首（一个词，一个字母，一个音——"Я"）排列的判断句式，形成像波浪般滚动推进的节奏，与第一诗节相比，"织体"由疏转密，突出体现了诗人的"我"即"世界"，"世界"即"我"的思想。

第五章 俄国象征主义"音乐精神"的创作体现　　　137

我们知道,对元音的青睐也是法国象征派诗歌的特点,而巴尔蒙特的独到之处在于,辅音对他来说也不全然是"噪音",它既可以对大自然进行"拟音",也可以为诗篇定调:

Снежинка

Светло-пушистая

　　Снежнинка белая,

Какая чистая,

　　Какая смелая!

Дорогой бурною

　　Легко проносится,

Не в高ысь лазурную

　　На землю просится.

Лазурь чудесную

　　Она покинула,

Себя в безвестную

　　Страну низринула.

В лучах блистающих

　　Скользит, умелая,

Средь хлопьев тающих

　　Сохранно-белая.

Под ветром веющим

　　Дрожит, взметается,

На нём, летеющем,

   Светло качается.

Его качелями

   Она утешена,

С его мятелями

   Крутися бешено.

Но вот кончается

   Дорога дальняя,

Земли касается

   Звезда кристальная.

Лежит пушистая

   Снежинка смелая.

Какая чистая,

   Какая белая!

雪花

飘着洁白的雪花，

  明亮又松软，

它是多么纯净，

  多么勇敢！

它从动荡的道路，

  轻快地掠过，

第五章 俄国象征主义"音乐精神"的创作体现

不朝那碧蓝的高空,
　　　向大地飘落。

雪花毅然离开,
　　　美妙的碧域,
而把自己抛进,
　　　荒凉的地区。

在那闪烁的光束中,
　　　翩翩飞滑,
它在消融的雪絮中,
　　　仍洁白无瑕。

在那劲吹的风中,
　　　它颤抖、腾起,
它驾着飞行的风,
　　　摇曳得亮丽。

它从风的秋千
　　　得到慰藉,
尽可疯狂地旋转,
　　　和暴风雪一起。

眼看遥远的道路
　　　快要走完,
这水晶一样的星星

> 轻触着地面。

> 勇敢的雪花松软地
> > 把大地覆盖，
> > > 它是多么纯净，
> > > > 多么洁白！

　　细读这首诗，除了巧妙的头韵以外，诗中字母"C"映入眼帘。尽管它不是响亮的元音，却起到低音提琴和定音鼓的作用，它似乎要抓住那飘逸的"雪花"，为整篇诗歌主题统一基调；字母"C"辅以"ш"、"щ"、"ч"这类"唏音"，又加强了雪花纷飞随风飘落的视觉印象。

　　巴尔蒙特无疑是表现诗歌音乐性的大师。其他象征派诗人也在诗歌音乐性方面各有新的创造。女诗人吉皮乌斯就因工于声律而被认为超越于一般诗人之上。她认为，"诗仅仅是祈祷在我们心灵里所采取的形式之一"，"是对我们的心灵瞬间的充分反映"，诗是"文字的音乐"或"说话的音乐"①。下面这首诗就反映了她那乐音萦绕的心灵祈祷：

> **Любовь одна**
> > ...Не может сердце жить изменой,
> > Измены нет—любовь одна.

> Душе, единостью чудесной,
> > Любовь единая дана.
> Так в послегрозной небесной
> > Цветная полоса — одна.

---

① 转引自许自强主编：《世界名诗鉴赏金库》，中国妇女出版社，1991年，第660、663页。

Но семь цветов семью огнями

  Горят в одной. Любовь одна

Одна до века, и не нами

  Ей семицветность суждена.

В ней фиолетовость, и алость,

  В ней кровь и злость вина,

То измрудность, то опалость...

  И семь сияний — и одна.

Не всё ль равно, кого отметить,

  Кого пронижет луч до дна,

Чьё сердце меч прозрачной встретить,

  Чья отзовётся глубина?

Не разделимая нетленна,

  Неуловимая ясна,

Непобедимо—неизменна

  Живёт любовь, — всегда одна.

Переливается, мерцает,

  Она всецветна— и одна,

Её хранит, её венчает

  Святым единством — близна.

爱——有一没有再

　　……心儿不能靠不忠生活，
　　　　变心不存在——爱有一没有再。

心灵是个奇妙的整体，
　　领受着唯一的爱，
有如雷雨后的天心里
　　只有一条七彩带。

但七个颜色内的七种光焰，
　　一条带。爱——没有再。
爱到永远，且并非由我们
　　来注定这爱的七彩。

爱中含紫色，也含鲜红，
　　血红和酒金同纳于爱，
忽而是绿宝石，忽而是蛋白石。
　　爱有七色——但没有再。

不论爱所褒扬的是谁，
　　爱的光箭射穿谁的心怀，
透明的爱剑击中谁的心扉，
　　谁的内心反响着爱。

不可分割的爱才不朽，
　　难以捉摸的爱才明白，

常胜而不变的爱才常在——

　　爱永远有一没有再。

时而流光,时而溢彩,

　　爱有多色,但没有再,

洁白用它神圣的整体

　　保存着爱,升华着爱。

(顾蕴璞译)

　　全诗共 24 个诗行,若以诗节为单位,属交叉韵,而纵观全诗,却是一韵到底。"a"作为主导韵脚,作为对"爱有—没有再"的"祈祷"的主音,增加了全诗韵律感和整体感。与其他象征派诗歌不同的是,这首"心灵的歌"既有情绪上的延绵,又有逻辑上的连续,更为接近浪漫主义风格,却少了些象征主义的意象跳跃和含蕴无限。

　　以上我们分析了音韵和谐给象征派诗歌带来的旋律美。而构成旋律美的另一个要素——节奏,是象征派诗歌彰显新奇、张扬个性的又一领域。诗歌因格律而形成节奏的观点早在 18 世纪就已经确立。黑格尔曾说:"诗的音律也是一种音乐,它用一种比较不太显著的方式去使思想的时而朦胧时而明确的发展方向和性质在声音中获得反映。从这一点看,诗的各节须表现出全诗的一般调质和精神的芬芳气息,例如用的是抑扬格还是扬抑格,是八行一节还是用其他划分章节的方式,并非是无关宏旨的。"[①]在俄罗斯诗歌发展史上,"罗蒙诺索夫的改革最终使俄罗斯诗歌具备了音乐性和优美的形式,解决了俄国诗歌的内容与形式脱节问题"。[②]从茹科夫斯基、普希金开始,诗歌的格律更加"有关宏旨"了。到了 19、20

---

① 黑格尔:《美学》第三册(下),朱光潜译,商务印书馆,1982 年,第 71 页。
② 曹靖华主编:《俄苏文学史》第一卷,河南教育出版社,1992 年,第 34 页。

世纪之交的象征派,诗歌虽然仍遵循格律,却不囿于格律:它常常以令人惊奇的节奏变化,呈现出旋律的丰富多样;它又在变化中归于统一,呈现出情绪的饱满和谐。

首先来看看俄国象征派诗歌中诗格的变体。

Сказать мгновенью: стой!

Быть может, вся природа ‖ — мозаика цветов?

Быть может, вся природа ‖ — различность голосов?

Быть может, вся природа ‖ — лишь числа и черты?

Быть может, вся природа ‖ — желанье красоты?

У мысли нет орудья ‖ измерить глубину.

Нет сил, чтобы замедлить ‖ бегущую весну.

Лишь есть одна возможность ‖ сказать мгновенью《стой!》:

Разбив оковы мысли, ‖ быть скованным — мечтой.

Тогда нам вдруг понятна ‖ стозвучность голосов,

Мы видим всё богатство ‖ и музыку цветов,

А если и мечтою ‖ не смерить глубину, —

Мечтою в самых безднах ‖ мы создаем весну.

对瞬间说一声"站住!"

也许,大自然是色彩的镶嵌品?

也许,大自然是不相同的声音?

也许,大自然不过是线条和数?

也许,大自然是美神给的祝福?

没有工具可测出思想的深度,
没有力量可放慢春天的脚步。
只有可能对瞬间说一声"站住!"
砸碎思想的桎梏,用幻想来约束。

我们便突然听懂百声相谐,
我们会看见色彩的丰富和音乐,
即令无法用幻想把深度测量,
我们在深渊用幻想创造春光。

(顾蕴璞译)

这首诗可以说是"瞬间"的歌者巴尔蒙特的代表诗作,反映了象征派诗人对世界深处隐秘本质的向往和追求。诗中寄寓了无限的象征内涵,诗人所提供的只是一些"通往无限的窗口",让人们"用幻想来测量深度"。在巴尔蒙特看来,"世界即音乐",即"百声相谐",音乐亦即世界的奥秘所在。而在诗歌形式方面,格律的混合使用,也加强了这种既是"百声"又相"和谐"的意境。这种混合表现为:

∪ _ ∪ _ ∪ _ ∪∪ _ ∪ _ ∪ _

抑扬格(3) ＋抑抑扬格(1) ＋抑扬格(2)

试把这种全篇一致的格律混合,作一种音乐节奏上的试读,我们便会发现,那个抑抑扬格,实际上可以视为抑扬格音步上重音音节的省略,亦即音乐上的休止(2/4拍): x |X x |X x |X x |0 x |X x |X x |X (其中大写 X 为重读音节亦即音乐强拍,小写 x 为非重读音节亦即音乐弱拍,0 为休止或停顿,以下同)。

而这种安排恰好是诗行在语义上需作停顿之处(见诗歌中的

竖隔线）。

再看看巴尔蒙特的另一首诗：

Бог и диявол

Я люблю тебя, дьявол, я люблю тебя, бог,
Одному— мои стоны, и другому— мой вздох,
Одному —мои крики, а другому —мечты,
Но вы оба велики, вы восторг Красоты.

Я как туча блуждаю, много красок вокруг,
То на север иду я, то откинусь на юг,
То далеко, с востока, поплыву на закат,
И пылают рубины, и чернеет агат.

О, как радостно жить мне, я лелею поля,
Под дождём моим свежим зеленеет земля,
И змеиностью молний и раскатом громов
Много слов я разрушил, много сжёг я домов.

В доме тесно и душно, и минутны все сны,
Но свободно-воздушна эта ширь вышины,
После долгих мучений как пленителен вздох,
О, таинственный дьявол, о, единственный бог!

上帝与魔鬼

我爱你,魔鬼,我爱你,上帝,

朝一个呻吟,朝另一个叹息,
对一个叫喊,对另一个幻想,
但你们俩都伟大,都是美的灵感。

四周多绚丽,我却像孤云游荡,
时而向北,时而折向南方,
时而远远地从东飘向西天,
像宝石红彤彤,又似玛瑙黑闪闪。

啊,我活得多快活,我珍爱田畴,
我降一阵新雨,大地绿油油,
我用蛇样的闪电,滚滚的惊雷,
把众多的美梦破坏,房屋拆毁。

屋里挤又闷,一切梦仅存瞬息,
但高界的旷原多么自由、飘逸,
久经苦难的叹息多富有魅力,
啊,神秘的魔鬼,啊,唯一的上帝!

(顾蕴璞译)

这首诗中的格律混合模式为:

抑抑扬格(2)＋抑扬格(2)＋抑抑扬格(1)全诗相同。我们也作以音乐上的试读:

⌣ ⌣ — ⌣ ⌣ — ⌣ — ⌣ — ⌣ ⌣ —
0 x x | X x x | X x | X x | X x x | X 0 0

这种3/4拍与2/4拍的混合,就产生了音乐节奏时而急促,时而柔和,诗歌情绪时而激烈,时而舒缓的微妙变化,呈现了那种在巴尔蒙特看来(以及其他象征主义者看来),"上帝"与"魔鬼"既相区别,又因同是"美的灵感"而可以"合二为一"的境界。

接着来看看诗行音步的多寡变化,看看在象征派诗歌中得到了高度发展的长短句结构:

Я в э ‖ тот мир ‖ пришёл, ‖ чтоб ви ‖ деть солн ‖ це
И си ‖ ний кру ‖ гозор.
Я в э ‖ тот мир ‖ пришёл, ‖ чтоб ви ‖ деть солн ‖ це
И вы ‖ си гор.

Я в э ‖ тот мир ‖ пришёл, ‖ чтоб ви ‖ деть мо ‖ ре
И пы ‖ шный цвет ‖ долин.
Я за ‖ ключил ‖ миры ‖ в еди ‖ ном взо ‖ ре,
Я вла ‖ стелин.

我来到这世上是为见到太阳
和高天的蓝辉。
我来到这世上是为见到太阳
和群山的巍巍。

我来到这世上是为见到大海
和谷地的多彩。
我把世界囿于一瞥之内,
我是它的主宰。

(顾蕴璞译)

我们知道,巴尔蒙特又被称为"太阳诗人"。他的"太阳"主题,已经不局限于在一首诗中作为主导意象或主导动机,它从早期的《我们将像太阳一样》直到后期的《效劳于光》,一直贯穿于巴尔蒙特诗歌创作的始终,令他的整个创作形成一部宏大的音乐作品。

这首以"太阳"为主题的抑扬格诗共 5 个诗节,每个诗节由 4 个诗行组成,从上面的音步划分看,每个诗节的音步排列均为5.5,3,5.5,2。将这样的诗行长短交错形式放在曲谱中,就清晰可见其 4/4 拍音乐节奏,以及两个乐句为一个诗节的结构(每个乐句中间有一个小停顿,两个乐句之间有一个大停顿,每小节中的第 3 拍为次强拍):

0 0 0 x|X   x X   x|X   x   X x|X   x 0

    Я в э - тот мир при -шёл, чтоб ви- деть солн- це

x|X   x X   x|X   0 0   x|X   x X   x|

И си- ний кру- го зор.   Я в э - тот мир при

X   x   X   x|X   x 0   x|X x X   0|

-шёл, чтоб ви- деть солн- це   И вы- си гор.

这样的诗行"布置"并不是偶尔发生,而是时常出现。试再举一例:

Лебедь

Заводь спит. Молчит вода зеркальная.

Только там, где дремлют камыши.

Чья-то песня слышится печальная,

    Как последний вздох души.

Это плачет лебедь умирающий,

Он с своим прошедшим говорит,

А на небе вечер догорающий

    И горит и не горит.

天鹅

小河弯睡着,似镜的水面沉默。
只有从芦苇打着瞌睡的水域,
传来了不知谁唱的悲凉的歌,
像心灵最后的一声叹息。

这是一只垂死的天鹅在哭泣,
它在娓娓地和往昔倾诉衷肠,
而天上将燃尽的晚霞余曦,
似在闪亮,似不在闪亮。

(顾蕴璞译)

这首诗中每个诗节的音步排列为5.5,4.5,5.5,3.5。这种近乎"大头小尾"的结构,反而将每个诗节的最后一行"短句"上的诗情加重,诗意增生。

有时,这种看似不规则的音步韵律甚至是诗人故意为之,借以加强抒情的力度:

То не слёзы, — только росы, только дождь.
Не раздумье — только тени тёмных рощ,
И не радость — только блещет яркий змей, —
Всё же плакать и смеяться ты умей!

Плоть и в свете неподвижна и темна,
Над огнями бездыханна, холодна.
В тёмном мире неживого бытия

Жизнь живая, солнца мира — только я.

那不是泪水,只是露珠或雨滴。
那不是沉思,只是幽林的荫庇,
那不是欢乐,只是风筝在闪耀,——
你还得学会哭泣,学会欢笑!

肉体在光里也不动弹,不透光,
在火上仍无呼吸,依然冰凉。
在这生活无生气的阴暗世界上,
只有我是活的生命,世界的太阳。

(顾蕴璞译)

这是一首索洛古勃的诗。前文曾提到,索洛古勃的诗歌作品通常以象征形象描画现实世界的恐怖和可恶,又在字里行间流露出理想世界的神秘和魅力。"理想和现实永远互相吸引,互相排斥,这就是索洛古勃的悲剧所在。"[1]对这样一种无法克服的矛盾,索洛古勃用他独特的对诗行节奏的驾驭渲染得异常浓烈。乍一看来,这不过是一首普通的扬抑格诗。但若是加以吟诵和细品,便会发现每个诗行的末尾都落在重音音节上,也就是说全诗8个诗行均为5.5音步组成,最后的"强音",似一声凝重的哀叹,直敲击到诗人和读者的心灵深处。在黄金时代的诗歌创作中,音步中音节脱落后行末留重音的情形已有先例,但那只是隔行脱落,而不是像索洛古勃的这首诗那样每行都以重音结尾,试看普希金的《预感》(《Предчувствие》)一诗:

---

[1] 吉皮乌斯:《索洛古勃》,见周启超主编:《白银时代名人剪影》,第238页。

Снова тучи надо мною　　　　－ ⌣ － ⌣ － ⌣ ⌣
Собралися в тишине,　　　　　－ ⌣ － ⌣ － ⌣
Рок завистливый бедою　　　　－ ⌣ － ⌣ － ⌣ ⌣
Угрожает снова мне...　　　　 － ⌣ － ⌣ － ⌣

Сохраню ль к судьбе презренье?
Понесу ль навстречу ей
Непреклонность и терпенье
Гордой юности моей?

团团乌云在我的头顶
重又悄悄地层云密布,
嫉妒的命运又用不幸
使我预先感觉可怖……

我能否对命运保持轻蔑?
我能否用我高傲的青春
所富有的倔强和坚忍不拔
去迎击命运,与它抗衡?

(顾蕴璞译)

下面这首对"死亡"的咏叹之诗,也是出自索洛古勃之手。它除了每个诗行仍以强音(扬抑抑格音步的重音音节)收尾外,还增加了节奏急缓、意象疏密的变化,即四组 $2\frac{1}{3}+2\frac{1}{3}+1\frac{1}{3}$ 个音步组合:

第五章 俄国象征主义"音乐精神"的创作体现

В поле не видно ни зги.　　　— ⌣⌣ — ⌣⌣ —
Кто-то зовёт:— Помоги!　　　— ⌣⌣ — ⌣⌣ —
　　Что я могу?　　　　　　　— ⌣⌣ —
Сам я и беден и мал,
Сам я смертельно устал,
　　Как помогу?

Кто-то зовёт в тишине:
Брат мой, приблизься ко мне!
　　Легче вдвоём.
Если не сможем итди,
Вместе умрём на пути,
　　Вместе умрём! —

田野里漆黑一片。
有个人叫喊:"救命!"
　　我能够做什么?
我自己也弱小又不幸,
我自己已经筋疲力尽,
　　岂非力不从心?

寂静中有人呼唤:
过来吧,我的弟兄!
　　两人易度困境。

> 假如我们无力前行，
> 　就让我们一同死去，
> 　　死在漫漫旅程！——

（郑体武译）

无怪乎舍斯托夫认为索洛古勃的诗都在"唱"，甚至在他讲述最恐怖的事物，比如刽子手和吠叫的狗时，诗行里都充盈着神秘的、扣人心弦的旋律。而这一切是怎样达到的，是索洛古勃的秘密，或者说，是他的艺术之神的秘密。①

象征派诗歌在诗节的变体上也有较大的发展，诗人们打破了四行一诗节或三行一诗节的传统结构。但这种创新并非随意为之，而是在抒情或意境"支配"下的有效表现手段。尤其是从诗歌整体来看，它非但没有造成"凌乱"的感觉，反而加强了歌唱的段落感，突出了乐音的"起"和"落"。

我们来看吉皮乌斯的《鹤》这首诗：

Журавли

Там теперь над проталиной вешнею
　Громко кричат грачи,
И лаской полны нездешнею
　Робкой весны лучи...

Протянулись сквозистые нити...
Точно вестники тайных событий
　С неба на землю сошли.

---

① 列·舍斯托夫：《费多尔·索洛古勃的诗歌和散文》，电子版。

Какою мерою печаль измерить?
О дай мне, о дай мне верить
        В правду моей земли!

Там под ризою льдяной, кроткою
        Слышно дыханье рек.
Там теперь под березкой четкою
        Слабее талый снег...

    Не туда ль, по тверди глубинной,
    Не туда ль, вереницею длинной,
        Летят, стеня, журавли?

Какою мерою порыв измерить?
О дай мне, о дай мне верить
        В счастье моей земли!

И я слышу, как лед разбивается,
        Властно поет поток,
На ожившей земле распускается
        Солнечно-алый цветок...

    Напророчили вещие птицы:
    Отмерцали ночные зарницы,
        Солнце встает вдали...

Какою мерою любовь измерить?
О дай мне, о дай мне верить
　　　В силу моей земли!

鹤

那儿现在,在春天化雪的地方,
　　白嘴鸦大声地叫喊,
而那怯生生的春天的光芒
　　充满着非人世的爱怜。

　　　透亮的光线拖长了开来,
　　　就像是秘密事件的信差,
　　　　从天上来到了人间。

该以什么样的尺度衡量忧心?
呵,请让我,呵,请让我相信
　　　　我的大地的真理!

那儿,在结冰的、柔和的袈裟下,
　　可以听到河流的呼吸。
那儿现在,在柔和的小白桦下,
　　融化着的白雪更加无力……

　　　不是向着那儿吗,顺着深远的苍穹,
　　　不是向着那儿吗,排成长长的队形,
　　　　那些鹤,呻吟着,展翅飞去?

该以什么样的尺度衡量激情?
呵,请让我,呵,请让我相信
　　我的大地的幸福!

我听见,冰层怎样地被冲破,
　　江河一派威严地流响,
像太阳一样红艳艳的花朵
　　在苏生的大地上开放……

报信的鸟儿做过了预言,
　　夜晚远处的闪光停止了打闪,
　　太阳已从远处升起……

该以什么样的尺度衡量爱情?
呵,请让我,呵,请让我相信
　　我的大地的力!

　　　　　　　(卢永译,本书作者稍作改动)

　　这首诗可以看作是由三个乐段组成的完整乐章,每个乐段有三个诗节,行数循环排列:(4+3+3)+(4+3+3)+(4+3+3)。其中每个乐段的第三诗节是加强抒情的"副歌":该以什么样的尺度衡量忧心(激情、爱情)?呵,请让我,呵,请让我相信,我的大地的真理(幸福、力)!

　　再看索洛古勃的一首诗:

О Русь! В тоске изнемогая,
Тебе слагаю гимны я.
Милее нет на свете края,
　　О родина моя!

Твоих равнин немые дали
Полны томительной печали,
Тоскою дышат небеса,
Среди болот, в бессильи хилом,
Цветком поникшим и унылым,
Восходит бледная краса.

Твои суровые просторы
Томят тоскующие взоры,
И души, полные тоской.
Но и в отчаяньи есть сладость.
Тебе, отчизна, стон и радость,
И безнадёжность, и покой.

<u>Милее нет на свете края,
О Русь, о родина моя.
Тебе, в тоске изнемогая,
　　　Слагаю гимны я.</u>

呵,罗斯! 我如此疲惫不堪,
在思念中为你把颂歌写编。
这世上没有比你更亲的国土,
　　　呵,我的故园!

你的平原辽阔,静寂无边
充满忧伤,沉重缠绵,

天空尽把郁闷呼吸，
你在沼泽中间，虚弱疲累，
似一朵鲜花已凋零枯萎，
吐露出苍白的美丽。

你的严峻而辽阔的幅员
使那愁苦的目光更忧郁，
使那怀忧的心灵更焦急。
但是即便绝望也有甜蜜。
属于你，故土，哀泣与欣喜，
既有无望，也有安宁。

这世上没有比你更亲的国土，
呵，罗斯，呵，我的故园。
我是如此疲惫不堪，
　　在思念中为你把颂歌写编。

全诗的诗节组成形式为：4＋6＋6＋4。全诗首尾相应，似一首乐曲从抒情主旋律"起"再以抒情主旋律"落"，有极强的旋律整体感和对乐音起落的期待感。

有的学者认为，象征派诗歌过于追求形式，因而埋没了意义内涵，过于注重选音，因而显得造作晦涩。的确，象征派诗歌在对音乐性的追求上似乎丧失了传统意义上的内容性和分寸感。然而，这正是象征主义的特色之所在。一方面，对于看似晦涩的文本，读者在产生敬畏心理的同时，会不由得渗入和加强审美感受；另一方面，朦胧情绪和神秘感受即为象征派诗歌的"内容"，而借助音乐手段和音乐联想来传达诗人自身之"我"或体现在诗人身上的世界之"我"，实在是最为恰当的选择。

文艺理论家日尔蒙斯基说:"象征主义作家的诗歌作品源自'音乐精神'";[①]"它具有吟唱性,旋律性,它的感染力就在于音乐所起重大作用。词语不是以概念和逻辑内容使人信服,而是创造一种与音乐价值相辅相成的情绪。似乎吟唱和旋律先于词语出现在诗人的构想中,词语正是从吟唱和旋律中诞生的"。[②]

从上面所举的巴尔蒙特、勃留索夫、吉皮乌斯、索洛古勃、安年斯基等诗人的诗作中,我们已经体会到诗歌中那节奏的一贯和对比,和声的巧妙和多变,旋律的丰富和优美,乃至意境的幽深和无限,也体会到了象征派的诗歌理想——"用音乐达到形式与内容的完美融合"。[③]在上面并排给出的诗歌译文中,在一定程度上蕴含着符合中文习惯的音乐美。然而,象形文字毕竟与字母文字不同,在俄语诗中,诗行协韵、辅音重复、音节呼应等音乐效果就无法在译文中传达出来。在翻译过程中,节奏相对而言比较容易表现,而变奏就非常难以传达。即使目前被公认为最佳的"以顿代步"的译诗原则,也只能在两种不同音系中取得大体上等值的节奏美,而不能使译文完全移植原作的音乐美。

在本节中,我们用作例证的都是"年长一代"象征主义者的诗歌作品。"年轻一代"象征主义者也同样倾心于对诗歌音乐性的开掘。与"年长一代"相比,他们更富有开拓精神,如别雷不仅在抒情诗中,还试图在自己的小说《银鸽》、《彼得堡》等作品中体现音乐的节奏和韵律,以至于音乐学家对他的语言进行音乐分析,发现其中流畅的音乐节拍可与五线谱对应,其作品的篇章结构也可与交响曲结构相比。勃洛克对音乐手段的运用也达到了炉火纯青的境界,在对"音乐精神"的意蕴内涵的把握上更有独到之处。勃洛克和别雷作品中的"音乐"已不仅是一首首短小而精美的乐曲,

---

① 日尔蒙斯基:《诗的旋律构造》,见《俄国形式主义文论选》,第297页。译文稍作改动。
② 转引自拉·拉帕茨卡娅:《白银时代的艺术》,莫斯科,1996年,第22页。
③ 《19世纪末20世纪初俄罗斯文学中的诗歌流派》,第80页。

而是达到了"交响"的规模,两人的不同之处在于:前者是从"鉴赏家"的角度倾听"世界乐队"之百声而得来音乐"交响",后者是以"作曲家"的身份缔造梦想世界之幻影而生成音乐"交响"。我们将在下面两节中对二者的创作进行具体探讨。

第二节 "世界乐队"的鉴赏家

勃洛克是在理论和实践上极佳地反映出象征主义的艺术追求而又独具一格的"抒情诗大师"。诗人频繁地在日记、笔记、书信、自传等文献中表述对"音乐精神"的理解;同时把一种铭心刻骨、潜移默化的广义音乐渗透到创作的每一个细节。他那融入了音乐和音乐"对等物"的诗歌作品,形式丰满,意蕴深邃,耐人寻味。

有趣的是,在诗人身上所呈现的这种诗歌创作与音乐的关联,若从其艺术基础来看,透着某种悖论的意味,也就是说不像他早年的挚友别雷那样"顺理成章"。我们从勃洛克的生平资料中了解到,他承认自己缺乏音乐听觉,而且不止一次地抱怨自己"五音不全"。1903年1月3日,勃洛克给别雷写了第一封信,他说:"我注定要让心中的歌唱永远埋藏,从音乐艺术中我抓不到任何实质性的东西。"① 然而自认为对音乐艺术"一窍不通"的勃洛克,在生活中、在思考中、在创作中却无时无刻不向往着音乐,一时一刻也无法摆脱音乐的"纠缠"。他在自传中回忆道:"家中一直是……雄辩(eloquence)占上风,只有我母亲一个人不断地对新鲜事物感到躁动不安,我对音乐(musique)的向往正是得到了她的支持。"② 他18岁时写给萨多弗斯卡娅的书信这样表白:"对你的思念就像音乐一样作用

---

① 《亚·勃洛克文集》8卷本,第8卷,第51页。
② 转引自莫丘里斯基:《亚·勃洛克 安·别雷 瓦·勃留索夫》,莫斯科,1997年,第29页。

于我：时而心灵充满忧郁，时而由于狂喜而突然屏息，时而急切地向往光明。"①可见，音乐一直在激动着、吸引着勃洛克，"音乐"首先是从无意识中"不断地对新鲜事物感到躁动不安"而来。另外，据贝凯托娃（M. Бекетова）所言，勃洛克拥有"惊人的节奏感"，这又是勃洛克的内在乐感的表现，为他非比寻常的音乐鉴赏力提供了天然的根基。

勃洛克的音乐鉴赏力从他早期对瓦格纳音乐剧的迷恋中可见一斑。1900年12月，勃洛克创作了诗歌《女武神》，副标题为《自瓦格纳的主题旋律》。这首诗是诗人对瓦格纳的音乐剧《女武神》（四联剧《尼伯龙根的指环》的第二部）第一幕中男女主人公（齐格蒙德和齐格琳达）之间第一段对白的缩写，仍以两人对话形式写成，但不是对脚本的逐句翻译。勃洛克对这一片断情有独钟，他在上面所说的那第一封给别雷的信中还曾提到："难道齐格蒙德和齐格琳达不是圣洁得令人心醉吗……"②不过，这首诗还只是表明勃洛克对瓦格纳音乐剧中"文学"因素的认识，而于1901年1月创作的《过去我一直琢磨不透》（《Я никогда не понимал》）这首诗，则证明勃洛克已经体悟到瓦格纳音乐本身的感染力。这首诗是勃洛克在观看了瓦格纳的音乐剧《帕西发尔》之后写成的：

> Я никогда не понимал
> Искусства музыки священной,
> А ныне слух мой различал
> В ней чей-то голос сокровенный.
>
> Я полюбил в ней ту мечту
> И те души моей волненья,

---

① 《亚·勃洛克文集》8卷本，第8卷，第9页。
② 同上书，第52页。

Что всю былую красоту
Волной приносят из забвенья

Под звуки прошлое встаёт
И близким кажется и ясным:
То для меня мечта поёт,
То веет таинством прекрасным.

过去我一直琢磨不透
神圣的音乐这门艺术
可如今我的听觉辨出
有个隐秘的声音驻留

我爱上了她身怀的理想
还有我那心波的激荡
它从忘却中浪潮般衔来
所有绮丽动人的过往

往昔伴着声响站起身
看上去它亲近又清晰
或是理想在为我歌吟
或把美妙的神秘充溢

从这首诗中我们可以发现，不懂音乐艺术的勃洛克将其鉴赏力的光束集中在了音乐中的"隐秘声音"，因为对于勃洛克来说，音乐所具有的感染力不是出自单纯的情绪渲染，而是由于音乐在人的意识中实现"时间的联系"，它不仅使过去明晰，它还预言着未来，它正在变成某种比一般的艺术更为宽广的东西。由此就得出了无限扩大又层层升华的"音乐精神":它是一个本体,它可以含纳万千世界,它能够融会内外宇宙。

在诗歌创作中,勃洛克经常采用音乐形象。诗人这样做的目的与其说是借以抒情,不如说是表达对世界和个体的直觉感知。在他的笔下,大自然在"发出声响",诗歌经常被称作"歌曲",创作过程总是伴随着"曲调"的"吟唱"、"谐音"的"编织",比如:"Я печальными еду полями, Повторяю печальный напев"(我在田野里忧郁地奔走,反复吟唱那伤心的曲调),"Я шепчу и слагаю созвучья- Небывалое в думах моих"(我喃喃地把串串谐音编织——我脑海中从未有过的声响)。音乐理论家格列波夫(И. Глебов,即阿萨菲耶夫 Асафьев)因此而得出结论:勃洛克在感知世界的方式上和创作诗歌的过程上都接近音乐家。他说:"在这种特性(即不断地求助于音乐形象——本书作者)中,我不可能不感受到诗人的一种特殊的感知世界、聆听世界音响的风格,或者说,一种在寻找词语表达方式的过程中理解现象世界的风格。因为我能这样听见诗歌,我就在近似音乐的那种令我倍感亲切的感知行为中觉察到了词语和音响的作用力。"[1]

当然,格列波夫所说的只是比喻意义上的音乐家,因为勃洛克并没有像别雷那样,真正运用音乐理论和音乐技法进行文学创作。别雷曾经试图按照瓦格纳处理音乐的方式,比如"主导动机"和"无休止的旋律",来构建他的第四部文字的《交响曲》。而对于勃洛克,"音乐精神"在诗歌中更多地体现为从音乐鉴赏得来的情绪情感和哲学体悟,它"是创作意志,激励有天赋的人们创造……音响状态并将这些音响塑造成自己的宇宙"(格

---

[1] 转引自玛戈梅多娃:《勃洛克世界观中的"音乐"概念体系》,见《勃洛克与音乐》,第53页。

列波夫语)。① 下面这首诗就表达了他作为诗人那"贪婪"的"谛听"和"敏感"的"期待"：

> Не жди последнего ответа,
>
> Его в сей жизни не найти.
>
> Но ясно чует слух поэта
>
> Далёкий гул в своём пути.
>
>
> Он приклонил с вниманьем ухо,
>
> Он жадно внемлет, чутко ждёт,
>
> И донеслось уже до слуха
>
> Цветёт, блаженствует, растёт…
>
>
> Всё ближе чаянье сильнее,
>
> Но, ах волненья не снести…
>
> И вещий падает, немея,
>
> Заслыша близкий гул в пути.
>
>
> Кругом семья в чаду молений,
>
> И над кладбищем мерный звон…
>
> Им не постигнуть сновидений,
>
> Которых не дождался он!
>
> （1901年）

---

① 转引自玛戈梅多娃：《勃洛克世界观中的"音乐"概念体系》，见《勃洛克与音乐》，第53页。

莫要期待最后的答复,
今生你就休想找到它。
而诗人却听得一清二楚,
捕捉到途中那遥远的喧哗。

他正在全神贯注地听着,
贪婪地谛听,敏感地期待,
于是就传入他的耳朵:
一切都怡然、成长和盛开

越来越近了——夙愿更强烈,
啊!但激动得不能自拔
未卜先知者降临了,沉默着,
在途中听到邻近的喧哗。

周围一家人沉浸在祈祷中,
墓地上扬起了有节奏的叮当声
他们怎么也无法明了
他终于没有盼到的梦境!

(顾蕴璞译)

勃洛克对"音乐精神"的倾注还有着自己内在的心灵积淀。还在读大学期间,他就发现自己身上那种难以言表的"启示录"感受(即世界将面临"末日",然后"重生"一个崭新的世界)与弗·索洛维约夫诗歌中的神秘主义体验不谋而合。与此同时,勃洛克还迷恋于柏拉图的"两个世界"理念,他确信还有一种"别样的世界",而那里才是"真正的存在",现实只不过是那个存在的尘世投影。勃洛克坚信,象征"世界心灵"的"永恒温柔"(源自弗·索洛维约夫)降临人间就可以联结这"此在"和"彼在"。正因为如此，勃洛克抒情诗中的音乐意象从创作伊始就自成体系，在他的"谐音"和"音乐"形象背后不仅隐藏着短暂与永恒的递接，还蕴涵着个体与世界的融合、和谐与不和谐的交错、有生命力和无生命力的变换等富有哲理性的象征内涵。

别雷曾说，勃洛克是"在自己身上体验自己哲理的人。把自己的哲理体验化入形象之中，正是这种追求使勃洛克在一定时期把思想的向往体现到了'美妇人'的形象上"。① 在《美妇人诗集》(1901—1902)中，"永恒温柔"的理想、"对别样的世界的预感"与美妇人形象紧密相连，并通过"音乐"来实现着这种象征关联：

>   Ветер принёс издалёка
>   Песни весенней намёк,
>   Где-то светло и глубоко
>   Неба открылся клочок.
>
>   В этой бездонной лазури,
>   В сумерках близкой весны
>   Плакали зимние бури,
>   Реяли звёздные сны.
>
>   Робко, темно и глубоко
>   Плакали струны мои.
>   Ветер принёс издалёка
>   Звучные песни твои.

---

① 安·别雷：《亚·勃洛克》，见周启超主编：《白银时代名人剪影》，第155页。

风儿从远方捎来
暗示春歌的信息,
天的一角已敞开。
望去深邃而亮丽。

在那无底的碧空,
在这临春的黄昏,
哭泣着冬的暴风,
翱翔着星星的梦。

我的琴弦哭起来,
胆怯、忧郁而深沉。
风儿从远方捎来
你那悠扬的歌声。

(顾蕴璞译)

诗中"冬的暴风"和"我的琴弦"是诗人此时此地的心绪写照,而"春歌的信息"和"你那悠扬的歌声"是诗人对即将来临的彼岸之美的暗示。以这首诗为代表,我们看到组诗中隐含着索洛维约夫的话语:"永恒温柔"即个性和世界的有机联系,而爱的情感能够克服疏离、达到和谐。勃洛克所追求的"永恒温柔",就是这种最高意义上的和谐。然而在《美妇人诗集》中,无论是主人公的结合,还是个人与世界的统一,都是难以实现的,矛盾渐渐凸显出来:

Мне страшно с Тобой встречаться.
Страшнее Тебя не встречать.
Я стал всему удивляться,
На всем уловил печать.

На улице ходят тени,

Не пойму—живут, или спят.

Прильнув к церковной ступени,

Боюсь оглянуться назад.

Кладут мне на плечи руки,

Но я не помню имён.

В ушах раздаются звуки

Недавних больших похорон.

А хмурое небо низко—

Покрыло и самый храм.

Я знаю: Ты здесь. Ты близко.

Тебя здесь нет. Ты— там.

我害怕与你相逢,
更害怕遇不到你。
我于是对一切惊讶,
在万物间寻觅踪迹。

街上穿梭摇曳着人影,
我不明:他们是睡是醒。
偎依在教堂台阶上,
我不敢再回头张望。

一双手搭上我的肩膀,

但那名字我已忘记。
耳边传来阵阵声响，
是不久前的大型葬礼。

而那低垂的天空阴沉沉——
就连神殿也被遮盖。
我知道：你在这里。你已走近。
你不在这里。你在另一个世界。

到了1904年,《美妇人诗集》正式成书出版之时，勃洛克已经发现，世界并没有改变，他所谓的"理想"也并没有出现，他应当从"幻想之梦"转向"生活意识之梦"。这种转变在诗集《岔路口》中已经初见端倪。在那里，诗人开始迷恋"日常生活中的神秘主义"。诗人表示："枯黄的树叶凋落了，连同残酷的骗人的空想。'神秘现实主义'的角落打开了，不是在沙地上建设一座大厦的可能性出现了，可感的手段和简单的工具找到了。如果将来一切仍将这样下去，我的弥撒和我的交响乐将无愧于我早就为之献身的那些希望。"①

理想的最终破灭是在1905年革命的影响下发生的。1905年革命中形形色色的事件加重了现实的悲剧性和灾难性。勃洛克内心中迫切地感到需要寻找新的"音乐精神"载体。在革命后的几年里，勃洛克一方面继续探索着宇宙的包罗万象的统一与和谐，一方面开始积极地构建出"自然力"范畴以及与之相关的一系列新的象征。生活、人、俄罗斯、革命开始进入诗人的创作视野，作品中的尘世色彩日益浓重，对个性与时代的联系，个人对时代的责任与义务等问题思考得愈发频繁和深刻。对于勃洛克而言，神秘世界中由"美妇人"承载的"世界心灵"的"音乐精神"，和现实生活

---

① 转引自郑体武：《俄国现代主义诗歌》，上海外语教育出版社，1999年，第159页。

中由"世界乐队"承载的时代交响的"音乐精神"在同存共生。从这一时期起,勃洛克抒情诗中的"音乐"形象首先以"自然力"的体现为发端,继而"生成"诗歌形象、画面、情景、情感的对照,并相应传达出有节奏感和无节奏感、和谐与不和谐等内在的对照。许多学者都曾指出,勃洛克诗歌中的对照不是对生活现象的简单罗列,诗人是从某种最高秩序的角度,从与存在的不和谐性斗争着的和谐规律的角度对这些现象加以思考。[①] 这便是勃洛克所信奉的赫拉克利特哲学:"互相排斥的东西结合在一起,不同的音调造成最美的和谐;一切都是从斗争开始的。"[②]这样就形成了勃洛克与象征派其他诗人所不同的诗歌特色:把生活中的一切都从音乐性与反音乐性这组对照出发,划分为有生命的和无生命的、人性的和非人性的、和谐的与不和谐的、庄严的与闹剧性的,如此等等。

应当说,在诗人对现实世界的自觉观照当中,还流露着对失落的理想的不自觉的缅怀。因而出现了"美妇人"的各种变体形象。她首先转化成"陌生女郎",在星际与尘世之间游移:一方面,"她(陌生女郎)那双深邃莫测的蓝眸,正在遥远的彼岸闪亮",而另一方面,先前"美妇人"的柔情歌声却已被"醉后叫嚷的声息"、"孩子的哭叫"和"女人的尖细叫嚷"取代:

> По вечерам над ресторанами
> Горячий воздух дик и глух,
> И правит окриками пьяными
> Весенний и тлетворный дух.
>
> Вдали, над пылью переулочной,
> Над скукой загородных дач,

[①] 参见克鲁克:《音乐不会抛弃我们……》,见《勃洛克与音乐》,第65页。
[②] 《西方美学通史》7卷本,第1卷,第92页。

Чуть золотися крендель булочной,

И раздаётся детский плач.

И каждый вечер, за шлогбаумами,

Заламывая котелки,

Среди канав гуляют с дамами

Испытанные остряки.

Над озером скрипят уключины,

И раздаётся женский визг,

А в небе, ко всему приучённый,

Бессмысленно кривится диск.

(以下略)

每晚,在家家餐馆的上空,

弥漫着浓烈沉闷的热气。

是腐味的春的气息在驱动,

传来了醉后叫嚷的声息。

远处,在小巷积尘之上,

当城郊别墅被寂寞笼罩,

那花形面包刚闪出金光,

就传出一阵阵孩子的哭叫。

每晚,在栏杆路标之外,

总会有挑逗风月的老手。

第五章　俄国象征主义"音乐精神"的创作体现　　　　　　173

他们把圆顶大礼帽歪戴，
带着女人在沟渠间浪游。

湖面上扬起吱吱的桨声，
夹杂着女人的尖细叫嚷，
天上那见过世面的月轮
竟也茫然地撇着嘴相望。

（顾蕴璞译）

　　在以陌生女郎、广场上的妓女、迎面走来的女人等形象表现对心中理想的怀疑和讽刺的同时，诗人却无法确立与自己新的世界观相符合的哲学思想和审美方向。这种尽显黑暗的"大地"和无限光明的"天空"的混合，造成了诗人精神上的空虚感和绝望感。诗人渴望着"狄奥尼索斯"式的忘我陶醉，以期掩盖住世界的丑，压制住心灵的痛。他以诗集《雪中大地》表达出充满野性的激情，并在其中将"俄罗斯"、"祖国"作为走出精神"萧条"的抒情对象。诗人把现实中充满苦难的祖国与"美妇人"理想、与"世界心灵"、与世界和谐相联系，将个人的情感与民族的情感相呼应，赞颂俄罗斯那不朽的美，并与它一起憧憬着遥远的未来。

Россия, нищая Россия,
Мне избы серые твои,
Твои мне песни ветровые,--
Как слезы первые любви!

（《Россия》）

俄罗斯，贫困的俄罗斯啊，
对于我，你那灰色的木屋，
你那随风飘动的歌声，

像爱情涌流的最初的泪珠!

(《俄罗斯》,1908,顾蕴璞译)

О, Русь моя! Жена моя! До боли
  Нам ясен долгий путь!
...
Наш путь - степной, наш путь - в тоске безбрежной -
  В твоей тоске, о, Русь!

(《на поле куликовом》)

啊,我的罗斯!我的爱妻!我们深知
  旅途是那么漫无边际!
……
我们的路是草原之路,我们的路在无限痛苦中。
  在你的寂寞忧愁里,啊,罗斯!

(《在库里科沃原野》,1908)

  "美妇人"的形象在继续、在深化、在具体化;伴随着"美妇人"的音调也在延展、在转变、在多样化。随着茨冈歌曲和茨冈化的城市浪漫曲大量进入勃洛克的诗歌题材,世俗的混乱场面与先前的怡然风光形成强烈的反差,那歌唱爱情的提琴的弓子如今"嘶哑地直吼",原来"美妇人"的悄声细语现在"把情人尖呼":

В ресторане

Никогда не забуду (он был, или не был,
 Этот вечер): пожаром зари
Сожженно и раздвинуто бледное небо,

И на жёлтой заре фонари.

Я сидел у окна в переполненном зале.

Где-то пели смычки о любви.

Я послал тебе чёрную розу в бокале

Золотого, как небо, аи.

Ты взглянула. Я встретил смущенно и дёрзко

Взор надменный и отдал поклон.

Обратясь к кавалеру, намеренно резко

Ты сказала:《И этот влюблён》.

И сейчас же в ответ что-то грянули струны,

Исступленно запели смычки...

Но была ты со мной всем презрением юным,

Чуть заметным дрожаньем руки...

Ты рванулась движеньем испуганной птицы,

Ты прошла, словно сон мой легка...

И вздохнули духи, задремали ресницы,

Зашептались тревожно шелка.

Но из глуби зеркал ты мне взоры бросала

И, бросая, кричала:《 Лови!...》

А монисто бренчало, цыганка плясала

И визжала заре о любви.

(1910)

在餐厅里

我永远不会忘记(这夜晚,
似有也似无):苍白的天空
被晚霞的大火烧后更扩展,
黄色的霞光里亮出了街灯。

我坐在人满的客厅的窗前,
小提琴的弓子歌唱着爱情。
我给你递过去一束黑玫瑰,
插在盛满金色香槟的杯中。

你看我一眼。我困惑而大胆地
碰到傲慢的视线就鞠个躬。
你转向男舞伴,傲慢而泼辣地
对他说:"这个人也对我钟情。"

立刻响起琴弦来回答我,
提琴的弓子嘶哑地直吼……
但你以年轻人的蔑视待我,
你的手还在微微地颤抖……

像惊弓的鸟,你猛力一挣,
轻捷地飞过去了,像我的梦……
香水叹口气,睫毛打个眨,
绸衣发出不安的沙沙声。

第五章 俄国象征主义"音乐精神"的创作体现　　　177

但你从镜底瞥了我一眼,
顺口便喊道:"把他抓住! ……"
项链叮铃响,茨冈女郎
跳起舞,朝彩霞把情人尖呼。

(顾蕴璞译)

　　勃洛克坚信,艺术家有责任"直面世界",要勇于认识和接受生活的复杂性和矛盾性,紧紧跟随生活中的"世界乐队"的节奏进行创作。勃洛克将思想意识中的和谐与现实生活中的和谐统一起来看待。这种和谐不是一种恬淡,不是一种平静,而是相反的力量进行的斗争。作为艺术家,勃洛克关注着这斗争,也为这斗争的艰辛而忧虑。就是因为跟随历史的节奏和社会的节奏,勃洛克在作品中传达了新旧交替时代那充满矛盾冲突的悲剧音调。

　　当然,除却悲剧的层面,勃洛克笔下的爱的主题也有亮丽的插曲,比如,在组诗《卡门》(1914—1915)中,爱是"音乐与光明的旋风",它闯入抒情主人公"黑暗和野蛮的命运",为世俗生活的庸俗和无聊点缀着超脱的色彩:

…

　　Я буду петь тебя, я небу
　　　　Твой голос передам!
Как иерей, свершу я требу
　　　　За твой огонь—звездам!

…

За бурей жизни, за тревогой,

　　За грустью всех измен,—

Пусть эта мысль предстанет строгой,

　　Простой и белой, как дорога,

　　Как дальний путь, Кармен!

我要把你歌唱,把你的声音

　　传送给高高的星空!

我要像神父一样为你的火焰

　　在星空下把圣礼举行!

经过生活的风暴与惶恐,

　　经过一次次背叛的剧痛,

让这思念变得像道路一样,

　　像远方的道路一样严肃、

　　朴实、明朗吧,卡门!

(郑体武译)

　　1915年,勃洛克写成思考人的使命的长诗《夜莺园》。诗人在揭示自己的创作意图时曾表示,尽管他"本人曾深深迷恋过夜莺园的美妙歌声",希望在那与世隔绝的歌声中"消解自己的忧愁和对人类命运的担忧",但是人的使命感却不容许他无视"恐怖世界"的声响而沉醉于世外桃源的虚幻幸福。至此,似乎诗人已经找到了解决"大地"与"天空"之间矛盾的途径,即从现实世界和自己心灵的一片混沌之中开采出美。当然,这种美依旧不是恬淡和平静,依旧是在相反的力量进行的斗争中生成和谐的过程。

　　如果说上述所举的不同阶段的代表诗作,是勃洛克作为诗人"谛听"到的"世界乐队"交响中的各个独立的声部,那么长诗《十二个》(1918)则是乐队各声部的一次"合排",或者说,是一部大型交响曲的真正上演。

这部大型交响曲是怎样形成的呢?一是历史巨变、革命环境提供了丰富的"音乐素材",二是"敏锐的耳朵"和"艺术家的职责"让诗人捕捉到每一处细微的声响和音调变化。

奥西普·曼德尔施塔姆曾赞叹勃洛克感觉生活节奏的能力:"勃洛克的历史嗅觉真令人钦佩不已,还是在肯求倾听革命的喧哗以前很久,他就已经开始在最敏锐的耳朵也只能捕捉到切分音的地方倾听俄国历史的地下音乐了。"[1]

勃洛克对十月革命的理解和接受较其他象征派诗人迅速,因为他已经抱定了一个信念:俄罗斯在领导"世界革命",它"正在成为生活的全部内容",推翻专制制度是"生活的开端"。而作为艺术家,他的事业、他的职责"就是要目睹预想中的东西⋯⋯要让一切都焕然一新,要让我们虚伪、肮脏、乏味、丑陋的生活成为公正、纯粹、欢乐、美好的生活⋯⋯'各民族的和平与友谊'——这就是俄国革命的标志,这就是革命的洪流为之怒吼的东西,这就是凡是有耳朵的人都应该听到的音乐⋯⋯以整个身心,整个意识倾听革命吧"。[2]

诗人这样呼唤人们倾听革命,诗人自己也是这样"身体力行":"⋯⋯在完成《十二个》之时和之后,我有好几天在生理上、听觉上感到四周在轰响,一种混杂的轰响,大概是'旧世界'瓦解的声音吧⋯⋯"[3]1919年,在长诗《报应》的序言中勃洛克再次写道:"我习惯于将当时进入我的视野的各个生活领域的事实进行对比,而且我相信,它们加在一起总能形成统一的音乐冲击。"[4]

---

[1] 转引自图尔科夫:《勃洛克传》,郑体武译,东方出版中心,1996年,第91页。
[2] 转引自郑体武:《俄国现代主义诗歌》,第211—212页。
[3] 安·别雷:《亚·勃洛克》,见周启超主编:《白银时代名人剪影》,第159页。
[4] 《亚·勃洛克文集》8卷本,第3卷,第297页。

"诗人一面倾听，一面摹仿各种声音"。① 就这样，形成了结构紧凑、场面宏大、情节紧张、气势雄浑的长诗《十二个》。在这部"世界乐队"的交响中，我们可以随着诗人一起感受到革命的呼啸风声、新旧世界的搏斗声、旧世界的叹息声、街头巷尾的嘈杂声、新世界的欢呼声……

　　《十二个》的诗歌语言富有深刻的象征内涵，但是与其他注重音乐性的象征派诗歌相比，由于这部长诗的音响和节奏同实际生活紧密相连，因而更加清新凝练、更加绘声绘色、更加富于变化，尤其是其中通俗的民间谣曲与高雅的抒情旋律有机结合，使长诗的"交响"性符合音乐情感发展逻辑，而不是随意而凌乱的"混音"：

风雪声，跌跤声：
　　Завивает ветер
　　Белый снежок.
Под снежком — ледок.
　　Скользко, тяжко,
　　Всякий ходок
Скользит — ах, бедняжка!

　　　朔风呼呼
　　　白雪飘舞。
雪的下面是冰碴。
　　滑呀，真难走，
　　每个行人都滑跌——
　　唉，可怜的人行路！
　　士兵征战，民谣阵阵：

---

① 《亚·勃洛克文集》8卷本，第5卷，第52页。

第五章 俄国象征主义"音乐精神"的创作体现　　　181

　　Как пошли наши ребята
　　В красной гвардии служить—
　　В красной гвардии служить—
　　Буйну голову сложить!

　　Эх ты, горе-горькое,
　　Сладкое житье!
　　Рваное пальтишко,
　　Австрийское ружье!

　　Мы на горе всем буржуям
　　Мировой пожар раздуем,
　　Мировой пожар в крови—
　　Господи, благослови!

　　我们的小伙子们了不起,
　　到赤卫军里去服役,——
　　到赤卫军里去服役,——
　　要现出头颅去就义!

　　你呀,生活,痛苦,
　　而又甜蜜!
　　破旧的大衣,
　　奥地利的武器!

　　为使一切资产者遭殃,

我们要燃起熊熊大火,
血染一切的世界大火——
主啊,愿你赐福!

脚步声,枪击声:
Трах-тах-тах! И только эхо
Откликается в домах...
Только вьюга долгим смехом
Заливается в снегах...

Трах-тах-тах!
Трах-тах-тах...

嗒——嗒——嗒!但听得
在屋子里不停回响……
唯有暴风雪久久地狞笑,
在雪地上后合前仰……

嗒——嗒——嗒!
嗒——嗒——嗒!

正义胜利,乐音悠扬:
Нежной поступью над вьюжной,
Снежной россыпью жемчужной,
　В белом венчике из роз—
　Впереди — Исус Христос

迈着凌驾风雪的轻盈脚步,

稀稀落落,似雪花,如珍珠,

戴着白色的玫瑰花环,——

前面——就是耶稣基督。

(顾蕴璞译)

对勃洛克来说,音乐既是音响的对等物,又是运动的同义词。在音乐的节奏中,在"音乐的冲击"中,在噪音和喧哗中,诗人听到了社会生活和个人生活的深层演变过程。前面已经提到,勃洛克自1905年革命起,就开始将注意力转向"自然力",其体现者就是人民群众。到创作长诗《十二个》时,诗人更加强调群体性,并把"我"和群众融合在一起。勃洛克早期希望通过以"永恒温柔"为载体的"音乐精神"实现因爱而统一,这种神秘主义的向往如今变为通过革命的力量,通过将人民群众这个"自然力"加以组织,来实现世界的和谐:"俄罗斯文化的任务就是将这烈火发送至应该燃烧的地方;将小鬼儿和长舌妇的横行霸道转化为意志的音乐声浪;给毁灭放置这样一些障碍物,它们不会削弱火的冲击力,而是组织这冲击力,组织这狂暴的意志。"[1]

"音乐的冲击"决定了全诗的节奏发展和声音语义建构,这种建构又促进了诗歌的丰富音响与现实的生动多样之间达到协和一致。城市生活的各种音响,经过诗人心灵的冶炼,升华为时代的象征、人民心理的象征。帕斯捷尔纳克曾说:"勃洛克笔下的彼得堡……同时存在于生活和想象中,难以区分开来,它充满普通日常生活,诗歌中渗透这生活的紧张和恐慌感,街头响着通用的口语,这些口语刷新了诗歌语言。同时这城市的形象是由那样敏感的手挑选的特征所组成,被赋予那样的灵性,使之整个儿

---

[1] 《亚·勃洛克文集》8卷本,第7卷,第297页。

变成了一个动人的极为罕见的内心世界现象。"①鲁迅先生在为勃洛克的长诗《十二个》中译本所写的后记中指出,诗人"是在用空想,即诗底幻想的眼,照见都会中的日常生活,将那朦胧的印象,加以象征化,用大都市卑俗、热闹、杂沓的材料,造成一篇神秘底写实的诗歌"。②

总之,勃洛克诗歌中的音乐主题和形象、音乐节奏和结构,都与生活现实及其紧张度密切联系在一起。对于勃洛克来说,卑劣的、停滞的生活丧失了音乐,但它以"斗争"的姿态,向那动感的、和谐的生活迈进。

勃洛克之所以获得广大读者的青睐,正因为他本人就是听众,就是音乐鉴赏家,他以"民间采风"令读者产生共鸣。不难发现,在他的作品中一切都在歌唱:姑娘,眼睛,暴风雪,珍珠,芦笛,夜……

第三节 "语言的作曲家"

别雷在 1933 年发表的《作家自述》一文中这样总结自己三十年的创作:"我的作品的首要特点是传达说话人的语调、节奏、语气停顿等态势;我要么是在田野里哼唱我的诗歌短句,要么把它们抛给看不见的观众——抛向风中;这一切都不能不影响到我的语言的独特性;它难于翻译;它引发一种慢慢的、内在的发声,而不是用眼睛阅读;我更确切地说是成了语言的作曲家,在为自己的作品寻找个人演绎,而不是一般意义上的作家—小说家。"③的确,别雷是信奉"音乐至上"的俄国象征派作家中与"音乐"结合得最紧密的一位,也是最"专业"的一位。在别雷的作品中,乃至作家整个文学道路上所展现的"音乐"关联,不是用"音乐性"

---

① 转引自杨清容:《〈十二个〉的音乐特征初探》,见《外国文学研究》1985 年第 3 期,第 95 页。
② 转引自孙玉石:《中国初期象征派诗歌研究》,第 60 页。
③ 安·别雷:《作家自述》,见《创作问题》,第 20 页。

（музыкальность）所能涵盖，也不仅仅是有意识地以"音乐精神"（дух музыки）为向导，可以说，"音乐"是别雷的天性（музыкальная стихия），在他身上散发的"音乐"的东西首先是天然的、自发的，然后才是人为的、自觉的。

别雷的这种"音乐天性"深深植根于他童年的"音乐历程"："我认为我与艺术最初的、实实在在的接触是在遥远的童年，在我母亲弹奏贝多芬的奏鸣曲和肖邦的序曲的那些夜晚。"①别雷的音乐家母亲一方面出于对音乐的热爱，一方面出于与自然科学的家庭氛围（别雷的父亲是数学家，莫斯科大学教授）的对抗而努力"拉拢"小鲍利亚走向艺术。从这"遥远的童年"起，音乐就成为别雷所有审美认识的中心，后来的哲学、文学、自然科学认识都不自觉地从音乐出发，再回归至音乐，可以说，音乐的"原动力"在暗中牵引着别雷的意识和思维。"不知怎么我极其强烈地因音乐而激动。舒伯特、舒曼、贝多芬的奏鸣曲，还有门德尔松。于是我的艺术哲学和审美感悟好似浸满了音乐之波，被自然之霞光照耀。我先前对音乐的钟爱如今得到了哲学证实。音乐似乎第二次向我敞开大门，而我则将整个身心都交付于它。"②

别雷像吸收生命基本元素一样地吸收音乐，他成长过程中的一切印象似乎都以音乐来定型，这一特点形象地反映在他晚期的自传性长诗《初会》中：

Волною музыки меня

Стихия жизни оплеснула

…

Мне музыкальный звукоряд

---

①② 安·别雷的笔记，转引自塔·赫梅里尼茨卡娅：《安德列·别雷的文学诞生》，见《创作问题》，第 108 页。

> Отображает мирозданье…
>
> 生命的基本元素
> 构筑成音乐之波向我飞溅
>
> 世界对我来说
> 是以音乐的声响序列呈现

除母亲之外，对别雷的个性形成产生重要影响的还有他的中学教师波里万诺夫和德国女家庭教师。别雷于1891年9月进入波里万诺夫私立中学学习。别雷对这位被人们公认为当时莫斯科最有修养和最有特色的老师崇拜之至。波里万诺夫是研究普希金和茹可夫斯基的专家，据别雷回忆，波里万诺夫的课大大激发了他对语言和文学的兴趣，因为老师的讲解不是填鸭式的知识堆积："回想起这些如同在绘图板上一样在心灵里镌刻出不可磨灭的生活道路的活生生的动作交响，你就会看到：在这些活生生的动作中我们吸取的不是传授给我们的'什么'，而是'怎样'理解活生生的语言现象。"[①]由此可见，别雷从早年起就已经"习惯"于将他的感受"交响化"，"习惯"于不局限在事物的表面，而是深入到内在的运动过程，也就是本质之中。

德国女家庭教师则是给别雷提供了最初的诗歌感觉。正是由于别雷最初的诗歌感觉是从她的朗诵得来的，因此词语的音响层面，诗行的旋律和节奏层面远比词语的意义层面来得深刻。对他来说，艺术语言的音乐情绪比其语义内涵更有原初性，也更为自然。"音乐本原是别雷真正的心灵本体的具体凸现，他开始用正在形成的自我认识去触摸这个本体。"[②]

[①] 安·别雷：《两个世纪之交》，见《回忆录》第一卷，莫斯科，1989年，第282、261页。
[②] 阿·拉甫洛夫：《安德列·别雷在1900年代》，莫斯科，1995年，第23页。

1904年12月,别雷在给勃洛克的信中写到:"德国女教师在颂读国王、仙女的故事和传说,选读歌德,乌兰德的作品,而我倚在她的膝前渐渐入睡。这就是我的音乐主题。"①这种尚未经理性分析加工过的、还没有分解为诗歌和音乐的总体艺术印象,完整地铭记在了儿时别雷的脑海里。在别雷的最初创作尝试中,对童年听到的"音乐主题"进行无意识地再现的倾向清晰可见。

除了贝多芬、舒曼、肖邦的音乐和普希金、茹可夫斯基的诗歌以外,托尔斯泰、陀思妥耶夫斯基、费特、弗·索洛维约夫、梅列日科夫斯基、叔本华、尼采以及老子、孔子、佛教、印度教学说让他迷恋上哲学和"哲学性"的文学。这些多重的(有时甚至是截然相反的)迷恋是怎样取得平衡的呢?是音乐在其中起到了决定性的作用:"在那些年代我感觉到自己身上的多重交叉:诗歌,散文,哲学,音乐;我知道:离开其中哪一个都是缺憾;可是怎样将它们合为整体——我不知道;弄不清楚:我是谁?理论家,批评—宣传家,诗人,散文家,亦或作曲家?某种力量在胸中涌动,它召唤着自信,自信这一切对我来说都可企及,自信塑造自身取决于我自己;我在键盘上弹奏交响节拍,面前的命运就在这键盘上浮现;我不由自主地想:数字低音,生命之歌就是音乐;我的最初的创作形式是《交响曲》——这并非偶然。"③在文章《我们如何写作》中,别雷回顾说:"最初的作品就像试图为青年时期的音乐作品做文字说明而产生的;我憧憬着标题音乐;我将最初四本书的情节……不是称为中篇或长篇小说,而是称作交响曲……由此而产生它们的语调和音乐构思,由此而产生它们的形式特征,无论是其情节呈示,还是语言架构。"④

别雷所说的"最初的创作形式"指的是他登上文坛的处女作(即《交

---

① 阿·拉甫洛夫:《安德列·别雷在1900年代》,莫斯科,1995年,第23页。
③ 安·别雷:《世纪之初》,见《回忆录》第二卷,莫斯科,1990年,第17页。
④ 安·别雷:《作家自述》,见《创作问题》,第20页。

响曲》，其中《第二交响曲》即《戏剧交响曲》最先发表），而不是真正意义上的最初的创作。早在创作《第一交响曲》即《北方交响曲》之前，别雷已经创作了诗歌（据作家回忆，可以构成"诗集"）、戏剧、童话故事等"成品"，但均被作家销毁，只在档案中散见其部分手稿。[①] 这些最初的创作经验虽然不无模仿的迹象，比如易卜生和梅特林克的戏剧，安徒生和王尔德的浪漫主义诗歌和童话，魏尔伦、巴尔蒙特的诗歌，但由于别雷与生俱来的音乐性思维和不自觉地上升到世界观范畴的审美感悟，使别雷不满足于这些模仿性的"幼稚"之作，它们注定只能作为未来的《交响曲》的素材而存在。

值得一提的是，别雷的第一部《交响曲》并不是我们现在所见到的《北方交响曲》。在其之前别雷还创作有未曾发表的《前交响曲》（此名称见别雷回忆录《两个世纪之交》）。别雷创作《前交响曲》的直接原因是波里万诺夫教授的逝世。在写给伊万诺夫-拉祖姆尼克的自传性书信中，别雷描述了这个"奇怪的、野性的、迷雾般的、宇宙的散文体史诗"："在这首长诗的天空中不断地漂移着天使的翅膀之云，翅膀上载着个王位，而在天空下面时不时展开某个'终身漂泊流浪的人'的生活全景，他曾是天堂里的孩子，后来成了世界之王，最终被天空中愤怒的闪电烧灼等等。1899年从冬至秋，我满头大汗地写作这首长诗；后来'长诗'在我手里放了几年；再后来我又把它销毁。从这个形式中诞生了'交响曲'。"[②]可见，别雷是在逐渐地确立界于散文和长诗之间的文体形式，之所以在二者之间"游移"，是因为将要问世的"'交响曲'是以诸多'宇宙的'形象诞生的，没有情节；由于这种'无情节性'结晶出'一幕幕'的标题"。[③] 就这样，最终诞生了《交响曲》的形式。

[①] 参见阿·拉甫洛夫：《安德列·别雷在1900年代》，第29—39页。
[②] 同上书，第46页。
[③] 转引自阿·拉甫洛夫：《安德列·别雷在1900年代》，第46页。

别雷《第一交响曲》的主题来源于格里格的音乐。这首《北方交响曲》就是题献给格里格的。据别雷回忆：

  1900年,1月—3月。我每天在家听格里格的作品。他越来越深地吸引着我。母亲演奏的浪漫曲《公主》令我产生了《北方交响曲》的纯音乐的主题。浪漫曲《公主》与格里格叙事曲（作品第34号）的主导动机相关联。

  当家里没人的时候,我溜到钢琴旁即兴演奏《交响曲》的动机；在我脑海里形成类似《组曲》的东西,其文字内容就是《北方交响曲》第一部分的初稿；初稿的题目是《北方的春天》。是尼采决定了交响曲的体裁。那时候尼采对我来说是望尘莫及的完美。

  1900年,6月—8月。我永远也不会忘记6月份的前半月,我孤独地在钢琴旁度过。我坐在钢琴旁写作旋律；我似乎觉得我置身于旋律之流,从这旋律当中我沉淀出慢慢记录下来的《北方交响曲》第二部分的片段。①

由于受到格里格的形象鲜明的组曲特征影响,《北方交响曲》实际上尚未真正呈现出一种交响体裁而更像是组曲。别雷自己也在文字的《北方交响曲》形成之前把他在钢琴上弹奏出的即兴音乐作品称作《组曲》。

在1900年创作《北方交响曲》之时,别雷还完全沉浸在"北方吹来的"童话幻想之中。这部《交响曲》是由国王和王后,中世纪的勇士,孤独的巨人,林神和地神,不祥的驼背人和半人半马等形象汇集而成。所有这些幻想的童话世界和浪漫色彩在别雷的创作中都不止一次地再现,比如第一部诗集《碧空中的金子》之"形象"一章,1919年发表的《公主与勇士》等等。

弗洛连斯基指出,在《北方交响曲》中呈现出"正在组织起来的混沌",

---

① 转引自塔·赫梅里尼茨卡娅：《安德列·别雷的文学诞生》,见《创作问题》,第109页。

"灵性化的物质"、"非物质化的物质"以及"所有一切的内在统一性、关联性、完整性"。① 换句话说,这种没有统一的情节的"统一性"是用统一的"调式"来实现的,这"调式"就是浪漫主义的忧伤小调。对于别雷典型的"霞光"("霞光"时刻对别雷以及对其他一些象征主义者来说,是交界变换的时刻,忐忑不安的时刻:"晚霞"酝酿着结束,渗透着恐惧;"朝霞"期待着新生,充溢着激情)和"永恒"的主导主题在这篇"词语音乐作品"中首次亮相。

从篇章布局来看,整个《交响曲》大部分由单行或双行的"段落"(最多不超过四行)建构而成,在某些片段转化为有韵脚(行末韵及行内韵)的诗,或者说短小而有节奏的语句(或者说乐句),构成一串串如歌的诗行。其中经常出现音的"反响"和"回声":

> Они бежали в северных полях. Их окачивало лунным светом.
>
> Луна стояла над кучкой чахлых, северных берёз. Они вздохнули в безысходных пустотах.
>
> Королева плакала.
>
> Слёзы её, как жемчуг, катились по бледным щекам.
>
> ...
>
> А молодой король с королевой бежал в одиноких полях. Их окачивало лунным светом.
>
> Луна стояла над кучкой чахлых, северных берёз, и они вздохнули в безысходных пустотах.
>
> Король плакал.
>
> Слёзы его, как жемчуг, катились по бледным щекам.

---

① 转引自阿·拉甫洛夫:《安德列·别雷在1900年代》,第48页。

Катились по бледным щекам.①

他们在北方的田野里奔跑。月光把他们团团笼罩。

月亮在一片枯萎的北方白桦上空屹立。他们在毫无出路的空旷中喘息。

王后哭了。

她的泪水,似珍珠,沿着苍白的面颊滑掉。

……

而年轻的国王带着王后在孤寂的田野里奔跑。月光把他们团团笼罩。

月亮在一片枯萎的北方白桦上空屹立。他们还是在毫无出路的空旷中喘息。

国王哭了。

他的泪水,似珍珠,沿着苍白的面颊滑掉。

沿着苍白的面颊滑掉。

上述两段在篇中相隔数个"自然段",似稍有变化的音乐主题再现,而最后两句的重叠构成了纯音乐的"回声",这种结构特征辐射进所有四部《交响曲》。有时重复行的出现与当时的叙述逻辑进程似乎并无关联,然而却增加了音乐动机回旋之感:"хотя и был знатен"或者"Таков был старый дворецкий"②。这种从头至尾由重复编织成的语言装饰形成作品独特的音乐节奏和调子。

《北方交响曲》被别雷称为"习作",它还局限于"组曲"和"单弦性"的特征。真正达到了别雷所要求的"多弦性"交响构思的,是第二部交响曲。

---

① 安·别雷:《雪暴高脚杯 长篇和中篇小说—交响曲》,莫斯科,1997年,第31、32页。
② 意为:虽然也出身显贵;老管家也是这样。安·别雷:《雪暴高脚杯 长篇和中篇小说—交响曲》,第49—53页。

正是《第二交响曲》(《戏剧交响曲》)奠定了别雷一生创作思维和作品主题的基调。用莫丘里斯基的话说:"《第二交响曲》是'安德列·别雷'的文学诞生,是一个真正的诗人的诞生。"①在这部作品中,别雷运用对位和交织等音乐作曲原则,以广阔的史诗般的容量,以体现着时代脉搏的节奏("启示录的节奏"②),将自己特有的主导主题贯穿发展,从而形成了一种独特的"交响"方式,凭藉它表现出现实生活的复杂与矛盾。可以说这部《交响曲》是别雷所有未来作品的摇篮,从中孕育了小说《彼得堡》、《柯吉克·列达耶夫》、《莫斯科》和长诗《初会》等巨作。

《第二交响曲》已从假定性的童话世界来到了莫斯科的日常生活。这是别雷与他的挚友谢·索洛维约夫的"伴灯倾谈"及当时在"阿耳戈英雄"小组的随感:"……第二部'交响曲'是很偶然的只言片语,几乎是那一年的几个月里亲身体验的那个真正的宏伟交响的备忘录。"③1901年,那个转折的、启示录性的时刻,那种等待"朝霞"、等待旭日、等待新世界来临的精神感受,通过交响曲体裁所特有的矛盾对比、交织发展、主题再现等手段,在音乐的恢弘和朦胧中传达出来。光明与黑暗的对比、超现实与现实的交织,闪烁在"霞光"、"永恒"、"疯狂"与"弗·索洛维约夫"的主题及其发展、再现中。

在别雷创作《第二交响曲》的时候,他正与勃洛克和谢·索洛维约夫等人不约而同地体验着"朝霞"时刻的预感和期待,体验着对各自恋人的狂热的爱(勃洛克对柳·门捷列娃,别雷对玛·莫洛佐娃,谢·索洛维约夫对一位女中学生。这些恋人被他们看作是弗·索洛维约夫所说的"永恒温柔"的尘世化身)。所有这些爱与期待的情绪和"重新塑造世界"的追求将他们集合成新的"年轻一代"象征主义者,他们既承袭"年长一代"象征主义

---

① 莫丘里斯基:《亚·勃洛克 安·别雷 瓦·勃留索夫》,第269页。
② 安·别雷:《世纪之初》,见《回忆录》第二卷,第188页。
③ 参见阿·拉甫洛夫:《安德列·别雷在1900年代》,第71、66页。

者的"末日论"情结,又以艺术改造生活的积极态度与之抗衡。

别雷在《代前言》中对《第二交响曲》进行了理论概括:

> 这部作品形式上的独特性责成我说上几句解释的话。
>
> 这部作品有三层意思:音乐的,反讽的,以及,除此之外,思想象征性的。首先,这是交响曲,它的任务在于表达由主要情绪(思绪,曲调)联系起来的一系列情绪;由此出现了将它分成章,将章分成段,将段分成诗节(乐句)的必要性;一些乐句不止一次地重复强调了这种划分。
>
> 第二层意思——反讽的:这里嘲讽了某些神秘主义的极端表现。这就产生一个问题:当确实有不少人对这些人和事是否存在尚存怀疑的时候,对人和事的讽刺态度是否有理有据。作为回答我只能建议仔细地观察周围的现实。
>
> 最后,在音乐的和反讽的意思背后,对于细心的读者可能会明了思想的层面,这个层面作为主要的层面,既不会诋毁音乐的层面,也不会诋毁反讽的层面。在一个段落或诗节中把这三个层面统一起来就导向了象征主义……①

可见,别雷已经开始有意识地以"象征主义"的"音乐精神"统领自己的创作,以狂热的激情与讽刺性贬低、严肃的哲学探索与漫画式的幽默模仿等"音乐表情",来表现他所见到的世俗世界与内心世界,而不再完全屈从于他随心所欲的"音乐天性"(比较《前交响曲》,甚至《北方交响曲》)。

别雷将《交响曲》看作是最能对等地传达时代"交界"意识和神秘预言情绪,也最能担负起改造生活的使命的未来综合型创作形式的雏形。他在1902年8月7日写给梅特涅尔的信中写道:"'交响曲'就它本身来说没有前途;但作为通向某种重要形式的形成道路的中间阶段它意义重大。

---

① 安·别雷:《雪暴高脚杯 长篇和中篇小说—交响曲》,第85页。

这是诗歌在某种意义上的终结的开始……一方面为了生活而毁灭诗歌，另一方面为了音乐（音乐，可以说，是彼在的尘世对应）而毁灭诗歌，这种企望的对立性有着重要的意义；这又是日益增长的两极性的不断显形之一种；它的最终意义是——秘密……解释周围现象世界的重心从过去转向未来，这种转向将产生难以被我们完全意识到的静观性质的宏大转折……处于'交响化'的生活难道不是在奔向未来吗？"①在《戏剧交响曲》中，我们可以感受到这种对即将出现的"静观性质的宏大转折"状态的预感，而正是这种预感，推动着作者的构思，使作品中表现的当时莫斯科的人物、事件、市景等，与"永恒"这一主题巧妙地缠绕交织起来，其媒介则是布满了整个交响曲的音乐主导动机："невозможное, нежное, вечное, милое, старое и новое во все времена"②及其变奏形式。这种非同寻常的"处理"，令作品的"音乐表情"极其丰富，因而达到了一种奇异的双重效果：对当时年轻的象征主义者们的精神探索进行的漫画式"歪曲"、对当时文化界的"知名人士"进行的讽刺性模拟，反而衬托出了隐藏在嘲讽背后的"秘密"的神圣和崇高。

对于别雷一生的创作，不止一位学者指出它们是在既定主题群上进行发展、变奏的大型交响曲，并保持着审美的和风格的一贯。"尽管别雷的创作多样繁杂，它仍然具有同样一些主题和思想观点连续发展的特征，无论是散文、诗歌，还是评论。他的创作可以看作是同一语境，在这语境中一切都互相关联。"③"他的所有巨作乃是对他从开始就提出的一定数量主题的最复杂最多样化的变奏。"④

---

① 转引自阿·拉甫洛夫：《安德列·别雷在1900年代》，第66页。
② 意为：不可能的，温柔的，永恒的，可爱的，一切时代的旧的和新的（事物）。原文均为名词化的形容词。
③ 尼·科热夫尼科娃：《别雷散文中的语言》，见《语言学结构问题》，1983年，第159页。
④ 列·茜拉尔德：《别雷专题导论》，转引自阿·拉甫洛夫：《安德列·别雷在1900年代》，第12页。

《第二交响曲》可以看作是这个"主题群"的源头,例如"疯狂"的主题:以埋头于康德哲学,尤其是《纯粹理性批判》的发了疯的年轻哲学家形象展现的哲学迷恋,在1909年的诗集《瓮》中用专章"哲学的忧郁"再现,其中仍然渗透着细腻的讽刺意味;在小说《彼得堡》中,发狂的恐怖分子杜德金在黑色楼梯上的梦呓般的幻觉又与这位年轻的哲学家如出一辙(甚至几乎整页的逐字重复)。

《第二交响曲》在"主题群"上有着源头意义,同时在语言架构上对后来的作品也起着一定的奠基作用。除了上文已提到的交响曲结构特征(乐章,乐段,乐句)及其显著的表征——有变化的重复外,另一个"映入眼帘"的是句首"音"的排列:

С противоположной стороны улицы открыли окно две бледные женщины в чёрном.

Старшая равнодушно указала на проходящего и сказала бесцветно:《Поповский》.

Обе были грусны, точно потеряли по сыну. Обе были похожи друг на друга.

Одна походила на зеркальное отражение другой.①

街对面两个穿黑衣的苍白女人打开了窗。
年长的冷漠地指着一个行人淡淡地说:"波波夫斯基。"
两人都是那么忧郁,都仿佛丧了子一般。两人长得如此相像。
像到一个是另一个的镜像。

这似乎是出于同一主题的调性统一(从同一音出发)而自然形成的并非偶然的排列;

---

① 安·别雷:《雪暴高脚杯 长篇和中篇小说—交响曲》,第103页。

А минуты текли. Пешеходы сменялись, как минуты... И каждый прохожий имел свою минуту прохождения по каждому месту.

И каждая бочка в известную минуту опорожнялась. Поливальщик ехал наполнять её.

И тогда демократ увидел свою сказку, сказку демократа.①

而分分钟在流逝。行人们在笑,笑那一分分钟……于是每个路人在每个地方都有了自己的一分钟经过。

每只木桶都在指定的分钟被倒空。洒水工驱车把它装满。

当时民主主义者看到了自己的童话,一个民主主义者的童话。

这似乎是"каждый прохожий"(每个路人)和"поливальщик"(洒水工)为"демократ"(民主主义者)主旋律在配置和弦(以同样的"минуты分钟"为前提);

И стало пианино выставлять свою нижнюю челюсть, чтобы сидящий на табурете бил его по зубам.

И философ ударил по зубам старого друга.

И пошли удары за ударом. И прислуга философа затыкала уши ватой, хотя была она в кухне и все двери были затворены.

И этот ужас был зуд пальцев, и назывался он *импровизацией*.②

钢琴开始把自己的下颌向前伸,为的是让琴凳上的人敲打它的

---

① 安·别雷:《雪暴高脚杯 长篇和中篇小说—交响曲》,第 95 页。
② 同上书,第 98 页。

第五章 俄国象征主义"音乐精神"的创作体现　　　　　　　197

牙齿。

哲学家便敲打了这老朋友的牙齿。

一下接一下地敲打着。哲学家的仆人用棉花塞住了双耳,尽管她身在厨房而且所有的门都上着栓。

这可怕的景象乃是手指痒痒,它的名字就叫做即兴。

这似乎是"философ"(哲学家)主题的"横向"运动,旋律一波接一波滚动前进。

上述所举示例是行行紧接的相同排列,而相隔几行的相同排列又好似音阶的跳跃,在作品中随处可见,我们这里不再举例。

下面几行又表现了怎样的音乐曲式呢?

　　В ту пору к декадентскому дому подкатил экипаж из него вышла сказка с сестрой, полусказкой.

　　…

　　В ту пору в Новодевичьем монастыре усердная монашенка зажигала лампадки над иными могилками, а над иными не зажигала.

　　…

　　в тот час молодой человек вонзил сапожное шило в спину старушки богаделки, ускользнув в соседний переулок.

　　…

　　В тот час Храм Спасителя высился над пыльной Москвой святым великаном.①

那一刻一驾轻便马车驶向颓废者的房前。马车里走出了童话

---

① 安·别雷:《雪暴高脚杯　长篇和中篇小说—交响曲》,第122、123页。

和她的妹妹,半童话。

……

　　那一刻在新处女修道院里勤劳的修女点燃了一些别人的坟墓,而另一些别人的没有点。

……

　　那一时辰年轻人钻到旁边的胡同里,把靴锥刺进了老婆婆的后背。

……

　　那一时辰救主教堂似神圣的巨人般高耸在尘雾中的莫斯科上空。

这似乎是用不同乐器同时奏出的复调赋格曲,即两条旋律平行发展,不分主次。

除此之外,为了表现生活的荒诞与不和谐,作家借助连接词"a"(而)将完全无法比较的情形"拼凑"起来强加对比,似乎是急剧的转调,对不和谐音程"故意"不加以解决:

　　В те дни и часы в присутственных местах составлялись бумаги и отношения, а петух водил кур по мощеному дворику.①

　　在那些日子和时辰里所到之处都在编纂文书和公函,而公鸡带着母鸡在石头铺成的小院里走来走去。

类似的语言(音符)架构"弥漫"在所有四部《交响曲》中。

虽然《第二交响曲》已经从童话世界来到了现实世界,但是别雷并没有把现实世界赋予实实在在的"物"性,除了将现实世界中的一些"热点"人物进行

---

① 安·别雷:《雪暴高脚杯　长篇和中篇小说—交响曲》,第87页。

怪诞和反讽处理("Мусатов"——сам Белый,"Шляпин"——Шаляпин,"Шиповников"——Розанов,"Мережкович"、"Дрожжиковский"——Мережковский;Платон,Кант,Шопенгауэр,Ницше,Макс Нордау,Вл. Соловьёв 等名字直接使用;Блок,Фёдоров 等人被暗指)①外,别雷还大量使用不确定性词语,包括中性词形(многое, глубокое, бездонное, углубилось, возникло, началось),不定代词(кто-то, некто, где-то, куда-то, что-то),名词化的形容词("Это был ни старый, ни молодой, но пассивный и знающий","Этого не боялся спокойный и знающий"②)。这些词语的频繁出现既造成了音乐动机再现的印象,又表现出多义或泛义特征,有力地实现作品所"追求"的音乐朦胧感和象征无限性。在这"谜"一般的不确定词语和多义架构中,另一种现实——最高现实在转瞬即逝的琐碎生活背景下形成了类似幻觉的景象:"数个动机将光怪陆离的幻影与寻常琐碎的生活焊接在一起;在试图弄清楚这观感的时候,你会惊奇地发现,前者的现实性不但不逊于,而且有时更甚于后者。"③

正是这种强烈的捕捉世界隐秘本质的欲望,决定了别雷在登上文坛的初期用新的语词、新的形式、新的视野——文字的《交响曲》来表达难以言表的真切激情。在写完《第二交响曲》后,别雷便马上投入了第三、第四部"交响曲"的创作。

从别雷给伊万诺夫-拉祖姆尼克的信中可以看出第三部"交响曲"与其他三部的不同之处:"《交响曲》与《前交响曲》相比尽管加强了'文学'原

---

① "穆萨托夫"——别雷自己,"施里亚宾"——夏里亚宾,"什波夫尼科夫"——罗赞诺夫,"梅列日科维奇"、"德罗日科夫斯基"——梅列日科夫斯基;柏拉图,康德,叔本华,尼采,马克思·诺道,弗·索洛维约夫;勃洛克,费奥德罗夫。

② 意为:"这是个既不年老又不年轻,却又消极又渊博的(人)","镇静又渊博的(人)不怕这个"。安·别雷:《雪暴高脚杯 长篇和中篇小说—交响曲》,第 124 页。

③ 埃·梅特涅尔:《安德列·别雷的交响曲》,转引自阿·拉甫洛夫:《安德列·别雷在 1900 年代》,第 75 页。

则,但它们都拥有音乐源头,那就是:从钢琴上即兴弹奏的旋律演化为音乐主题;由音乐主题记录下形象。《北方交响曲》和《莫斯科交响曲》(即《第二交响曲》——本书作者)都曾有各自的音乐主题(我在钢琴上弹奏出来);《回归》已经脱离了钢琴。它是我的第一部,也是仅有的一部'文学'作品。"①作家在这部作品的标题上强调了它是"中篇小说",而并未写明"第三交响曲"。

既然是"小说",那么这一部作品就有了更明显的情节。"小说"共三章(其他三部为各四章):第一章是就超时空的天堂般的存在进行自由畅想,那是主人公的前世所在;第二章讲述来自极乐世界、化身为研究生韩德里科夫的男孩儿的"人间"生活,描绘了在作家看来实质上是非现实的现实世界;第三章描写了听到彼世召唤的主人公纵身跳进湖泊,从经验世界的掌控下获得自由,回归到自己的宇宙故园。尽管有如此清晰的情节线索,"小说"仍然具有别雷"交响曲"的"多弦性"特征:第一章的神秘主义情节"噪音"般地闪现于第二章中。韩德里科夫苦恼于尘世存在的空虚和现实生活的无聊,常常感到另一个存在正发出信号。在主人公身上始终并存着两股势力、两种现实,二者如同原物与镜子里的映像一样平行发展:镜子里的世界是尘世的世界,它是虚假的,无休无止地机械运转;而那个极乐世界,那另一个存在是本质的、理想的,他注定要回归那里。这部"小说"已不像前两部那样突出音乐上的调式调性的统一,而是突出对比,让生与死、理智与疯狂、梦境与现实交相辉映,最后主人公的自杀也仅仅是从一种状态转入另一种状态,从而体现出"永恒复归"②的观念。

在第三部交响曲《回归》中,承继于《第二交响曲》的"疯狂"主题占据了突出的位置。对别雷来说近乎完美的尼采成为他塑造的主人公韩德里科夫的原型。韩德里科夫在疯狂中找到了进入尘世外的极乐世界的途

---

① 《安德列·别雷与伊万诺夫-拉祖姆尼克书信集》,圣彼得堡,1998年,第488页。
② 关于"永恒复归",别雷在他的《作为世界观的象征主义》一文中有述。

径。他的疯狂正如尼采的疯狂,是预言家的虔诚的疯狂。在《回归》中表现的关于世界进程周期性重复的观念,后来一直存续在作家的世界观中,并多次折射进后来的创作。需要说明的是,《回归》的第三章有两个版本,第一个"启示录"的版本在此"舍弃",后来在第四部交响曲中做了"补偿";而新的、"再现"了"呈式部"(第一章)的第三章,"可以看出母亲弹奏的柴可夫斯基'大奏鸣曲'的烙印"。①

勃留索夫在对别雷的第三部交响曲发表评论时指出:"别雷的交响曲建立了自己独特的、此前从未有过的形式。它们既达到了真正的史诗般巨著的音乐建构,又保留了充分的自由性、广度、随意性等这些小说常有的特征。"②勃留索夫认为第三部是别雷的"交响曲"创作中更为完善的、有内在完结性的一部。维·伊万诺夫也认为第三部是更为完善的一部,但他却很伤心地指出这部作品里的别雷已不是原来的别雷,因为决定了别雷本色的末日论主题和神秘主义激情在这部作品中不那么鲜明,别雷在这里是"神智学者"和"不可知论者"的结合体,而不是"巫术师"。而别雷似乎预料到维·伊万诺夫的"警告",在紧随其后的第四部"交响曲"最初版本(发表了部分片断)的创作中重新回到了第二部"交响曲"的"编写"风格(记录下"倾听"到的"好似风中传来"的乐句),表现"在内心的静寂中"(而不是"在启示录性质的历史事件的轰鸣中")"正在发生"的"基督的二次降临"。③

最后版本的《第四交响曲》几经易稿,是别雷创作时间最长(1902—1907,其间还写作了诗歌及理论文章),修改次数最多,篇幅最大的一部"交响曲"。这部《交响曲》题献给"授意了交响曲主题"的梅特涅尔和"决

---

① 参见阿·拉甫洛夫:《安德列·别雷在1900年代》,第90页。
② 转引自塔·赫梅里尼茨卡娅:《安德列·别雷的文学诞生》,见《创作问题》,第120页。
③ 参见阿·拉甫洛夫:《安德列·别雷在1900年代》,第94—95页。

定了这个主题"的吉皮乌斯。① 别雷在《代前言》中对这部作品的创作意图和创作过程作了说明:作家想要表现无法用文学形象来表现的感受,为此他选择了"分析这些感受的途径",而不是"艺术的途径";这部作品的写作方式与前几部不同,前几部的"交响曲"结构是"自然涌现出来的",连作家自己也不清楚文学上的"交响曲"到底应该是什么,而最后这一部作家"努力地"准确呈示主题,效仿瓦格纳的作曲法,将它们做对位、结合等处理,形象的发展服从于主题的发展,经常为了结构上的需要而忽视形象发展的规律或过分延长篇幅,因此作家将这部作品的创作过程仅仅视作完成"构造任务"的过程。②

别雷在这部《交响曲》中将每个"乐章"和每个"乐段"都加了标题,表明了作者创作时的"目的性"。在"代前言"中作家还说明了《交响曲》的主题分布:"在我的《交响曲》中有两组主题,第一组构成第一章的主题群;所有这些主题尽管在句子建构上彼此不同,却有着内在的亲缘性。第二组主题构成第二章的主题群,这些主题从结构上看实质上是一个主题,它在"初绽的风"一节中有述。这个主题向三个方向发展。第一个方向(主题a,我习惯于这样命名主题)比较清楚地在第二章的"在修道院里"一节表现;第二个方向(主题 b)在"多穗的泡沫"一节;第三个方向(主题 c)在"金秋"一节。第二章的这三个主题——a,b,c,与第一章的主题群相碰撞,可以说,就构成了整部《交响曲》的织体。"③

《第四交响曲》为"构造任务"服务的情节内容是:"表现我们的时代朦胧地感觉到的一种特别的爱的全部音阶,这种爱就像从前柏拉图、歌德、但丁预感到的那种——神圣的爱。就算未来可能出现新的宗教意识,通向它的道路也只能是——爱……应当说明,实现这种从爱情走向爱的宗

---

① 安·别雷:《雪暴高脚杯　长篇和中篇小说—交响曲》,第 264 页。
② 同上书,第 265 页。
③ 同上书,第 266 页。

教的模糊召唤的可靠路径，我暂时并未见到。也正因如此我想要用雪暴、金子、天空和风来塑造这种爱的福地。雪暴的主题乃是一阵模糊的召唤……去向哪里？生存还是死亡？疯狂还是智慧？就连恋爱着的人的心灵也融化在雪暴中。"①

别雷觉得读者会因为领悟不到他的这部《交响曲》的创作意图而将其视为对现代主题（情爱）的旧调重弹，而他无权要求读者一读再读地去理解他的作品。为此他觉得痛心，于是他写下了这个解释性的《代前言》。这种"不自信"表明作家已经意识到"交响曲"形式已经走入末路，或者说，随着作家经历和心境的改变，作为通向"新艺术"的中间形式，"交响曲"的使命已经完成；而《交响曲》的主题基调（那"同一种幻影"②），它的写作风格（律动的节奏和"交响"的结构），将在其后的作品中再生。

别雷的《交响曲》对于作家本人来说既是他文学道路的起点，也是他当时登上文坛的亮点。更为重要的是，它确立了别雷文学生涯中一贯而独特的"艺术创作"过程。

别雷认为真正的艺术作品的创作过程应该是：孕育胚胎，收集材料，将材料综合成声音，从中分枝出形象，从形象产生情节。"当我说到体验为声音，并从中产生形象形态的材料的综合，我希望人们能明白我的意思：这里说的不是毫无意义的电报导线的唧唧吱吱，而是在内里倾听某种正在奏鸣的交响，就像贝多芬的交响曲；正是这种声音的明晰性决定了标题的选择；我在这种工作期间把自己比作作曲家，他正在为将音乐主题转化为文学主题而寻找文字篇章。"③而这种"转化"的"艰难"从作家自己的

---

① 安·别雷：《雪暴高脚杯 长篇和中篇小说—交响曲》，第 267 页。
② 埃利斯：《俄国象征主义者》，托姆斯克，1998 年，第 186 页。原文为："安·别雷的整个创作，他的所有充满激情的抒情诗和他的四部《交响曲》的音乐——是同一种幻影；如果认同他暂时只是成功地传达出这幻影的最初印象和模糊面貌，那么借此可以更坚信地预料，他还将在以后的创作中体现这个幻影。"
③ 安·别雷：《我们如何写作》，见《创作问题》，第 13 页。

形象描绘中可见一斑:"我日夜不停地喃喃自语,散步的时候,吃饭的时候,时不时整夜失眠的时候;最后——从喃喃自语中提取的片断比鸡鼻子还短,用来记录的时间不过一刻钟。"[①]"对我来说,我的创作过程是与在我没有写下,也就是没有慢慢地逐行记录下合乎主题、节奏、词语和色彩的段落之前我是如何生活着相关联的。"[②]

正是对这种"艺术创作"原则的严格遵循,别雷将"艺术作品"的创作与刻意书写回忆录、随笔、评论严格区分开来。"这种艺术作品我数年才写作一次。因此,我可以说广义上的写作是——岁月;也可以说狭义上的写作,是坐到写字桌前就开始的激动不安,忙忙碌碌,爬遍群山,找寻引发纯粹音乐主题音响的风景,那音响令我的思想甚至肌肉进入运动状态,由此以形象展现的思想的速度提高数倍,而肌体开始踏出某种节奏,伴之以为寻找贴切词语的喃喃自语;在此期间无论散文还是诗歌都同样被我吟唱,只是在最后阶段诗歌因符合了音步而入诗格,而散文则沉淀为独特的自由的哼唱调或者宣叙调;因此:我无法想象没有发出声音而属于艺术创作的散文,我总是力争抑扬顿挫,并且用印刷术的各种临时手段加入为读者讲述文词的某个说话人的语调。"[③]

别雷自认为在他一生写就的三十几部作品中只有六、七部是属于"艺术创作"的,即遵循了乐思—节奏—形象;自语—灵感—记录的创作过程,它们是《戏剧交响曲》(《第二交响曲》)、《银鸽》、《彼得堡》、《受洗的中国人》、《莫斯科》和《柯吉克·列达耶夫》(小说《面具》和长诗《初会》也是作家较满意的作品——本书作者)。[④]其中《彼得堡》、《莫斯科》、《柯吉克·列达耶夫》和长诗《初会》是《戏剧交响曲》的直接延伸;"中篇小说《受洗的中国人》是从舒曼的《克莱斯勒偶记》的音符编写而来;这部小说就像嘟囔出诗

[①][②][④] 安·别雷:《我们如何写作》,见《创作问题》,第13页。
[③] 同上书,第11页。

歌一样嘟囔出来；长篇小说《面具》也是如此"。①

别雷从《交响曲》开始的文学探索的最重要的目标是建立超审美的、综合的形式。"我一生都在梦想着某些新的艺术形式。在这些新的艺术形式中艺术家可以感受到所有创作种类的合一；在这种合一中孕育着通往生命创造的道路：在自己身上，也在他人身上。"②别雷认为自己的任务不是描绘存在的面纱，而是去触摸它的内在节奏，猜测它暗藏的意义。这种"形式合一"和"生命创造"，"内在节奏"与"隐秘本质"只有在"音乐精神"的指引下，在布满了"音乐"的背景上才能洞见和实现。

音乐之魂是节奏，因此别雷一生都在倾听着时代的节奏和内心的节奏。尽管在别雷的一生中内心充满了多变性，常常为了当下的自我而坚决否定先前的自我，然而在这种内在的多变当中又有着某种富有节奏感的重复性，好似有规律地从一种精神极端向另一种精神极端的往返运动："从'小调'走向'大调'，再返回，或者，用伊万诺夫诗意的话说，从'没有不可妥协的事物'走向'刺眼的'是''，从'虚无主义'走向'乌托邦'"。③

这种对生命节奏的鲜明体验最终消解于作品的节奏。"我的诗歌作品中显示出复杂的节奏痕迹，它们把诗歌通过自由音步引向宣叙调性质的散文；最后散文就有了曲调和谐的特征。"④对别雷来说诗歌与散文就这样因节奏的明暗繁简而水乳交融。

别雷对综合音乐与文学的追求，使他成为新文体的试验员，进行着一些"危险"的语言实验，为此他对读者提出了"艺术阅读"的"要求"："我认为用眼睛阅读是一种野蛮行为，因为艺术的阅读是内里发声且首先是语调，若用眼睛阅读，我就变得无谓愚钝；一目十行的读者也不与我同

---

① 安·别雷：《作家自述》，见《创作问题》，第22页。
②④ 同上书，第21页。
③ 阿·拉甫洛夫：《安德列·别雷在1900年代》，第17页。

路".① 别雷认为,这种"艺术阅读"的本领是需要训练的,"就像训练将听觉的中心从特列巴克舞曲转向贝多芬的第九交响曲。今天也许很难,明天就会很轻松。而达到轻松之前的努力是必须的"。② 这种"要求"就决定了别雷不得不局限于特定的读者群:象征主义者和接近象征主义者,以及能够倾听到别雷作品中的"音乐"的读者(比如一位给别雷写信的农庄女。她在信中写道:秋耕忙碌过后庄员们像渴望面包一样渴望音乐,而这时候只要从书架上拿本别雷的书来读,比如《莫斯科》,《银鸽》,《灰烬》③)。而且别雷的作品在一定程度上与国外读者隔断了。作家自己承认,《银鸽》还算可译,而节奏复杂的《彼得堡》、《莫斯科》、交响中篇小说《柯吉克·列达耶夫》就很难译出。④

作为带有极强的实验性的"语言的作曲家",别雷在30年里一直处于褒贬相间的状态,在这些"褒"与"贬"中公认的是别雷的"天才":弗洛连斯基说别雷是具有独创天才的作家(гений),而不是具有认知禀赋的作家(талант)⑤;莫丘里斯基说别雷是出色的即兴演奏家(импровизатор),而不是成功的作曲家(композитор)⑥(也就是说,他们认为别雷尽管具有以一种新的方式透视世界,发现世界的天才,却没有将天才的发现加工整理、吸取采纳的能力);丽·金兹堡说"别雷和勃洛克作品的价值不是以其成品质量来论断的,而是成品之外的一股天才之气"。⑦ 仅就这一点来说,别雷就已经以他的与众不同为自己在文学史上开辟了一片不可或缺的绿地。

总而言之,别雷从《交响曲》开始的文学道路不仅开创了新的文体,新

---

① 安·别雷:《我们如何写作》,同上书,第13页。
② 安·别雷:《作家自述》,同上书,第18页。
③ 同上书,第20页。
④ 同上书,第22页。
⑤⑥ 转引自阿·拉甫洛夫:《安德列·别雷在1900年代》,第13页。
⑦ 丽·金兹堡:《叙旧述新:论文和随笔》,列宁格勒,1982年,第365页。

的创作方式,而且开创了新的阅读方式,它迫使读者打破常规的追踪情节线索和中心思想的单线思维,引导读者剖开表层,深入背后,对看似无关却息息相关的"只言片语"展开联想,从表面上的"拙口笨舌"(实际上是"先知"式的"拙口笨舌"①)去寻求用语言和逻辑难以捕捉然而确实存在的意识深层——那属于本质的音乐的层面。

综观本章所述,俄国象征派诗人(作家)对"音乐精神"的探索和贯彻,决定了他们在整体创作上都带有"实验性"。既然是"实验",必然会有成有败。

"败"的方面我们以亚·杜勃罗留波夫为例。他是象征主义诗学探索道路上名副其实的"实验家"。我们无法在他未曾付梓的美学论文中看到他激进的诗学改革论断,但却可以在他的诗歌作品中领会他的创作意图:他想创造出综合性语言艺术形式,不过这种综合是生硬的综合,即把绘画艺术、音乐艺术中的元素直接移植到诗歌创作中,比如在《笔记第1号》(这本作品集的名称也使人联想到音乐作品的编号,如"莫扎特交响曲,作品第40号")中,他将各个章节都冠以音乐的名字并加注音乐提示术语,以点化读者要注意到其作品中文字与音乐、绘画的综合,如:"葬礼进行曲"(庄严的柔板),"合唱"(近乎柔板的行板),"独唱"(加快的行板),第四章更提到具体的音乐作品:"哀歌。(柴可夫斯基第六交响曲'悲怆')"。他致力于在新颖的形式中表达主体心灵的顿悟,尽管这种"瞬间主义"的追求得到了勃留索夫的赏识和巴尔蒙特的继承,但他的创作并未能够产生更大的影响,也并未得到广泛的承认和流传。别雷的早期创作中也有过这种"机械的综合"。

而"成"的方面我们在本章各节中已经作了较为详细的分析和论述。

---

① 参见尤·洛特曼:《安德列·别雷诗歌创作的拙口笨舌》,见《关于诗人与诗歌》,圣彼得堡,1996年,第681—687页。

总的来说,这种成功应当归功于"音乐精神"的潜移默化的内在作用,就像柴可夫斯基针对音乐创作所说的那样:"一个乐曲的主要乐思,连同各个部分的总轮廓,必须不是硬找来,而是涌现出来——这就是被称为灵感的那种超自然的,不可理解的,从来没有分析过的力量的结果。"① 巴尔蒙特、勃洛克、别雷等诗人的成功之作正是体现了这种过程:

Как я пишу стихи

  Рождается внезапная строка,

  За ней встаёт немедленно другая,

  Мелькает третья, ей издалека

  Четвёртая смеется, набегая.

  И пятая, и после, и потом,

  Откуда, сколько—я и сам не знаю,

  Но я не размышляю над стихом

  И, право, никогда—не сочиняю.

(巴尔蒙特,1905)

我怎样写诗

  萌生突如其来的一行诗,

  接着立刻站起了另一行,

  闪现出第三行,朝它远远地

  跑来了笑逐颜开的第四行。

---

① 柴可夫斯基:《我的音乐生活》,人民音乐出版社,1982年,第117页。译文稍作改动。

>然后第五行,然后,然后,
>
>从哪儿,有多少——自己也不知道,
>
>但我写诗从不冥思苦想,
>
>说真的,从来不虚构臆造。

(顾蕴璞译)

借助音乐所表现的诗歌情绪、意境和无限的深意,也会如同音乐一样难以言传。因此,象征派诗歌对读者提出了很高的要求。要理解和领悟象征派诗歌(文学)作品的意蕴内涵,首先应当把握其整体,并且打破常规地追踪逻辑线索、寻找中心内容的阅读方式,因为深藏在其中的"音乐精神""表现联系过去的、现在的和未来的这些世界的统一"(别雷语)。这也相应于对一部音乐作品的接受,如同波兰音乐美学家卓菲娅·丽萨在她的《音乐美学新稿》中所强调的:"如果在接受作品时的每一瞬间我们都能把握住现时的时间段落同所有已消失的时间段落之间的关系,同时又能以想象的方式在期待中超越正在进行的时间段落,这时我们才谈得上是在'理解'音乐作品了,对期待的东西的确认,对已消失的各个时间段落之间的联系的确认,是对音乐作品产生完整感、整体感的基础。这种确认是在主观中实现的,但它又是以音乐作品特定的、客观的特性作为依据的。"[①]也许只有这样,运用一些理解音乐的方式,我们在欣赏象征派作品的时候,才能转化成"……第二个,反射出来的诗人"(安年斯基语)。

[①] 卓菲娅·丽萨:《音乐美学新稿》,人民音乐出版社,1992年,第29页。

第六章 俄国象征主义"音乐精神"的后世影响

第一节 永不消失的音乐

俄国象征主义对"音乐精神"的理论探索和创作实践,推动了象征主义乃至"白银时代"的新诗风的形成。象征主义是俄国"白银时代"文学的领军力量。无论是阿克梅派、未来派,还是其他不属于任何流派的诗人、作家,甚至现实主义阵营的诗人、作家,都对象征主义有着内在的继承和发展。俄罗斯学者阿格诺索夫在其专著《白银时代俄国文学》中讲到,文学史中一般都把白银时代文学描述成一些互相对立的流派,"但是今天,站在历史的高度来回顾过去的道路,就可以清楚地看到,他们的共同点是多于不一致的。精神和物质统一的思想,对洞察人生、生与死的永恒秘密的向往,在某种程度上或多或少把他们联结在一起"。[①] 作为对这一论断的补充,我们认为,"音乐精神"也是这种继承和发展的一个重要的方面。

在世界观上接近象征派,在创作观上接近阿克梅派的库兹明,曾用音乐来传达勃洛克的抒情神秘剧《滑稽草台戏》,并在戏剧大师梅耶霍德的编排下将其搬上了舞台。亦是音乐家亦是诗人的库兹明,在自己的文学创作中也与音乐有着千丝万缕的联系。"诗人优美的抒情'剧'犹如瓦茨拉夫·尼任斯基的著名跳跃、伊·斯特拉文斯基的大胆的不谐和和弦、

---

① 弗·阿格诺索夫:《白银时代俄国文学》"引言",石国雄、王加兴译,第3页。

弗·梅耶霍德的舞台幻境剧";"为了理解其纯洁和丰富的音响必须要有艺术上特有的声学知识"。① 因为诗人主张以"清晰"取代象征主义的"迷雾",所以他笔下的抒情诗行更似于简单意义上的即兴小曲。

阿克梅派的重要代表曼德尔施塔姆对象征派的"音乐精神"也有独特的把握,他在《沉默》一诗中唱到:"她还没有诞生到世间来,/就又是音乐,又是词语,/因此她是割不断的纽带,/把所有生命连结在一起。"曼德尔施塔姆虽然没有正面指出音乐对诗歌的重要性,而是特别突出词语的特性,但是词语终究是有声的,他以阿佛洛狄忒这位爱与美的女神为象征,强调词语与音乐的同根性。

阿克梅派的另外一位重要代表阿赫玛托娃在把诗歌语言口语化的同时,又继承了安年斯基等象征派诗人的诗歌节奏感。到了20世纪40年代所写的《没有主人公的长诗》,已经形成独特的阿赫玛托娃式的诗律,即以各种音乐元素的精巧结合,赋予长诗中的每个形象以最强烈的感情力量。与此同时,《长诗》完整地体现了诗人对作品体裁上的创新追求:趋近芭蕾舞和交响曲。诗人让诗行以音乐乐思的方式和乐章的结构诞生出来,令《长诗》的文字和音乐交错相织,以此引导读者去探寻语言背后隐藏的时间、地域、时代、情感等方面的深刻意蕴。

未来派的重要代表马雅可夫斯基同样重视倾听万物运动的节奏,从中吸取诗歌的营养。他说:"韵律(节奏)在我的知觉里重复着,编织着,拍打着,它可以从重复着的海的喧嚣而来,由每天早上女佣人把门关得很响而来,甚至从地球的旋转而来……","努力组织运动,把音响组织在自己的周围,找出它们的性格,它们的特点,这是主要的经常的诗歌工作之———韵律(节奏、拍子)的准备"。② 他开创的"楼梯式"诗歌进一步发挥了"停顿"(休止)在诗歌中的音乐性能。帕斯捷尔纳克说:"深夜里,莫斯

---

① 弗·阿格诺索夫:《白银时代俄国文学》,石国雄、王加兴译,第176页。
② 《西方诗苑揽胜》,语文出版社,1986年,第243页。

科很像是由马雅可夫斯基的声音铸造出来的城市。这个城市里发生的一切和这个声音所聚积和抨击的东西相似得如同两滴水。然而这并不是自然主义者幻想的那种相似,而是把阴极和阳极、艺术家和生活、诗人和时代合而为一的一种联系。"①

被拥戴为意象派领袖的叶赛宁早期受到过勃洛克、别雷的影响,在意象艺术上功勋卓著。他说:"富有诗感的耳朵应当成为把具有各不相同的形象含义的词语按音响连接成一块音振的磁石,只有到那时候,这才会有意义。"②他认为,"装饰就是音乐。一行行的装饰线条分配得极为奇妙、精美;就像是宇宙中一支永恒之歌的旋律。装饰的形象和姿态,就像是每时每地都在生存的人们不间断的某种祈祷形式。但是,谁也没能像我们的古罗斯那样,赋予装饰整个生命,整个心灵和全部理智,同它完美地交融在一起。在我们的古罗斯,几乎每一件东西都在通过自己的每一个音响、符号告诉我们,我们现在还仅在路途上,我们仅是'木屋车队';在一个遥远的地方,在我们肌体感觉的冰层下,有一个迷人而冷酷的美女在为我们歌唱……"③叶赛宁致力于音象与视象的有机融合,在运用同声法、韵律变奏等方面实践与发展了象征派的"音乐精神",使自己的诗歌成为俄罗斯人最喜闻乐见的民族诗歌遗产之一。

现实主义作家高尔基被勃洛克视为"音乐精神"的体现者。高尔基本人高度重视诗的音乐性和语言的和谐悦耳,他说:"真正的诗,总是心的诗,心灵的歌",④即他强调与"音乐精神"相通的"诗魂"。他很少高谈阔论,并耻于推理。他认为"别雷属于词的音乐,正如普希金的萨利莱属于莫扎特的音乐"。⑤

---

① 帕斯捷尔纳克:《安全保护证》,载《人与事》,乌兰汗、桴名译,第149页。
② 《叶赛宁书信集》,顾蕴璞译,经济日报出版社,2001年,第111页。
③ 叶赛宁:《玛利亚的钥匙》,白伟译,载《叶赛宁书信集》,附录,第261页。
④ 《俄罗斯作家论语言》,列宁格勒,1955年,第346页。
⑤ 同上书,第345页。

不属于任何流派的诗人茨维塔耶娃、帕斯捷尔纳克都曾经几乎成为音乐家,他们在诗歌和文学道路上无时无刻不在体验和传达着"音乐精神"。茨维塔耶娃曾说,懂得16种语言的巴尔蒙特,"却在用独特的第17种语言,巴尔蒙特的语言说话和写作",①这第17种语言就是那丰富的、内在的音乐语言,也是茨维塔耶娃所青睐的诗歌语言。帕斯捷尔纳克在少年时代就崇拜斯克里亚宾,喜爱勃洛克的作品,从那时起就已经踏上了与音乐并行的诗歌道路。两位有着相似成长经历的诗人,共同谱写着各自心灵的神圣乐章。

第二节 琴键的舞蹈

帕斯捷尔纳克的艺术之路是以音乐和绘画为开端的。他的父亲是著名的画家,母亲是出色的钢琴家,因而他从小受到绘画和音乐的双重艺术熏陶。帕斯捷尔纳克对音乐更偏爱一些,这主要是由于在母亲一方又加上了他们家的邻居、作曲家斯克里亚宾的直接影响,他曾明确表示"人世间我最喜欢的是音乐,音乐领域里我最喜爱的是斯克里亚宾"。②帕斯捷尔纳克认真从事过音乐学习,能够进行钢琴即兴演奏和作曲,他本来有意专门从事音乐,但在与斯克里亚宾的进一步接触中,他发现自己"没有绝对听觉",就是说"不具有听辨随意取来的音的准确高度的才能"③,于是他决定放弃这条道路。尽管他不再专注于音乐,音乐却从没有离开过他。他以"音乐家的老资格"获得了参加"谢尔达尔达"成员聚会的机会,在那里他结识了许多生活在莫斯科的老一辈诗人,包括勃留索夫、别雷、霍达谢维奇、维·伊万诺夫、巴乌特鲁塞蒂斯、勃洛克等,大部分是象征派诗人。聚会上的诗歌朗诵、乐曲演奏、绘画展览等活动,为帕斯捷尔纳克铺展开

---

① 转引自刘文飞:《论俄国象征诗派》,见《墙里墙外——俄语文学论集》,第158页。
②③ 帕斯捷尔纳克:《安全保护证》,载《人与事》,乌兰汗、桴名译,第26页。

一条综合艺术长廊,使得帕斯捷尔纳克无论以哪一门创作艺术为职业,都必将是一个"综合体",如批评家阿斯穆斯所说的那样,"音乐、诗歌、绘画对他来说不是胡乱的语言混合,它们也不是一些各不相同的语言,而是一种统一的艺术语言,在这种语言中的一切词语对于他都是同样地被理解和接受"。[①] 不言而喻,与这种"综合体"意识更为契合的前辈,正是那些象征派诗人。帕斯捷尔纳克在传记随笔中甚至称自己"中了最新文学(即象征主义文学——本书作者)的邪"。他熟悉安年斯基的诗歌,认为安·别雷是他"念念不忘"的作家之一,指出"勃洛克具备了形成伟大诗人的一切"。[②] 我们认为,这三诗人之所以吸引他,"诗中有乐"这一特点,应是重要的原因之一。

帕斯捷尔纳克对象征主义的热情,在相隔20余年之后依然未减:"这是一种什么艺术呢?这是斯克里亚宾、勃洛克、柯米萨尔热甫斯卡娅、别雷的年轻艺术——进步的、动人心弦的、新颖独特的艺术。这艺术是如此出类拔萃,不但引不起予以更换的念头,相反,为了使它更加牢固持久,倒想把它自创立之始重建一番,不过建得更迅猛、更热情、更完美。要重建它,就得一气呵成,没有激情是不可思议的,然后激情闪跳到一旁,新的东西就这样出现了。然而并不像通常想象的那样,出现新的是为了代替旧的。完全相反,它的出现是令人感奋地复现原有之物。这就是当时艺术的本质。"[③]

出于对别雷和勃洛克的欣赏,帕斯捷尔纳克还曾走近"缪萨革忒斯"出版社。别雷是"缪萨革忒斯"出版社的核心人物,自然对帕斯捷尔纳克影响较大。不过,帕斯捷尔纳克对于"偶像"向来不会采取膜拜的态度,而

[①] 阿斯穆斯:《帕斯捷尔纳克的创作美学》,载《帕斯捷尔纳克论艺术》,莫斯科,1990年,第9页。

[②] 帕斯捷尔纳克:《安全保护证》,载《人与事》,乌兰汗、桴名译,第201、207页。

[③] 同上书,第125页。

是批判地接受,比如别雷所做的关于俄语诗歌格律的讲座,帕斯捷尔纳克就没有参加,因为他认为"语言的音乐——根本不是声学现象,也不在于单独提出来的元音和辅音的谐声悦耳上,而是语句的意义和语句的声响之间的关系"。① 这是他就象征派诗人过于追求形式方面而提出的反对意见。他认为,别雷和未来派代表赫列勃尼科夫等人都在创作晚期沉迷于寻找新的表现手法,都对新的语言怀有一种幻想,去琢磨音节、元音和辅音,这是他不能理解的。他对自己因为过于讲究音的选择而写出"一大堆各色毫无价值的东西",也曾提出过批评。在 1926 年 6 月 7 日致茨维塔耶娃的一封信中,他写道:"不可容忍地使用语言,为着韵脚需要变动重音——瞧:为服务于这种自由,需要方言的偏离或外来词对词源的接近。需要多种风格的混积……",所有这些造成了诗集《超越屏障》的"可怕的技巧上的贫乏"。② 帕斯捷尔纳克认为,最惊人的艺术创造,是由于艺术家掌握的内容过多,还无暇思索就用旧的语言讲出新的话来,比如肖邦用莫扎特和菲尔德的旧语言写出新东西,斯克里亚宾用前人的手段彻底革新了音乐的感受。③

帕斯捷尔纳克在"缪斯革忒斯"出版社的一次聚会上作了以《象征主义与不朽》为题的报告,提出了他所理解的真正不朽的象征主义必须是重视内容的,而且构成这一内容的是作为"另外一种客观存在"的主观意念、心灵活动。他说:"我们在大自然中所能感受的声音与色彩和另外一种客观存在的声波与光波的颤动相符合";"也许心灵这个极其主观又带有全人类性的角落或分离的部分,从开天辟地以来正是艺术活动的范围和它的主要内容。此外,我认为艺术家和众人一样虽然有死的一天,但他所体

---

① 帕斯捷尔纳克:《人与事》,乌兰汗、桴名译,第 220 页。
② 〔奥〕里尔克、〔俄〕帕斯捷尔纳克、茨维塔耶娃:《三诗人书简》,刘文飞译,中央编译出版社,1998 年,116 页。
③ 帕斯捷尔纳克:《人与事》,乌兰汗、桴名译,第 196—197 页。

验的生存的幸福却是不朽的,所以,在他之后经过几个世纪,其他人接近他个人的、切身的最初感受的形式时,在一定程度上也许会根据他的作品对此又有所体验。"①

通过这种批判式的接受,帕斯捷尔纳克建立了自己独特的创作美学。他强调,那些所谓的流派术语,比如象征主义者、阿克梅主义者、未来主义者……等等,只不过是"一种根据阻碍着气球飞翔的露洞分布的位置和形状特征而对气球进行分类的科学",②也就是说,他认为对感受的真实表达远远重于美学上的无意义争论,而如果一定要用术语来表示自己的艺术观,那它只能是"有艺术表现力的现实主义"。③可以说,这是他一生创作的基调和原则,它使他在早期短暂地加入未来派之后,最终成为不属于任何流派的作家。

"尽管不再专注于音乐,音乐却从没有离开过他",这是我们在前文指出过的。就在"有艺术表现力的现实主义"这一理性的创作基调和原则之下,埋藏着音乐这条自幼扎根的溪流:帕斯捷尔纳克作品中所呈现出来的心灵的"现实主义",它的"艺术表现力",很大程度上借助了自发的音乐感受和作家对它们的逼真再现;这条音乐溪流弯弯曲曲、时隐时现,有时浮出表面,有时潜入石下,绵延到作家创作的各个阶段。

塞内加④曾说:"人们的语言同他们的生活呈现出同一种面貌"。⑤ 因为与音乐有过"密切交往",帕斯捷尔纳克比其他作家更为经常地在创作中使用与音乐相关的词语。在他的诗歌和散文作品里处处可见音乐家、

---

① 帕斯捷尔纳克:《人与事》,乌兰汗、桴名译,第 221 页。
② 《几个观点》,载《帕斯捷尔纳克论艺术》,第 146 页。
③ 《肖邦》,载《帕斯捷尔纳克论艺术》,第 167 页,更具体的解释是:"'有艺术表现力的现实主义'……乃是一种生平印记的深度,它成为推动艺术家提笔创作并力求创新性和个性化的主要力量。"
④ 古代西班牙著名修辞学家。
⑤ 扬·普拉特克:《相信音乐吧!》,莫斯科,1989 年,第 215 页。

音乐作品以及作品中的人物,提到的名字几乎囊括了整个音乐史:巴赫、莫扎特、贝多芬、舒曼、肖邦、李斯特、比才、古诺、瓦格纳、勃拉姆斯、达尔戈梅斯基、穆索尔斯基、柴可夫斯基、斯克里亚宾等。在给诗下定义、给创作下定义的时候,帕斯捷尔纳克不自觉地使用音乐材料来表现深层的内涵:

> Это—сладкий заглохший горох,
>
> Это—слёзы вселенной в лопатках,
>
> Это—с пультов и флейт Фигаро,
>
> Низвергается градом на грядку.
>
> (《Определение поэзии》,1917)

> 这是已经蔫了的甜豌豆,
>
> 这是豆荚中宇宙的泪水,
>
> 这是费加罗①从乐谱架和长笛
>
> 下冰雹般把音符撒落在心扉。
>
> (《诗的定义》,顾蕴璞译)

> Разметав отворы рубашки,
>
> Волосато, как торс у Бетховена,
>
> Накрывает ладонью, как шашки,
>
> Сон, и совесть, и ночь, и любовь оно.
>
> …
>
> А в саду, где из погреба, со льду,
>
> Звёзды благоуханно разахались,

---

① 莫扎特的歌剧《费加罗的婚礼》主人公。

Соловьём над лозою Изольды

Захлебнулась Тристанова захолодь.

(《Определение творчества》,1917)

摊散开衬衫的褶花儿翻领,
蓬乱着头发,似贝多芬胸像,
它用手掌抓住,那跳棋般的,
梦境,良心,夜晚,和爱情。

而在花园里,从地窖和冰层,
传来星星香气怡人的叹息,
特里斯坦那冰冷的身体,气喘吁吁,
在伊索尔德的青藤上方唱歌曲。①

(《创作的定义》)

和别雷一样,由于音乐专业知识的给养,他常常使用合唱、叙事曲、即兴曲、华尔兹、间奏曲以及一些音乐表情术语等作为诗歌名,他还曾拟把第二本诗集称作《四十四首练习曲》(最终定名为《超越屏障》),而他的第四本诗集《主题与变奏》则更是按照音乐创作章法而作。

这种"音乐家"的影子不仅存在于抒情诗歌创作当中,它还几乎映照在每一部长诗和小说作品里,比如《1905年》和《施密特中尉》中用士兵唱歌来描述革命战斗景象,《日瓦格医生》中的日瓦格医生本人就是感受着音乐的诗人:

> 第一位的不是人和他寻求表达的精神状态,而是他想借以表达这种精神状态的语言。语言、祖国、美和含义的储藏所,自己开始替

---

① 出自瓦格纳的歌剧《特里斯坦与伊索尔德》,描写两人殉情时最后一次歌唱爱情。

人思考和说话了,不是在音响的意义上,而是在其内在的湍急奔流的意义上,完全变成音乐了。那是有如急流的河水以其自身的流动磨光河底的乱石,转动磨坊的轮盘,从心中流出的语言,以其自身法则的魅力在它流经的路途上,顺便创作出诗格和韵律以及成千上万种形式和构型,但至今仍未被人们认识、注意和定名……①

这段话可以看作是帕斯捷尔纳克借助作品主人公表现出来的音乐性创作灵感来源和音乐性写作逻辑进程。

以上是我们很容易看到的有着鲜明外在印记的音乐;帕斯捷尔纳克创作中内在的音乐更是常常在读者耳畔鸣响。

帕斯捷尔纳克早期的诗歌通过一些典型的、常用的手法表现出音乐性。

> Сегодня мы исполним грусть его: —
> Так, верно, встречи обо мне сказали,
> Таков было лавок сумрак. Таково
> Окно с мечтой смятенною азалий.
>
> Таков подъезд был. Таковы друзья.
> Таков был номер дома рокового,
> Когда внизу сошлись печаль и я,
> Участники похода такового.
>
> 　　　　　(《Сегодня мы исполним грусть его:》,1912)

　　今天我们将表演他的忧郁:——

---

① 帕斯捷尔纳克:《日瓦戈医生》,蓝英年、张秉衡译,外国文学出版社,1987年,第597—598页。

没错,聚会上就是这样把我论议,

这样的有黄昏的店铺。这样的还有

载着杜鹃花那忐忑梦幻的窗户。

大门口是这样的。朋友们是这样的。

不祥的楼牌号是这样的,

当这样的远征的参加者——

忧伤和我,在一层相聚。

（《今天我们将表演他的忧郁:》）

  这首诗很明显地让人注意到作为音乐主导动机的"这样的",它作为"忧郁"的代替语,游走在字里行间,扩散并加重了全诗的忧郁情绪。除此之外,原文中内韵、双重韵,甚至三重韵的使用,如-зали,-вере(черне),-кового, -ходней(ходни) -зали,-вере(черне), -кового, -ходней(ходни),大大增加了节奏感和旋律感。

  在帕斯捷尔纳克后来的诗作中,词语重复这种明显的手段逐渐减少,而通过选音造成丰富的头韵、内韵、多重韵这一特点,成为他的诗歌语言标志之一。比如,在《唱吧、写吧,用那连绵不断的巡逻队》(出自组诗《热闹的花园》,1922)中有规律可循的元音相谐(-и,-y,-е,-о,-а);在《崇高的疾病》(1923—1928)中与元音相谐并行不悖的辅音相和;在《又见春天》(1941)中的拟自然之声而鸣响不断的溪水的叮咚;在《婚礼》(出自组诗《小说中的诗》,1946—1953)中集选音、内韵、多重韵为一体而又更加简洁流畅的歌谣,等等。

  我们把帕斯捷尔纳克的创作与象征派诗人的创作稍作比较,以此来进一步考察其艺术特色。首先我们看到,他们在选择"制造"音乐美的手段上颇为相似。前面所举的诗例具有的语言特点,可以在巴尔蒙特、安年斯基、勃洛克、别雷等象征派诗人的作品中看到先例。而帕斯捷尔纳克用自然之声谱写音乐之声这一点,与笔下的一切都在歌唱的勃洛克更有着异曲同工之妙。不同的是,勃洛克是在现实中发现音乐,具体地说是发现和谐与不和谐、乐音和噪音,帕斯捷尔纳克是用自己的音乐体验对现实进行变形,把音乐这一潜在的影响力注入作为"第二现实"的诗,使现实带有了主体性,仿佛现实自己在进行着主观表现。他以这种特别的听觉听世界,为的就是达到他所理想的风格,他"愿把它称作是不知不觉的风格,象咿呀的儿语般简洁,似母亲的哼哄般亲切"。① 除了由特别的听觉塑造特别的音象之外,他还以特别的眼光构筑特别的视象,形成他自己独有的诗歌绘画感。也就是说,他把音乐感落实到实实在在的载体上,转换为绘画般的视觉直观,这样就由音象向视象转化而形成音象与视象的融合,内在与外在的统一:

>   Мело, мело по всей земле
>   Во все пределы
>   Свеча горела на столе
>   Свеча горела.
>   ...
>   Метель лепила на стекле
>   Кружки и стрелы.
>   Свеча горела на столе
>   Свеча горела.
>
>   (《Зимняя ночь》,1948)

   暴风雪旋转飞扬,沿着整个大地
   席卷所有的地方。

---

① 转引自扬·普拉特克:《相信音乐吧!》,第217页。

> 桌上燃着蜡烛,
> 亮着烛光。
>
> 暴风雪把圆圈和箭头
> 糊上玻璃窗。
> 桌上燃着蜡烛,
> 亮着烛光。
>
> (《冬夜》①)

其次,帕斯捷尔纳克诗歌的一个艺术特色——"从瞬间的感受中捕捉永恒"②,也曾是许多象征派诗人的特点。帕斯捷尔纳克非常善于观察和描绘大自然,他把大自然的声响巧妙地转化为灵动的乐音,再配以缓急节奏和多彩音色,从枝叶的摇动、雨丝的淅沥、鸟雀的鸣啭、雷电的轰响声中衍生出浓厚的情感和深刻的思想。正如诗人在《草原上冷却着落日的余温……》一诗中所说:"时间只延续了短短一瞬,/它却甚至可以盖过永恒"(顾蕴璞译)。帕斯捷尔纳克正是在瞬间的生活感受中捕捉到动感的永恒魅力,令一个个瞬间变为永恒。这显然又与象征派诗歌以玄奥产生吸引力不尽相同。

说到玄奥、晦涩,帕斯捷尔纳克也曾走过这一创作阶段。前面已经提到帕斯捷尔纳克的早期创作受到象征派的影响,他的第一本诗集《云雾中的双子星座》这一名称,就暗含宇宙学术语,诗集中的诗歌也具有浓厚的象征主义色彩,但帕斯捷尔纳克从一开始就显示出自己独特的诗歌风格。与勃洛克、别雷不同,帕斯捷尔纳克没有对作品进行抽象化、神秘化、玄学化处理,他早期诗歌的晦涩仅仅在于意象的极度跳跃性,如《诗歌》:

---

① 这首诗被谱写成歌曲广为流传,并有着音乐风格完全不同的版本,如伊·齐利京所作和阿·普加乔娃所作。
② 见顾蕴璞:《诗国寻美》,北京大学出版社,2004年,第311页。

第六章 俄国象征主义"音乐精神"的后世影响　　　　　　　　223

> Поэзия, я буду клясться
> Тобой, и кончу, прохрипев:
> Ты не осанка сладкогласца,
> Ты—лето с местом в третьем классе
> Ты—пригород, а не припев.

(《Поэзия》,1922)

> 诗歌啊,我要用你来起誓,
> 在生命将尽时会嘶哑地说:
> 你不是风度翩翩的阿谀者,
> 你是三等车厢里的夏天,
> 你是郊区,但不是副歌。

(顾蕴璞译)

后期的诗歌创作逐渐回归到简单易懂而又不失艺术性。

再有,帕斯捷尔纳克认为艺术所反映的内容应当是现实、抒情、生活三个方面,其中抒情是由音乐来强化的,用音乐赋予现实以动感,即构成全部的生活,真正的创造者应将这三方面巧妙地进行缝合。这与象征主义的观点也是有着一致之处的,而区别则除了在于表述上的不同,还在于后者走向了神秘宗教仪式化的审美乌托邦。

除了诗歌创作方面对象征派的发展性继承,帕斯捷尔纳克的散文创作也显示出象征派影响的痕迹。传记作家杜雷林曾强调别雷的散文作品使他的同时代人的艺术趣味形成转型,他同时指出,帕斯捷尔纳克的早期散文作品是别雷"交响曲"作品的碎片,具有节奏化的倾向,只是他怀着更强烈的焦急和更巨大的勇气。① 帕斯捷尔纳克自己也曾表示:"我们把平日生活拽进散文是为了诗","我们把散文拖进诗是为了音乐"。②

帕斯捷尔纳克与象征派在艺术倾向性上的区别还可以从他们对音乐家的偏好上加以分辨:别雷更喜欢格里格、梅特涅尔;帕斯捷尔纳克更喜欢巴赫、肖邦。帕斯捷尔纳克认为巴赫和肖邦的作品富有细节性,好似他们真实生活的记录。由于对"真"有着严格的要求,帕斯捷尔纳克反对矫揉造作的激情,虚伪浅薄的深度,刻意假装的谄媚。他认为肖邦是现实主义者,是他所推崇的"艺术现实主义"、"自传现实主义"的体现者:

> Так некогда Шопен вложил
>
> Живое чудо
>
> Фольварков, парков, рощ, могил
>
> В свои этюды.
>
> 　　　　　(《Во всём мне хочется дойти》,1956)

> 曾几何时,肖邦就是这样
>
> 把农庄、公园、林地、坟墓
>
> 化作一个个奇迹
>
> 装进自己的练习曲。
>
> 　　　　　(《对于一切我都想追寻》)

最后,如果用更为准确的形容来概括帕斯捷尔纳克诗歌创作的艺术特色,那还要提到他对乐器的偏好。帕斯捷尔纳克喜欢键盘音乐,包括钢琴、管风琴等,尽管他也喜欢吉他、小提琴(比如他在《安全保护证》中把吉

---

① 杜雷林:《传记笔记》,第55页,见奥列格·克林格:《鲍里斯·帕斯捷尔纳克与象征主义》,载《文学问题》2002年第2期,莫斯科,电子版:http://www.durov.com/literature2/kling-02.htm。

② 帕斯捷尔纳克:《安全保护证》,载《人与事》,乌兰汗、桴名译,第39页。

他与威尼斯的星空相联系;再比如组诗《帕格尼尼的小提琴》),但总的来说他不喜欢弦乐:"我觉得大钢琴的声音是音乐本身不可分割的组成部分。而弦乐的声音,特别是室内演奏时的组合,对我来说十分刺耳,弄得心神不宁,仿佛真的从通风窗口传来了呼救的声音和送来的噩耗一般。"①对于帕斯捷尔纳克来说,琴键才是一群灵动的活物,这在他早年的《即兴》一诗中就有所体现:

  Я клавишей стаю кормил с руки

  Под хлопанье крыльев, плеск и клекот.

  Я вытянул руки, я встал на носки,

  Рукав завернулся, ночь терлась о локоть.

(《Импровизация》, 1915)

  听着击翅、拍水和禽鸣的声音,

  我曾经亲手把一群琴键喂养。

  我抽出双手,用脚尖站了起来,

    袖子卷起了,夜用肘蹭着痒痒。

(《即兴》,顾蕴璞译)

  总而言之,音乐对于帕斯捷尔纳克来说是人类精神武库的最重要元素。把音乐注入现实,也就把心灵注入了现实。正因为如此,涅高兹②称帕斯捷尔纳克是"深至骨髓的音乐家",他说:"如果可以把诗歌的音乐因素(如同音乐的诗歌因素)凝结于人的面貌当中,如果设想我们生活的这些美妙的自发现象被压缩成球体、晶体,那么产生这样一种集聚作用的就

---

 ① 帕斯捷尔纳克:《人与事》,乌兰汗、桴名译,第183页。
 ② 苏联钢琴乐派的创始人之一。

是鲍·列·帕斯捷尔纳克。"①

　　帕斯捷尔纳克运用他在音乐和绘画两方面的才华,再加上他与丘特切夫相近的哲理性思辨,使他的诗歌创作具有一种独特的韵味,因而既有学者认为他的诗歌介于象征派和未来派之间,也有学者认为他的诗歌集合了象征派、阿克梅派、未来派的特点。他的诗歌主题基本集中在自然和爱情两方面,在逼真细致地描绘景物的同时,将音乐的思绪加注于浓郁细腻的抒情,在描绘与抒情的背后揭示出内在心灵的复杂世界。

　　帕斯捷尔纳克那融合了音乐美和绘画美的诗歌,又添加了把心灵的隐在变为现实的直观这一动态过程,因此,我们说,他的诗歌创作就像一幕幕活灵活现的琴键的舞蹈,令内在和外在的世界同样是一片生机盎然。

第三节　琴弦的咏唱

　　"自我出生之日起,我不是来到了这个尘世,而是直接降临到了音乐中"②;"我满周岁之前从我口中毫无意识然而却十分清晰地吐出的第一个词竟然是'音阶'"③。似乎玛丽娜·茨维塔耶娃注定应该走上音乐道路,何况她的具有罕见音乐天赋的母亲,钢琴家鲁宾斯坦的学生,也是怀着这样的期待来安排她的童年。然而她没有满足母亲的心愿,成了一位诗人。她认为诗,是她心中真正向往着的"另外一种音乐"④;作诗,是上帝赐给她的另外一种天赋。而这后一种天赋,使音乐的才能又回归到它在她身上应有的位置,使诗人具备了一种对乐感的总体感受能力和出色

---

① 扬·普拉特克:《相信音乐吧!》,第216页。
② 《母亲与音乐》,见《茨维塔耶娃文集》,《回忆录》卷,汪剑钊主编,北京,东方出版社,2003年,第17页。
③ 同上书,第1页。
④ 同上书,第30页。

的把握旋律的素质。① 总之一句话,"音乐家……住在了诗人的身体里"。②

从音乐这一艺术起点踏上诗歌旅程,造就了茨维塔耶娃诗歌创作的音乐诗歌规律。她对这一规律是这样描述的:"左一点——右一点,高一点——低一点,快一点——慢一点,延长——中断,这就是我的听觉的准确指示,或者说是什么东西对我的听觉的指示。我的一切写作行为都是倾听行为……真真切切地倾听——这就是我的工作。"③对于茨维塔耶娃来说,灵感的源泉和创作的基础,就是纯粹音乐节奏式的听觉,这种听觉确定着她的诗行的语音流动特点,甚至似乎令语言材料具备了只有音符材料才具备的音高。应当强调,茨维塔耶娃从未局限于对音乐的简单模仿,更从未止步于制造拟音效果,她的听觉还同时赋予符号独特而饱满的意义内涵。茨维塔耶娃诗歌的音乐气象是自然而然地生成的,因为由"内在听觉"传达出来的一切,都可以也应当被其他的倾听者捕捉到。

> 我不是在想,我是在听。然后寻找词语来准确地体现。这样就为表达模式制得一副冰铠甲,在那下面藏着的只有一颗心。(4,524)。

> 我不断地聆听到什么,但是那声响在我身上并不是轻重一致的,它有时在指示,有时在命令。当它是指示性的声响时,我就争论,当它是命令式的声响时,我就服从。命令式的声响是原初的、无法更改的、不可替代的诗行,是由诗行呈现出来的实质(最经常的是由最后两行呈现,然后再针对它们而生成其他部分)。指示性的声响是通向诗行的诗行道路:我听到哼唱,听不到词语。词语我要去寻找。(5,285)

---

① 《母亲与音乐》,见《茨维塔耶娃文集》,《回忆录》卷,汪剑钊主编,第36页。
② 扬·普拉特克:《相信音乐吧!》,第178页。
③ 《玛·茨维塔耶娃文集》,7卷本,第5卷,莫斯科,1994年,第285页。下文中出自此文集的引文将在文中标注卷码和页码。

这两段话，可以看作是对上述音乐诗歌规律的进一步阐释，使我们对这位语言艺术家笔下的诗行诞生过程一目了然：所有的生活经历和体验都被转化成"头脑里面的默默哼唱"，转化成"某种听觉线"(5,370)，它们释放出一种逼迫性的力量，强烈要求着适宜的表达。正因为如此，在茨维塔耶娃的诗行中"不容许词语外的声音，也不容许意义外的词语"(7,377)，只有遵循词语、声音、意义三者相统一的原则，她那独一无二的诗意和弦才有可能真正地奏响。

茨维塔耶娃始终坚持着音乐诗歌创作原则，这与她所处的时代和她的生存个性也是息息相关。20世纪初期的历史动荡和时代转折，激起巨大的情感波浪，引发强烈的道德重负，这使她的诗行充满了悲戚的情绪。她必须为特殊环境中的特殊人们寻找一种别样的、前所未有的语言手段以及非语言手段，从而既准确又形象地呈现出他们内心的真实世界。

由于一直处在与时代相对抗的状态，茨维塔耶娃的诗行又自然而然地显示出一种斗争性，而她为此选择的武器库正是那个时代所拥有的日常词汇、生活情景。诗人借助节奏这一利刃，切开当时社会面貌中隐藏着的溃疡，为她所看到的悲剧性的革命景象涂上一层反抗的色彩：

> Я—большак,
>
> Большевик,
>
> Поля кровью крашу.
>
> Красен—мак,
>
> Красен—бык,
>
> Красно—время наше!

(《Красный бычок》, 3,147)

我是康庄大道，

是布尔什维克，
我用鲜血把土地染红。
罂粟是红色，
公牛是红色，
我们的时代红彤彤！

（《红色的小公牛》）

茨维塔耶娃的诗很容易被辨认出来，其重要的原因之一就是诗与乐的结合。在这个统一体中，起决定作用的是抒情诗人的"我"所发出的凝重而响亮的内在声音。这种声音既不同于谢维里亚宁的茨冈式和沙龙式的浪漫曲，也不同于马雅可夫斯基早年由革命而激发的颂赞之歌。在茨维塔耶娃的诗中更为鲜明的是藏在和谐的词语旋律之下的不和谐的思想内涵，那进行曲般的铿锵节奏所构成的独特的音乐，体现出19世纪俄罗斯和20世纪俄罗斯的相隔，体现出知识分子国度和小市民环境的相斥。

巴维尔·安托科尔斯基就茨维塔耶娃的诗集《离别》曾这样写道："幸福的爱和不幸的爱，被分割的爱和被拒绝的爱，瞬间即逝的爱和恒久不变的爱，纯洁的爱和狂热的爱，分离，忌妒，绝望，希望——所有爱的关联构成的半音音阶都在书中呈现……因为这一切都是由清亮的女高音咏唱出来的。"[①]像这样用音乐术语来评价茨维塔耶娃的创作十分恰当。也许就连作曲家都会怯于使用茨维塔耶娃诗歌中那种繁复的过渡和起伏；也很少有诗人会效仿茨维塔耶娃那种结构多变的句法和形新意厚的造词。

有着同样音乐背景的象征派诗人安·别雷，更是被茨维塔耶娃诗行中的音乐所牢牢吸引，他在给后者的一封信中激动地说："玛丽娜·伊万诺夫

---

① 安托科尔斯基：《玛丽娜·茨维塔耶娃的书》，载《新世界》1966年第4期，第220—221页。

娜，请允许我表达对您的《离别》一书中那异常奔放的旋律的深深赞叹。我整个晚上都在读，几乎是大声诵读；又几乎是——在吟唱。我很久没有得到过这样的审美享受了。而对于诗行的旋律，这个在松散的莫斯科人和死板的阿克梅派之后如此需要的特点，您的书率先体现出来了（这——显而易见）。"①别雷在信中还以一首短诗总结了茨维塔耶娃的诗歌特色：

Ваши молитвы—

малиновые мелодии

И—

Непобедимые

ритмы.

您的祈祷——

是那悦耳的旋律

又是那——

无法制胜的

节律②

茨维塔耶娃认为自己是一个抒情"独奏（唱）者"，要求"诗歌给予只有音乐才能给予的东西"(5,22)，同时要求读者成为听众和合作者。茨维塔耶娃曾写过这样一段笔记："书应当由读者来演绎成奏鸣曲。字符就是音符。恰当传达抑或曲解表现——全凭读者主宰。"③这样，诗人就给自己的同时代人和后辈们提出了一个极不轻松的任务：不仅要与诗人思想合一，还要与诗人"听感合一"，要同时成为演绎者和观众。若不做到这一

---

①② 转引自：《玛丽娜·茨维塔耶娃的音乐世界》，电子版：http://archive.1september.ru/art/2001/14/no14_02.htm。

③ 《与过去会面》第4辑，莫斯科，1982年，第437页。

点,就很难深入到她那隐秘的声音链条的尽头。要紧紧跟上作者心灵之音的此起彼落,要深刻理解其作品中的声响世界,就必须对音乐具有细腻的听觉和广泛的喜好。

对于不同的情感,茨维塔耶娃会配以不同的音色:连绵不断的钟声(《莫斯科诗行》),异国风情的铃鼓(《与普希金会面》),远近相间的小提琴声(1912—1922年间的许多诗歌),震人心脾的大提琴旋律(五幕剧《奇遇》),古斯里琴的悠悠颤音(长诗《少女沙皇》),声势浩大的管风琴音流(《不应当把她呼唤……》),狂野而真诚的民间吉他(《茨冈人的婚礼》),如此等等。

诗人还对每一种乐器进行情感"剖析",让它们的"身体"变成活物。踏板具有右脚的绵长、左脚的幽闭;钢琴键盘拥有白键的欢快、黑键的忧伤;而在长诗《楼梯之诗》中,台阶似一串串跳动的半音音阶,构成一条完整的心灵轨迹。

音乐特征最为明显的,是讽刺性长诗《捕鼠者》。长诗以童话故事的方式,讲述了一个长笛手希望通过自己被施了魔法的演奏艺术揭发社会上的假仁假义、目光短浅,以此拯救那些被蒙蔽的市民。许多学者称这部长诗为"长笛与乐队的交响协奏曲",可见其音乐成分的存在得到了共识。不过,这种共识大多是基于抽象的、比喻的层面,若想从诗人创作的音乐规律出发去理解和诠释长诗,我们必须去寻求同样具有音乐素养的诗人帕斯捷尔纳克的帮助。他在致茨维塔耶娃的信中详细阐述了对《捕鼠者》的读后心得,将"韵律的愤怒"、"韵律的报复"、"韵律的弯曲和转折"、"韵律的特权"等分析语句贯穿于全文,以实例证明长诗是"韵律的绝对垄断的统治",他还从长诗中看到了瓦格纳式的作曲法,即同一主题的不止一次的出现,这种在音乐上叫做"主导动机"的手法,其作用在长诗中"除了作为提示外,还是激情的又一变体"。①

达到这样的理解和诠释,对于普通读者来说自然需要一个艰难的过程。不过,我们至少首先能够体会到作品中与众不同的词语排列和音的布置所产生的审美效果。以下面的诗行为例:

> Коль не бос—кровосос,
>
> Коль не бит—паразит.
>
> ...
>
> До поры, дескать, цел:
>
> Не потел—под расстрел,
>
> Не хотел—под расстрел,
>
> Не пострел—под расстрел!
>
> (《Крысолов》, 3, 68)

> 假如没有光脚②——就是吸血鬼,
>
> 假如没有挨揍——就是寄生虫。
>
> ……
>
> 时候未到时,据说,还活着
>
> 不努力干活——就会被枪决,
>
> 即使不愿意——也要被枪决,

---

① 参见〔奥〕里尔克、〔俄〕帕斯捷尔纳克、茨维塔耶娃:《三诗人书简》,刘文飞译,第131—154页。

② "光脚"是指流浪汉,穷人。

第六章　俄国象征主义"音乐精神"的后世影响　　　　　　　　　233

动作不麻利——就要被枪决！

(《捕鼠者》)

诗中音位的重复建立起行内的韵脚,它们改变着诗行的行吟速度,让情节的发展放慢,却令情感的紧张度提升;辅音的偶合汇集产生出好似从机关枪射出霰弹的声音,它们遍布在诗行当中,使枪击主题既若隐若现,又不断生长。

词语重复,句式平行,结构省略,是茨维塔耶娃诗歌中十分常见的特点。而我们在上述诗行中已经看到的大量破折号的使用,更是仿佛为茨维塔耶娃诗歌打上了标签。我们再看一首典型的诗例:

Выше! Выше! Лови—лётчицу!

Не спросившись лозы—отческой

Нереидою по —лощется.

Нереидою в ла—зурь!

Лира! Лира! Хвалынь—синяя!

Полыхание крыл—в скинии!

Над мотыгами—и—спинами

Полыхание двух бурь!

(《Душа》, 2, 163)

高些！高些！快抓住——女飞人！
她不理会青藤——故乡的羁绊
像涅瑞伊德斯①, 舞动翅——膀,

---

① 涅瑞伊德斯是古希腊神话中的海洋女神。

>   像涅瑞伊德斯，游进蔚——蓝！
>
>   竖琴！竖琴！蓝色的——赫瓦伦[①]！
>   双翼闪着红光——在那神庙！
>   在锄铲——和——脊背的上方
>   闪动着两股风暴！
>
> （《心灵》）

这些破折号只为达到加强情感色彩的目的而不为句法服务，它们把语段切成一个个碎块，废弃了诗行语调的平缓连贯，流露出因心灵所示的愤怒抑或奔放而不由自主地产生的节奏顿挫；与此同时，诗中由相近的音构成的综合体又汇成了旋律，使意义内涵随之融化，留下牵动每一根神经的音符本身。

茨维塔耶娃的这种"音响游戏"看似故意，实为天成，归根结底还是由前文所述的音乐诗歌规律所决定的。诗人在回忆录中曾说，她之所以坚定于使用破折号拆词，是因为在童年所见的抒情歌曲集中找到了这种做法的"合法"性。[②] 诗人否定纯粹的音响实验，否定为游戏而游戏。她所"设计"的声响系统完全用于准确表达自身的心灵状态，并力求在读者的心灵中找到共鸣。

在茨维塔耶娃丰富的音乐世界当中，哪一种音色（或者乐器）最能体现诗人自身的心灵状态呢？答案似乎有些出人意料：

> 但在我童年的钢琴生涯里，我最喜欢的还是"小提琴高音谱号"。这个词多么奇妙，多么意蕴深长，又是多么难以琢磨（既然是钢琴，缘何还与小提琴扯上关系？），仿佛是一把魔力无边的钥匙，开启了整个

[①] 赫瓦伦是古代俄罗斯人对里海的称呼。
[②] 《母亲与音乐》，见《茨维塔耶娃文集》，《回忆录》卷，汪剑钊主编，第20页。

第六章　俄国象征主义"音乐精神"的后世影响　　　235

被封闭的小提琴的世界,在这个世界里,从极度的黑暗中隐约响起了帕格尼尼的名字,而萨拉扎特①的名字则如水晶项链般闪闪发光,并轰鸣作响。在这个世界里,人们为了演奏会把活生生的人出卖给魔鬼! 这一点我早已知道! 这个词一下子就把我几乎变成了一个提琴家。②

诗人在1915年所作的一首无题诗,再一次指出了自己小提琴家的脾性:

  Какой-нибудь предок мой был—скрипач,

  Наездник и вор при этом.

  Не потому ли мой нрав бродяч

  И волосы пахнут ветром?

  ...

  И было всё ему нипочём,—

  Как снег прошлогодний—летом!

  Таким мой предок был скрипачем

  Я стала—таким поэтом.

  我有个祖先曾是——小提琴家,
  骑士和小偷与他合为一体。
  不正因为如此,我的脾性流浪天涯
  连头发都散发着风的气息?

  面对一切他都漫不经心——

---

① 西班牙19世纪小提琴巨匠,作曲家。
② 《母亲与音乐》,见《茨维塔耶娃文集》,《回忆录》卷,汪剑钊主编,第12页。

就像夏天看待去年的雪花！
我的祖先曾是这样的小提琴家
我于是成了——这样的诗人。

正是"不知悔改的小提琴家"[①]住在了诗人的身体里，才迫使她用拉弦奏出一生的倔强与孤独，又用拨弦弹出无尽的激情与痛苦。她那个经历坎坷的身躯，她那颗感受充沛的心灵，注定要不停地咏唱。

综观本章所述，俄国象征派的诗歌艺术，无论从发扬的角度，还是从摒弃的角度，都在其后的20世纪文学创作中得到了很好的传承。

它同时也为文艺理论的发展提供了实践经验。除了勃留索夫、别雷等诗人自己在诗韵学理论方面的开拓外，还主要体现在以艾亨巴乌姆、日尔蒙斯基为代表的形式主义，以洛特曼为代表的塔尔图语言学派理论中。此外，别雷的《交响曲》曾被视为一种文学新体裁，他的散文作品曾被用来进行音乐语言和音乐结构的分析。

而从俄国象征主义者艺术追求的终极主旨来看，他们在瓦格纳的音乐剧和美学思想中所领悟出来的"音乐精神"应当能够产生的宗教效能，他们以瓦格纳为"前导"构建着的他们所梦想的重塑人类性灵，改造现有存在的音乐神话——"神秘宗教仪式"，尽管是一种审美乌托邦，却是艺术家对世界灾变感的反应。这种灾变感连同拯救世界的渴望一起，体现在俄国象征主义者的创作追求中，体现在俄国象征主义者的"同路人"斯克里亚宾的音乐道路中，也辐射进斯特拉文斯基、普罗科菲耶夫的许多音乐作品中。

总而言之，俄国象征主义对"音乐精神"的理论探索和创作实践具有重要而深远的意义。勃洛克曾经不止一次地引用果戈理的问句："如果音

---

① 此语出自茨维塔耶娃的诗《溪流》。

乐抛弃我们,世界将成何面目?"我们想必可以作出这样的回答:无论世界多么变化,人类如何发展,艺术怎样演进,寓于其中的"音乐精神"永远不会消失……

参考文献

1. 〔俄〕弗·阿格诺索夫主编:《白银时代俄国文学》,石国雄、王加兴译,译林出版社,2001年。
2. 周启超主编:《白银时代名人剪影》,中国文联出版公司,1998年。
3. 〔俄〕别尔嘉耶夫:《俄罗斯思想》,雷永生、邱守娟译,三联书店,1996年。
4. 《别林斯基选集》,满涛译,上海文艺出版社,1963年。
5. 〔丹麦〕勃兰兑斯:《十九世纪文学主流》,第二分册:德国的浪漫派,刘半九译,人民文学出版社,1997年。
6. 蔡良玉:《西方音乐文化》,人民音乐出版社,1999年。
7. 〔英〕查尔斯·查德威克:《象征主义》,花山文艺出版社,1989年。
8. 〔俄〕柴可夫斯基:《我的音乐生活》,人民音乐出版社,1982年。
9. 陈圣生:《现代诗学》,社科文献出版社,1998年。
10. 〔法〕杜夫海纳:《审美经验现象学》,文化艺术出版社,1992年。
11. 《俄国形式主义文论选》,三联书店,1989年。
12. 周启超主编:《俄罗斯白银时代精品文库》,4卷本,中国文联出版公司,1998年。
13. 顾蕴璞编选:《俄罗斯白银时代诗选》,花城出版社,2000年。
14. 李明滨主编:《俄罗斯二十世纪非主潮文学》,北岳文艺出版社,1998年。
15. 曹靖华主编:《俄苏文学史》,三卷本,河南教育出版社,1992年。
16. 〔美〕厄尔·迈纳:《比较诗学》,王宇根、宋伟杰等译,中央编译出版社,1998年。
17. 〔俄〕阿格诺索夫主编:《20世纪俄罗斯文学》,凌建侯等译,中国人民大学出版社,2001年。
18. 李毓榛主编:《20世纪俄罗斯文学史》,北京大学出版社,2000年。

19. 张玉书主编:《20世纪欧美文学史》,北京大学出版社,1995年。
20. 《20世纪西方现代主义文学》,百花文艺出版社,1999年。
21. 〔英〕戴里克·库克:《音乐语言》,人民音乐出版社,1984年。
22. 〔美〕戴维·方坦纳:《象征世界的语言》,何盼盼译,中国青年出版社,2001年。
23. 〔美〕弗莱德里克·卡尔:《现代与现代主义》,傅景川、陈永国译,吉林教育出版社,1995年。
24. 〔德〕格罗塞:《艺术的起源》,蔡慕晖译,商务印书馆,1996年。
25. 海德 G.M.:《现代主义》,胡家峦等译,上海外语教育出版社,1997年。
26. 顾蕴璞:《诗国寻美》,北京大学出版社,2004年。
27. 〔俄〕赫克:《俄国革命前后的宗教》,高骅、杨缤译,学林出版社,1999年。
28. 〔德〕黑格尔:《美学》,朱光潜译,商务印书馆,1979年。
29. 蒋一民:《音乐美学》,东方出版社,1997年。
30. 〔英〕杰克·特里锡德:《象征之旅 符号及其意义》,石毅、刘珩译,中央编译出版社,2001年。
31. 金丝燕:《文化接受与文化过滤:中国对法国象征主义诗歌的接受》,中国人民大学出版社,1994年。
32. 〔德〕康德:《判断力批判》,商务印书馆,1964年。
33. 〔奥〕里尔克、〔俄〕帕斯捷尔纳克、茨维塔耶娃:《三诗人书简》,刘文飞译,中央编译出版社,1998年。
34. 李辉凡、张捷:《20世纪俄罗斯文学史》,青岛出版社,1998年。
35. 〔波兰〕卓菲娅·丽萨:《音乐美学新稿》,人民音乐出版社,1992年。
36. 李思孝:《从古典主义到现代主义——欧洲近代文艺思潮论》,首都师范大学出版社,1997年。
37. 林兴宅:《象征论文艺学导论》,人民文学出版社,1993年。
38. 刘文飞:《墙里墙外——俄语文学论集》,中央编译出版社,1997年。
39. 刘雪枫:《神界的黄昏——瓦格纳和音乐戏剧》,辽宁大学出版社,1994年。
40. 〔美〕伦纳德·迈尔:《音乐的情感与意义》,北京大学出版社,1992年。
41. 〔俄〕洛斯基 H.O.:《俄国哲学史》,贾泽林等译,浙江人民出版社,1999年。

42. 毛峰:《神秘主义诗学》,北京三联书店,1998年。
43. 〔苏〕梅列金斯基:《神话的诗学》,魏庆征译,商务印书馆,1990年。
44. 帕斯捷尔纳克:《人与事》,乌兰汗、桴鸣译,生活·读书·新知三联书店,1991年。
45. 任光宣:《俄罗斯艺术史》,北京大学出版社,2000年。
46. 许自强主编:《世界名诗鉴赏金库》,中国妇女出版社,1991年。
47. 翟厚隆编选:《十月革命前后苏联文学流派》,上海译文出版社,1998年。
48. 彭克巽主编:《苏联文艺学流派》,北京大学出版社,1999年。
49. 〔美〕苏珊·朗格:《情感与形式》,中国社会科学出版社,1986年。
50. 孙星群:《音乐美学之始祖——〈乐记〉与〈诗学〉》:人民出版社,1997年。
51. 孙玉石:《中国初期象征派诗歌研究》,北京大学出版社,1983年。
52. 〔俄〕图尔科夫:《勃洛克传》,郑体武译,东方出版中心,1996年。
53. 〔德〕瓦格纳:《瓦格纳论音乐》,廖辅叔译,上海音乐出版社,2002年。
54. 〔瑞士〕沃尔夫冈·凯塞尔著:《语言的艺术作品——文艺学引论》,陈铨译,上海译文出版社,1984年。
55. 朱立元主编:《西方美学名著提要》,江西人民出版社,2000年。
56. 《西方美学通史》,7卷本,上海文艺出版社,1999年。
57. 林精华主编:《西方视野中的白银时代》,东方出版社,2001年。
58. 《西方诗苑揽胜》,语文出版社,1986年。
59. 黄晋凯、张秉真、杨恒达主编:《象征主义 意象派》,中国人民大学出版社,1998年。
60. 《新方法论与文学探索》,湖南文艺出版社,1985年。
61. 徐凤林:《索洛维约夫》,东大图书公司,1995年。
62. 徐稚芳:《俄罗斯诗歌史》,北京大学出版社,1989年。
63. 许贤绪:《20世纪俄罗斯诗歌史》,上海外语教育出版社,1997年。
64. 严云受、刘锋杰:《文学象征论》,安徽教育出版社,1995年。
65. 〔日〕野岛芳明:《源氏物语交响乐》,姚继中译,重庆大学出版社,1999年。
66. 《音乐美学——外国音乐辞书中的九个条目》,何乾三译,中国文联出版公司,1984年。

67. 于润洋：《现代西方音乐哲学导论》，湖南教育出版社，2000年。
68. 袁可嘉：《现代派论 英美诗论》，中国社会科学出版社，1987年。
69. 乐黛云主编：《世界诗学大辞典》，春风文艺出版社，1993年。
70. 〔德〕约翰·钦瑟罗：《歌剧宗师瓦格纳传》，梁识梅译，中国文联出版公司，1987年。
71. 张冰：《白银悲歌》，中国电影出版社，1998年。
72. 张学增：《俄语诗律浅说》，商务印书馆，1986年。
73. 郑体武：《俄国现代主义诗歌》，上海外语教育出版社，1999年。
74. 郑体武：《危机与复兴——白银时代俄国文学论稿》，四川文艺出版社，1996年。
75. 周启超：《俄国象征派文学研究》，社会科学文献出版社，1993年。
76. 周启超：《俄国象征派文学理论建树》，安徽教育出版社，1998年。
77. 朱光潜：《诗论》，上海古籍出版社，2001年。
78. 朱光潜：《西方美学史》，人民文学出版社，1964年。

79. Айхенвальд Ю. Силуэты русских писателей. М.，1998.
80. Анненский И. Книги отражений. М.，1906.
81. Анненский И. Стихотворения и трагедия. Л.，1959.
82. Анненский И. Избранное. М.，1987.
83. Аношкина В. Н. Ф. И. Тютчев в истории русской литературы 19-начала 20в. М.，1977.
84. Антокольский П. Книга Марины Цветаевой. Новый мир，1966. 4.
85. Баевский В. С. История русской поэзии 1730—1980 М.，1996.
86. Бальмонт К. Избранное. М.，1989.
87. Андрей Белый и Иванов-Разумник Переписка С-П.，1998.
88. Белый А. Кубок метелей: Роман и повести - симфонии. М.，1997.
89. Белый А. Между двух революций. М.，1990.
90. Белый А. На рубеже двух столетий. М.，1989.
91. Белый А. Начало века. М.，1990.

92. Белый А. Проблемы творчества. М. ,1988.

93. Белый А. Символизм как миропонимание. М. ,1994.

94. Белый А. Сочинения в 2т. Поэзия, Проза М. ,1990.

95. Блок А. Белый А. Диалог поэтов о России и революции. М. ,1990.

96. Блок А. Избранное. М. ,1995.

97. Блок А. Собрание сочинений в 8т. М. , 1960—1963.

98. Блок и музыка Сборник статей. Л. , 1972.

99. Борис Пастернак об искусстве. М. , 1990.

100. Брюсов В. Избранные сочинения в 2т. М. , 1955.

101. Брюсов В. Избранное. М. ,1991.

102. Волков И. Ф. Теория литературы. М. ,1995.

103. Воспоминания об Андрее Белом. М. ,1995.

104. Воспоминания о серебряном веке. М. ,1993.

105. Время Дягилева: Универсалии серебрянного века. Термь, 1993.

106. Встречи с прошлым. Вып. IV, М. , 1982.

107. Гаспаров М. Л. Избранные статьи. М. ,1995.

108. Гервер Л. Андрей Белый—"Композитор языка". Музыкальная академия. 1994. 3.

109. Гервер Л. Музыка и музыкальная мифология в творчестве русских поэтов. М. , 2001.

110. Гинзбург Л. О лирике. М. ,1997.

111. Гинзбург Л. О старом и новом. Л. , 1982.

112. Гиппиус З. Н. Стихи и проза. Тула, 1992.

113. Гореликова М. И. , Магомедова Д. М. Лингвистический анализ художественного текста. М. ,1983.

114. Гуревич Е. Л. Западно-европейская музыка в лицах и звуках. М. ,1994.

115. Гусев В. Неожиданность очевидного: Дневник современного литератора. М. ,1988.

116. Долгополов Л. К. На рубеже веков. Л., 1977.
117. Ермилова Е. Теория и образный мир русского символизма. М., 1989.
118. Жирмунский В. М. Теория литературы. Поэтика. Стилистика. Л., 1977.
119. Жирмунский В. М. Поэзия Александра Блока. Преодолевшие символизм. М., 1998.
120. Иванов Вяч. Стихотворения Поэмы Трагедия. С-П., 1995.
121. Иванов Вяч. Борозды и межи. М., 1916.
122. Иванов Вяч. По звездам. М., 1909.
123. Иванов Вяч. Родное и вселенское. М., 1994.
124. Иванов Вяч. Скрябин. М., 1996.
125. История русской литературы 20 века. Серебрянный век. М., 1995.
126. Ильин Вл. Эссе о русской культуре С-П., 1997.
127. Карсалова Е. В., Леденев А. В., Шаповалова Ю. М. Серебряный век русской поэзии. М., 1996.
128. Кац Б., Тименчик Р. Анна Ахматова и музыка. М., 1989.
129. Колобаева Л. А. Концепция личности в русской литературе рубежа 19—20в. М., 1990.
130. Кулешов В. И. История русской литературы 19в. М., 1997.
131. Культура Росии IX-XX вв. М., 1998.
132. Курбанов Б. О. Взаимосвязь музыки и литературы. Баку, 1972.
133. Лавров А. В Андрей Белый в 1900-е годы. М., 1995.
134. Лавров А. В. Мифотворчество "аргонавтов": Миф—Фольклор— Литература. Л., 1978. С. 137—180.
135. Лосев А. Ф. Из ранних произведений М., 1990.
136. Лосев А. Ф. Философия. Мифология. Культура. М., 1991.
137. Лосев А. Ф. Форма—Стиль—Выражение. М., 1995.
138. Лотман Ю. М. О поэтах и поэзии. С-П., 1996.
139. Лотман Ю. М., Минц З. Г. Статьи о русской и советской поэзии.

Таллинн, 1989.
140. Максимов Д. Русские поэты начала 20 в. М.,1986.
141. Маковский М. М. Язык—Миф—Культура М.,1996.
142. Махов А. Е. Ранний романтизм в поисках музыки: слух, воображение, духовный быт. М.,1993.
143. Мережковский Д. С. Акрополь: Избр. Лит.-критич. статьи М., 1991.
144. Минералова Ирина Русская литература серебряного века (Поэтика символизма) М.,1999.
145. Минц З. Г. Статьи о русской и советской поэзии. Тарту, 1989.
146. Мирошниченко Н. А. К вопросу о синтезе в эстетической коцепции А. Белого, Л., 1991.
147. Михайловский Б. В. Избранные статьи о литературе и искусстве. М.,1969.
148. Михайловский Н. К. Литературная критика и воспоминания. М.,1995.
149. Мочульский К. А. Блок. А. Белый. А. Брюсов. М., 1997.
150. Музыка и незвучащее. М., 2000.
151. Музыка и поэзия. М., 1986.
152. Орлов В. Л. Перепутья: Из истории русской поэзии начала 20в. М.,1976.
153. Пайман Аврил История русского символизма. М.,1998.
154. Петрушанская Р. И. Музыка и поэзия. М., 1984.
155. Платек Я. Верьте музыке. М.,1989.
156. Поэзия и музыка Сборник статей и исследований. М.,1973.
157. Поэтические течения в русской литературе конца19-начала 20 в., М., 1988.
158. Пяст Вл. Встречи. М.,1997.
159. Рапацкая Л. А. Искусство серебряного века. М.,1996.
160. Роговер Е. С. Русская литература 20 века. С-П., Паритет, 2002.
161. Русская литература 19—20в., Т. 2, М., 2001.
162. Русская поэзия серебряного века. М.,1993.
163. Русская поэзия 19-начала 20 в. М., 1987.

164. Русские писатели 20в. : биобиблиографический словарь, М. , 1998.

165. Русские писатели о языке. Л. , 1955.

166. Седых А. Далекие, близкие. М. ,1995.

167. Серебрянный век в России. М. ,1993.

168. Серебряный век: Мемуары. М. ,1990.

169. Серебряный век: Поэзия. М. , 1998.

170. Силард Л. Русская литература конца 19—начала 20в. Т. 1 Budapest. , 1983.

171. Синтез в русской и мировой художественной культуре. М. , 2001.

172. Скрябин А. Н. Человек Художник Мыслитель. М. ,1994.

173. Смелкова З. С. Литература как вид искусства. М. , 1997.

174. Смирнова Л. А. 《Русская литература конца 19-начала 20в. 》. М. , 2001.

175. Соколов А. Г. 《История русской литературы конца 19-начала 20в. 》, М. , 2000.

176. Соловьев В. С. Философия искусства и литературная критика. М. ,1991.

177. Соловьев В. С. Избранное. М. ,1990.

178. Соловьев В. С. Неподвижно лишь солнце любви... : Стихотворения. Проза. Письма. Воспоминания современников. М. , 1990.

179. Сологуб Ф. Творимая легенда в 2 кн. М. , 1991.

180. Степун Ф. Встречи: Путь к очевидности. М. ,1998.

181. Тагер Е. Б. Избранные работы о литературе. М. , 1988.

182. Томашевский Б. В. Теория литературы. Поэтика. М. ,1999.

183. Томпакова О. М. Скрябин в художественном мире Москвы конца 19— начала 20в. Новые течения М. ,1997.

184. Томпакова О. М. Скрябин и поэты Серебряного века. Вячеслав Иванов. М. 1995.

185. Ученые записки. Вып. 1, М. , 1993, Вып. 3, М. , 1998.

186. Цветаева М. Соб. соч. в 7 т. М. , 1994.

187. Эйхенбаум Б. Мелодика русского лирического стиха//О поэзии М. , 1969.

188. Энциклопедия символизма. М. , 1998.

189. Эллис Русские символисты. Томск, 1998.

190. Эренбург Илья Портреты современных поэтов. С-П., 1998.

191. Эткинд Е. Там, внутрии. С-П., 1997.

192. Эткинд Е. Материя стиха. С-П., 1999.

193. Язык и культура. Киев, 1994.

194. Язык как творчество. М., 1996.

195. A dictionary of literary symbols. Cambridge University Press, 1999.

196. Bartlett R. Wagner and Russia. N. Y., 1995.

197. Beattie J. Essays: on poetry and music. Routledge/Thoemmes press, 1996.

198. Bucknell B. Literary modernism and musical aethetics. Cambridge University press, 2001.

199. Creating life: the aesthetic utopia of Russian modernism. Stanford University Press, 1994.

200. Dictionary of symbolism. N. Y., 1992.

201. Elworth. J. D. Andrey Bely: a critical study of the novels, Cambridge University Press, 1983.

202. Furness R. Wagner and Literature. Manchester University Press, N. Y., 1982.

203. Janecek G. Literature and music: Symphonic form in Andry Bely's Fourth Symphony. Canadian American Slavic Studies, v. 8, №4, 1974.

204. Kats R. The contrapaunctal devices in Belyi's "Petvoe svidanie". Slavonic and east European review, v. 71, №1, 1993.

205. Keven Newmark Beyond symbolism: textual history and the future of reading. N. Y., 1991.

206. Lucie-Smith Edward Symbolist art. N. Y., 1972.

207. Phantom Proxies: Symbolism and the rhetoric of history. Yale University Press, 1988.

208. Sternberg A. Word and music in novels of Andrey Bely. Combridge University Press, 1982.

209. The reluctant mordernist: Andrei Belyi and the development of Russian fiction, 1902—1914. Oxford: Clarendon Press, 1996.
210. Twentieth century poetry: from text to context. Edited by Peter Verdonk, London, 1993.
211. Webb. D. An inquiry into the beauties of painting: Observations on the correspondence between poetry and music. Thoemmes Press, 1998.

后　记

　　由于对音乐和文学的双重爱好，尤其是对音乐具有的一丝禀赋，探讨二者关系这样一个课题，就成了一眼甘甜的深泉，吸引着我去层层挖掘，一一剖析。这种强烈的吸引，推动我不由自主地在文学研究的同时去阅读一本本音乐理论，倾听一首首音乐作品，并且我还斗胆在接近30岁的"高龄"去触碰已经难以企及的钢琴弹奏。虽然由于工作的紧张，时间的稀少，至今也未能让音乐自由地在指间流淌，但是那琴键与乐谱短暂相接的刹那，却萌发了我如此丰富的想象力，同时也更增添了我的无知感，让我继而又不断地读下去，找下去……

　　音乐对于我有着巨大的启发作用，但同时也加剧了我的拙口笨舌。在我需要用言语做出清晰描述的时候，我是如此力不从心。这正应了圣桑的那句老话："音乐始于言语已尽之处。"音乐是用来代替言语的，而我却要用言语来描述文学中的音乐乃至音乐之精神，其中的踉跄便可想而知了。因此对于本书，笔者不敢祈求专家读者的一致认同，仅心怀忐忑地期待着来自各方的批评指正。若它能够成为未来更广阔的研究空间的新一段路基或又一扇门窗，我将已经倍感欣慰。

　　这本书从酝酿到写就，历时八年。其写作过程和修改过程的艰辛，同我在克服困难的道路上对许多人的由衷感激，一样地难以言表。这里仅对北京大学的三位前辈提出特别鸣谢：我的博士生导师任光宣教授，是他带领我大胆闯入文学与音乐这一学科交叉领域；我由衷敬佩的良师益友顾蕴璞教授,他对于我,从进入课题到完成课题,都是灵感的源泉和信心的保证;我敬慕的前辈徐稚芳教授,她对文学和生活的激情,对我需改正这本书初稿中缺点的忠言,都鞭策着我精益求精。

此外,感谢北京大学出版社的张冰主任,她在我申请出版基金和本书出版过程中给予了悉心指导和大力支持。

最后,在苦尽甘来之时,我还要把这本尚可视为成果的专著献给我的父母和爱人。父母让我存在于世间,奋斗于世间,在崎岖的道路上与我共同经历起伏,鼓励我坚持到底;爱人无论在我沮丧之时,还是在我兴奋之际,都作为忠实的倾听者,默默地充当我的精神支柱。他们让我八年的辛苦,变成了最好的幸福!

王彦秋

2006年12月,北京

未名译库·新叙事理论译丛
申丹 主编

"新叙事理论"指的是 20 世纪 90 年代以来西方的后经典或后现代叙事理论,是对结构主义叙事学的反思、创新和超越。最近十多年,国内翻译出版的都是西方学者著于 20 世纪 70 至 80 年代的经典叙事理论,迄今为止,尚未涉足"新叙事理论"这一范畴。该译丛旨在帮助填补这一空白。首批五本译著集新叙事理论之精华,代表了其不同研究派别,视角新颖、富有深度,很有特色。这套译丛是对我国已引进的西方经典叙事理论的重要补充和发展,为拓展思路、深化研究提供了极好的参照。

1. 《解读叙事》〔美〕J.希利斯·米勒 著 申丹 译
   2002 年 5 月首次印刷   定价:15.00 元
2. 《虚构的权威》〔美〕苏珊·S.兰瑟 著 黄必康 译
   2002 年 5 月首次印刷   定价:18.00 元
3. 《作为修辞的叙事》〔美〕詹姆斯·费伦 著 陈永国 译
   2002 年 5 月首次印刷   定价:15.00 元
4. 《新叙事学》〔美〕戴卫·赫尔曼 主编 马海良 译
   2002 年 5 月首次印刷   定价:18.00 元
5. 《后现代叙事理论》〔英〕马克·柯里 著 宁一中 译
   2003 年 8 月首次印刷   定价:15.00 元